LE FAUSSAIRE DE HAMBOURG

Du même auteur
aux Éditions du Masque :

L'Assassin des ruines, 2017
L'Orphelin des docks, 2018

www.lemasque.com

Cay Rademacher

LE FAUSSAIRE DE HAMBOURG

Traduit de l'allemand
par Georges Sturm

ÉDITIONS DU MASQUE
17, rue Jacob 75006 Paris

Titre original
Der Fälscher
publié par DuMont Buchverlag, Cologne

Couverture : © Ullstein Bild / Getty Images
Conception graphique : Sara Baumgartner

ISBN : 978-2-7024-4565-5

Cet ouvrage a été proposé à l'éditeur français par l'agence Editio Dialog, Lille.

Pour mes amis de Hambourg
Au revoir et bienvenue !

Blessure

Mercredi, 31 mars 1948

La balle du pistolet est plus rapide que le son. Elle frappe l'inspecteur principal Frank Stave à la poitrine, avant même qu'il entende la détonation. Elle a pénétré sous le cœur, un coup qui le projette à la renverse sur les débris d'un mur de briques éboulé. Je ne ressens rien, se dit-il, je n'ai pas mal. Une constatation qui l'effraye plus que le sang qui s'échappe de la blessure, se répand sur son ventre, chaud et visqueux. Une respiration à petit feu. Un goût métallique dans la bouche. Un bruissement dans les oreilles. Stave presse la main droite sur le point d'impact. Il est allongé sur le dos. À travers la charpente disloquée d'un toit, il porte le regard sur un ciel bas et gris. Des tourbillons de poussière dansent dans l'air. Ça pue le moisi et le vieux ciment. Il souhaite qu'enfin la douleur le submerge. Mais c'est l'obscurité qui l'envahit. Il s'enfonce de plus en plus dans une eau épaisse, noire. Je t'en supplie, douleur, viens enfin. Si je n'ai pas mal, je mourrai, se dit Stave, juste avant de ne plus penser à rien.

Lorsqu'il se réveille, il sent enfin la douleur : une ceinture de feu qui flambe et circule autour de sa poitrine et une lame de couteau qui s'y enfonce à chaque souffle. L'inspecteur principal sourit, soulagé. Des murs blancs, une lumière crue qui le transperce, l'odeur de Lysol. Hôpital. Cette fois, il ne résiste pas, se laisse aller. Dormir.

Sa respiration malaisée le réveille ; c'est comme s'il happait l'air, enterré jusqu'au cou dans un sable fin, compact. Il ouvre les yeux, perçoit des râles saccadés, quelque part sur sa gauche. La poitrine lui brûle. Il y pose la main avec précaution : des pansements, épais comme une couette de lit. Il se redresse. Des milliers d'aiguilles s'enfoncent dans son corps. Il est pris de vertige, étouffe avec peine un cri de douleur et ne parvient qu'à exhaler un profond soupir. À côté de lui, la respiration haletante s'arrête un instant, reprend tant bien que mal. Un rayon de lumière à droite, venu d'une porte entrouverte. Un couloir, pense Stave. Une chambre d'hôpital. Il distingue à sa gauche l'écran d'un paravent qui protège le sommeil de son voisin que la douleur assiège.

Stave ignore où il est hospitalisé. Il ignore combien de temps a passé depuis ce coup de feu. Les policiers de la brigade criminelle étaient à la recherche d'un homme qui avait poignardé sa femme devant son domicile dans le quartier de Sankt Pauli. Un marsouin du cuirassé *Tirpitz*, coulé en 1944 dans un fjord de Norvège. L'officier d'infanterie de marine avait survécu. Fait prisonnier en Scandinavie en 1945, il avait été rapidement libéré et était rentré auprès de sa famille dans un des rares immeubles intacts du quartier – bref, il s'en était bien sorti.

Pas de mobile flagrant pour son crime, mais suffisamment de témoins l'avaient vu poignarder sa compagne devant la porte de l'immeuble. Délit de fuite, recherches. Un appel le soir même. Le fugitif avait été vu sur le quai du métro de la ligne 31, à la station aérienne de Baumwall, à quelques centaines de mètres seulement du meurtre.

Stave s'était précipité sur les lieux avec tous les hommes qu'il avait pu rameuter. L'ancien marsouin n'avait pas bougé de place, ne sachant où aller, sans doute désemparé. Il semblait plus jeune que ne l'avait imaginé l'inspecteur principal. Ce n'est qu'à la vue du panier à salade et des policiers qui se précipitaient pour en descendre qu'il avait pris ses jambes à son cou pour se cacher dans les ruines d'un magasin d'équipements maritimes détruit par un bombardement. L'inspecteur principal avait fait cerner les lieux et s'était glissé avec précaution dans les pièces aux murs noircis par l'incendie. Sans être assez prudent. Il s'attendait à trouver un meurtrier armé d'un couteau, pas d'un automatique.

Il se demande à présent si l'assassin a blessé d'autres policiers. S'il a réussi à s'enfuir. S'il a été maîtrisé, ou s'il a fallu l'abattre. Il espère qu'ils l'ont arrêté sans effusion de sang – même si le résultat sera identique : un juge britannique le condamnera à l'échafaud. Il est même possible que ce soit son ami le procureur Ehrlich qui rédige le réquisitoire et demande la sanction. Stave devra témoigner devant le tribunal, et sa déposition sera l'une des pièces avec lesquelles le juge étaiera son verdict. Il ferme les yeux, espérant retrouver le sommeil.

Mais il est définitivement réveillé. Il ne lui reste donc plus qu'à fixer l'obscurité, des heures durant. À palper de temps en temps l'épaisseur de son pansement et à guetter la respiration de l'autre côté du paravent, qui semble s'épuiser à mesure que la nuit avance.

La porte s'ouvre dans la pâle lueur de l'aube. Une jeune infirmière entre, joli visage allongé sous la haute cornette amidonnée des bonnes sœurs. Karl, le fils de Stave, lui a appris que les hommes de la Wehrmacht les surnommaient «*stukas*» parce que les ailes de leur grande coiffe aux bords déployés étaient cassées comme celles de ces bombardiers d'attaque. Sur son insigne de poitrine, son prénom : Franziska. Il pense un instant à la saluer d'une plaisanterie, mais n'en trouve aucune.

— Où suis-je ? demande-t-il à défaut, effaré par le son de sa propre voix.

Elle ne lui accorde qu'un sourire fugace.

— Un instant, s'il vous plaît.

Elle disparaît derrière le paravent. C'est alors que l'inspecteur principal remarque qu'il n'a plus entendu depuis longtemps le souffle d'une respiration. L'infirmière se précipite, revient avec une collègue ; puis c'est un médecin qui passe en courant devant le lit de Stave, sans lui accorder le moindre regard. Des mots chuchotés derrière le rideau d'étoffe, aussi surréalistes que les répliques de ces pièces de théâtre modernes qu'il était interdit de mettre en scène pendant les années brunes.

On pousse un lit hors de la chambre. L'inspecteur principal évite la douleur de se redresser. On replie le paravent et d'un seul coup la lumière de la grande fenêtre inonde son coussin. La place voisine est vide.

— Il y a bien longtemps que vous avez quitté votre service, *Herr Oberinspektor.*

C'est un vieux médecin aux cheveux gris coiffés en brosse, balafre sur la joue gauche. Un ancien médecin major, se dit Stave.

— Où suis-je ?

— À l'hôpital universitaire d'Eppendorf. Ce qu'il y a de mieux pour les serviteurs de l'État. De toute façon, ailleurs, vous n'auriez pas survécu à cette blessure. Une balle restée coincée dans le poumon. Avant la guerre, toute intervention aurait été inutile. Mais depuis, nous avons énormément appris avec les blessures par balle.

— Je suis un profiteur de guerre.

Le médecin s'esclaffe.

— Ne le sommes-nous pas tous ?

— Combien de temps suis-je resté inconscient ?

— Vous êtes dans le coma depuis deux semaines, entre ce monde et l'au-delà. Il était moins cinq, mais j'ai déjà vu pire. Si vous aviez espéré être mis en préretraite, je vais vous décevoir : vous allez vous rétablir.

— Est-ce qu'on a arrêté ce type ?

Le médecin hausse les épaules.

— Ce n'est pas de mon ressort.

— Il a blessé d'autres collègues, ou en a même… ?

Stave laisse sa question en suspens.

— Une chose est sûre : vous êtes le seul policier à avoir été hospitalisé ici. Reposez-vous. Dormez.

— J'ai déjà perdu quinze jours à dormir.

— C'est un ordre.

Stave suit du regard la blouse blanche qui s'en va en battant des ailes. Il croit que la dernière recommandation du médecin était une blague, mais il finit par penser qu'il parlait très sérieusement.

Au cours de l'après-midi, on lui donne pour voisin un jeune homme à peine conscient, presque encore un enfant, le front ceint d'un épais bandage. Tandis que les infirmières poussent le lit dans la chambre et commencent à déployer le paravent, quelqu'un d'autre fait son entrée : Karl, le fils de Stave. Très grand, très maigre, les cheveux blond clair un peu trop longs au goût de l'inspecteur principal, des yeux d'un bleu limpide. Il porte un manteau déteint constellé d'auréoles d'humidité et aux pieds des chaussures mouillées qui couinent sur le linoléum.

— Mes meilleurs vœux d'anniversaire, marmonne Stave en levant la main. Malheureusement, j'ai eu une longue panne d'oreiller.

Karl le regarde un instant, étonné, lui adresse un bref sourire, reprend son sérieux. Il a eu vingt ans le 2 avril.

— On mangera le gâteau d'anniversaire quand tu seras sorti. Si j'avais su que tu reprendrais conscience aujourd'hui, je t'aurais apporté des fleurs.

— De ton jardin ouvrier ?

Nouvelle esquisse de sourire.

— Tu sais bien qu'il n'y pousse que des feuilles de tabac. J'aurais emprunté des tulipes à un voisin.

— Le butin d'un vol : un vrai cadeau pour un fonctionnaire de police.

— Je me réjouis que tu ailles mieux.

— Je repars en mission demain.

— Après-demain, prends ton temps.

Silence. Stave regarde son fils. Les gestes sont gauches quand il veut aider les infirmières à mettre en place le paravent, et il les gêne plutôt. Que peut-il bien faire de ses journées ? Pour autant que Stave le sache, depuis qu'il a été libéré du camp de prisonniers russes, où il avait été détenu comme soldat de la Wehrmacht, Karl gagne sa vie avec le tabac qu'il cultive dans le jardin ouvrier. Je suis à peine réveillé que déjà je me fais du souci pour lui, se dit-il. Ça ne s'arrêtera donc jamais. Il aurait aimé rendre visite à son fils plus souvent, mais Karl lui a fait comprendre qu'il lui est désagréable de voir son père là-bas.

Il pointe du doigt le manteau de Karl.

— Il pleut ?

Question bien inutile, mais il ne veut pas que le silence s'installe trop longtemps entre eux.

— Cette année, sûr que personne ne mourra de soif à Hambourg.

— C'est bien ou pas pour le tabac ?

Le jeune homme hausse les épaules, flegmatique. Il se penche sur son père et lui murmure :

— En parlant de tabac, les « *stukas* » d'à côté vont râler si je fume ?

— Il suffit parfois de se coller une clope entre les lèvres sans l'allumer. Ça calme les nerfs et les infirmières. Tu devrais fumer moins. C'est mauvais pour les poumons.

Karl éclate de rire. Un rire si bruyant que sœur Franziska lui jette un regard réprobateur par-dessus le paravent.

— Tes poumons sont plus troués que les miens!

— Tu sais s'ils ont arrêté ce type?

— Oui, ils l'ont cravaté. Le coup de feu a beaucoup énervé tes collègues. Ils l'ont maîtrisé dans les ruines et... (Karl hésite un instant) ils lui ont fichu une rouste, d'après ce qu'on entend.

— Un passage à tabac?

— En tout cas, il devait être passablement amoché quand il a atterri dans sa cellule. Il y a eu un article là-dessus dans le *Zeit*. Un seul, et court, s'empresse-t-il d'ajouter, quand il voit son père fermer les yeux.

Il va falloir que j'explique certaines choses au patron, se dit Stave. Et peut-être même au procureur Ehrlich. Quand une affaire s'emmanche mal, elle se termine vraiment mal. Quoi qu'il en soit, on tient le meurtrier.

Une longue demi-heure s'écoule, entrecoupée de paroles échangées au compte-gouttes. Stave aimerait poser quantité de questions à son fils : tu n'as pas envie de faire enfin quelque chose de raisonnable? Est-ce que tu as des amis, voire une copine? Mais il sait que, comme d'habitude, Karl restera sur son quant-à-soi, et il n'a pas la force de revenir à la charge avec le tact nécessaire. Le jeune homme ne lui confie que des choses sans intérêt, parle du mauvais temps et d'un match de football de l'équipe de Hambourg. Il se pétrit les mains, l'air gêné. Des doigts jaunes de nicotine, note Stave.

— Tu peux aller t'en griller une sans problème, dit-il. Il faut que je me repose un peu.

Karl opine, soulagé.

— Je repasse un de ces quatre.

Il lève la main. Un geste emprunté, qui ressemble presque encore à un salut nazi, puis il referme la porte derrière lui.

Le jeune homme derrière le paravent fredonne une mélodie. Du blues, se dit Stave, et il ferme les yeux de fatigue.

Mais cette douleur qu'il avait tant souhaité ressentir après le coup de feu l'empêche de s'endormir. Ses pensées errent du côté d'Anna. Depuis combien de temps ne l'a-t-il plus vue ? Six mois ? Sait-elle même qu'il est à l'hôpital ? Ne t'apitoye donc pas sur ton sort, se sermonne-t-il.

Sa compagne. Ou plutôt son ex-compagne. Il se rappelle que l'été passé, Anna von Veckinhausen a acheté pour une liasse de reichsmarks une alliance dans une bijouterie des Colonnades. Il ne sait presque rien de sa vie avant la guerre ni des circonstances de sa fuite à Hambourg. Quelqu'un en sait peut-être plus long : l'inspecteur principal pense à la conversation animée qu'elle a eue dans un café avec le procureur. À la mission secrète qu'Ehrlich lui a confiée : retrouver la trace des œuvres d'art que les nazis lui ont volées. Et encore aux paroles tristes qu'elle lui a adressées, à lui, son amant.

Ils n'ont formé un couple que durant quelques mois. Quelques restaurants et théâtres, quelques nuits passées ensemble, de rares fins de semaine volées. Il avait toujours beaucoup trop à faire. En plus, Karl était rentré du camp de Workouta et Stave n'avait pas réussi à accueillir son fils chez lui tout en continuant à fréquenter Anna. Ils s'étaient séparés, sans être brouillés. Résignés plutôt, comme après un combat perdu.

Il se languit du sourire d'Anna, soupire après le parfum de ses cheveux. Il pense aux mots futiles que Karl vient de lui adresser. Aux jours qu'il a déjà perdus dans cet hôpital et qu'il y perdra encore jusqu'à ce qu'on l'ait suffisamment retapé. Au passage à tabac que ses collègues ont infligé au criminel. Au patron de la police, Cuddel Breuer, qui voudra certainement qu'il lui raconte ce qui a mal tourné au cours de cette arrestation.

Rien ne va, se dit l'inspecteur principal, vraiment rien, et comme si cela ne suffisait pas, il faut qu'il m'arrive un truc pareil et que je traîne dans cet hôpital avec un poumon perforé.

Stave compte les jours passés dans sa chambre, l'un après l'autre. Cette lueur grisâtre qui filtre à présent par la fenêtre. Cette odeur de Lysol qui s'insinue jusque dans ses pores. Les mélodies fredonnées derrière le paravent. Il n'échange jamais un mot avec ce garçon qui ne reçoit jamais de visites, mais il a l'impression que les airs qu'il chantonne sont de plus en plus gais, de plus en plus énergiques.

Stave s'est efforcé de se lever dès le premier jour. Quel triomphe quand il a enfin réussi à aller seul jusqu'aux toilettes du couloir ! Certes, il vacillait sur ses jambes, la tête lui tournait et il avait les poumons en feu, mais tout vaut mieux que se soulager dans le bassin de lit et d'attendre que l'infirmière vienne vous en débarrasser.

Karl revient quatre jours plus tard. Ils n'ont pas grand-chose à se dire. Au cinquième, le lieutenant MacDonald pointe le nez dans l'entrebâillement de la porte. Stave a déjà résolu deux affaires criminelles avec lui. L'Écossais brandit un sachet de papier brun. Il en extrait vivement une énorme tablette de chocolat.

— Je vous apporte deux médicaments, lui confie le jeune homme. Du Hershey's. C'est un camarade de l'US Army qui me l'a procuré. Calories américaines garanties, mais je préfère qu'elles atterrissent sur vos hanches plutôt que sur les miennes.

Après un coup d'œil furtif par-dessus le paravent, il prend une voix de comploteur et tire du sachet une bouteille qui contient un liquide ambré.

— Whisky. Il vient aussi de l'officier américain. Old Tennessee, que les connaisseurs surnomment avec tendresse « Old Tennisshoes ». Ce n'est pas du Single Malt écossais, mais il va vous fouetter le sang.

Stave a un sourire timide.

— Quelques gorgées et le toubib révisera son diagnostic.

— Une guérison miraculeuse.

— Comment vont Erna et la petite ?

L'ancienne secrétaire de Stave avait commencé une liaison avec le jeune lieutenant. Non sans conséquences : une fille potelée en bonne santé, prénommée Iris, est née l'été précédent. Un vilain procès en divorce où elle avait perdu l'autorité parentale sur son fils de huit ans en faveur de son ex-mari, vétéran de la Wehrmacht, unijambiste et hargneux. Un licenciement de son poste à la brigade criminelle, « à l'amiable », parce que, après ce scandale, elle ne supportait plus les regards de ses collègues. Puis une bénédiction donnée par un aumônier militaire britannique qui l'avait métamorphosée en Mme MacDonald.

— La petite fait ses dents, répond l'officier en riant. Je regrette que la guerre soit finie, les nuits étaient plus calmes.

— Les dents seront là plus vite que la paix.

— Dieu vous entende ! Erna et moi, nous aurons un souci en moins.

Stave pense à Karl et au vieil adage qui dit que les soucis grandissent avec les enfants, mais il garde cette remarque pour lui.

— Dépêchez-vous de sortir d'ici, poursuit MacDonald, redevenu sérieux. Nous voulons fêter notre départ dans les formes.

L'inspecteur principal espère que le lieutenant ne remarquera pas le choc que lui procure cette annonce.

— Vous allez être muté ?

— M'a tout l'air que ça sera pour cet été. La rumeur du mess des officiers prétend que je resterai en Europe.

— Erna et Iris vous suivront ?

— Naturellement.

— Et le fils d'Erna ?

— J'espère que ça ne lui fendra pas le cœur de le laisser à Hambourg.

— Est-ce que vous allez encore essayer d'obtenir le droit de garde ?

— Le juge a été très clair là-dessus. Mes supérieurs hiérarchiques le sont tout autant, et un soldat intelligent sait quand une bataille est perdue.

Erna MacDonald, anciennement Berg, va payer un très lourd tribut pour sa nouvelle vie, se dit Stave. Mais elle n'est pas la première à payer cher pour recommencer à zéro après 1945.

Un jour, il a une visite surprise : le brigadier Heinrich Ruge, un *schupo*, un jeune gardien de la paix qui l'a déjà accompagné dans plusieurs enquêtes. Stave peine à le reconnaître : c'est la première fois qu'il le voit en civil – un costume sombre trop étroit dont ses avant-bras sortent comme des baguettes de tambour des manches trop courtes.

— Je vous ai apporté quelque chose.

D'un geste maladroit, il dépose un petit paquet rectangulaire sur sa table de chevet. Du chocolat. Une petite fortune pour un jeune *schupo*. Je dois vraiment avoir l'air bien amaigri, se dit Stave, très ému. Ruge est le seul collègue à lui avoir rendu visite.

Ils bavardent de choses et d'autres, et plus la conversation se prolonge, plus Ruge prend de l'assurance.

— Dommage que *Frau* Berg ne soit plus là, finit-il par déplorer.

— *Frau* MacDonald à présent.

Ruge rougit.

— Il faut s'y habituer. Ce n'est pas comme si elle s'appelait Müller ou Schmidt.

— Vous voulez dire par là que le nom ne fait pas assez « national-racial » ? demande l'inspecteur principal d'une voix douce.

Le visage du *schupo* s'empourpre.

— À temps nouveaux, noms nouveaux. Je ne trouve pas ça dramatique, au contraire. Le lieutenant est… (il cherche le mot juste) si cosmopolite. Mais quelques vieux collègues ont leurs problèmes avec une « Veronika ».

— Une « Veronika » ?

— C'est le surnom qu'on donne aux femmes qui fréquentent des *Tommies.*

— Seulement à la criminelle ? Ou dans tout Hambourg ?

— Partout. Vous savez comment c'est, *Herr Oberinspektor* : ce genre de qualificatif apparaît brusquement, sans qu'on sache vraiment ni d'où il vient ni qui l'a trouvé. Mais tout le monde sait à l'instant ce que cela signifie et tout le monde l'utilise.

— Je me souviens. Effectivement, après 1933, il y a eu aussi quelques noms amusants pour certains : le genre « youpin », « parasite »…

— Au fait, je veux être membre de la police judiciaire, s'exclame Ruge. J'ai déjà posé ma candidature à l'examen d'entrée.

L'inspecteur principal le regarde longuement. Doit-il le décourager ?

— Qui a passé à tabac le meurtrier de la station Baumwall, après son arrestation ?

— L'*Oberinspektor* Dönnecke.

Le vieux torpilleur. Cäsar Dönnecke, cet homme dont l'entrée à la brigade criminelle remonte à l'empereur Guillaume II. Qui est intervenu plusieurs fois aux côtés de collègues de la Gestapo au cours des années brunes, et qui a réussi, on ne sait comment, à échapper aux coups de balai des Britanniques après la guerre, quand les vainqueurs ont licencié des policiers pourtant moins compromis que lui.

— Dönnecke vous apprendra à vous garder de l'intolérable et à séparer le bon grain de l'ivraie.

— Je vais me méfier. Peut-être que je pourrai commencer avec vous, dans votre service. (Un timide sourire et Ruge s'empourpre à nouveau.) Si je suis admis, bien sûr.

Et à condition que je sois de nouveau à la manœuvre, se dit Stave qui se contente d'opiner en silence.

Plus tard, quand son visiteur est parti, l'inspecteur principal fixe le plafond de sa chambre d'hôpital et réfléchit. Il pense à Erna Berg. Erna MacDonald. Sait-elle comment les collègues l'appellent ? Certainement. Elle l'a peut-être même su avant que sa grossesse l'empêche de travailler. La plupart du temps, elle savait tout ce qui se passait à la brigade, le plus souvent avant tout le monde. Une « Veronika », une Anglaise désormais, qui a abandonné un mari ayant perdu une jambe sur le front de l'Est. Erna ne sera peut-être pas si malheureuse que son nouveau mari soit muté.

Cäsar Dönnecke. Le collègue de la Geheime Staatspolizei, la police politique du Troisième Reich, ce Gestapo-Dönnecke qui se livre à des passages à tabac sans redouter les conséquences.

— Je n'ai plus rien à faire dans cette boutique, dit Stave à mi-voix.

Le fredonnement cesse brutalement derrière le paravent. L'inspecteur principal retient le juron qu'il avait sur les lèvres. Il a pris sa décision : il faut que je change de service, se dit-il. Les homicides de la brigade criminelle, pour moi, c'est terminé.

L'office de lutte contre le marché noir

Vendredi, 11 juin 1948

Stave est debout à côté de l'éléphant en bronze que ses collègues de la police criminelle ont baptisé « Anton ». Une œuvre d'art qui remonte à l'époque où l'hôtel de police était le siège social d'une compagnie d'assurances. Dans ce monde révolu des années 1920, les imperturbables gratte-papier d'un trust dont le seul but était de faire des profits avaient tout de même pu se payer le luxe d'ériger à côté du portail d'entrée de leur immeuble, juste pour le plaisir, cette remarquable sculpture animalière en métal poli de plusieurs tonnes, haute de trois mètres.

Il n'est que sept heures du matin. Quoique ce soit l'un des jours les plus longs de l'année, la ville baigne dans une lumière grise. De légers voiles de bruine s'en vont à la dérive, trop épais pour de la brume, trop fins pour de la pluie. Il fait froid pour un début d'été.

Au pied de l'escalier, l'inspecteur principal se débarrasse de son manteau léger humide. Il attaque les marches agrémentées d'innombrables petits carreaux qui dessinent des lignes brunes, rouges, blanches et noires. Il prend son temps. Il claudique. Personne ne le remarquera à cette heure si matinale. La vieille blessure du cou-de-pied, qui remonte aux nuits de bombardements, le ralentit. Il sent aussi la nouvelle lésion, mais moins : une cicatrice sur la poitrine, aux lèvres encore un peu rougeâtres, plus longue que l'index, une déchirure déjà bien guérie, comme le lui ont assuré les médecins. Une douleur de temps à autre, un élancement plutôt, quand il fait un geste trop brusque. Et un coup d'aiguille quelquefois, quand il inspire, et surtout quand il fait un effort. Ça passera aussi. On n'y fait déjà plus attention quand il est en costume de ville, sinon qu'il est encore un peu plus maigre qu'auparavant.

Le couloir du sixième étage est aussi vide que le bunker du Führer en avril 1945. Son secrétariat, le royaume d'Erna Berg. Erna MacDonald. Pas de nouvelle secrétaire. Et pourquoi donc ? Pour commencer, après la naissance de la fille d'Erna, il n'y avait eu aucune candidature qualifiée. Ensuite, inutile d'embaucher quelqu'un – pas pour un inspecteur principal à l'hôpital universitaire d'Eppendorf. La lourde machine à écrire noire a disparu. Un collègue l'aura sans doute « empruntée ». De toute façon, ça n'a plus aucune importance.

Son bureau. Une légère couche de poussière sur la table de travail, pas de nouveau dossier, aucune nouvelle plainte enregistrée, nulle photo du laboratoire, pas de procès-verbal d'autopsie du Dr Czrisini. Il ouvre le large tiroir d'une armoire métallique : dans les dossiers verts suspendus, les pièces des enquêtes résolues ; on a dû emporter les classeurs des affaires en cours pour s'en défaire sur le bureau d'un collègue. Un tiroir rempli de chemises en carton – le travail de toute une vie professionnelle. Ça n'est pas si extraordinaire que ça, se dit l'inspecteur des Homicides. La seule chose qui compte, c'est ce qu'on ne voit pas : le coupable sous les verrous. Le châtiment du tribunal. La consolation des parents de la victime, piètre à dire vrai, mais tout de même. Et avant tout : la satisfaction, oui, la joie d'avoir résolu une énigme de plus.

Cela ne concerne pas nécessairement des crimes de sang, grommelle Stave en refermant le tiroir qui claque avec un bruit métallique.

Il fait systématiquement place nette dans son bureau, balance dans la corbeille à papier ses notices et jusqu'au dernier de ses calepins débordant de notes griffonnées. Pour finir, il aligne méticuleusement sur le plateau de la table quelques crayons et blocs-notes, son acte de nomination à la police criminelle, une relique de la défunte République de Weimar, les fiches qu'il a rassemblées au cours des années avec les centaines de coordonnées de criminels, de victimes, tous ses contacts, les informateurs et les suspects, un plan du Hambourg d'avant la guerre et un récent sur lequel les quartiers bombardés sont hachurés en rouge et les zones interdites par les Britanniques, le long de l'Alster, avec des lignes bleues. Il y ajoute une loupe et un ouvre-lettres. Contrairement à certains collègues, il n'a jamais fait grand cas des bibelots et des souvenirs, et il n'a jamais voulu sur son bureau de photos de Karl et de son épouse Margarethe ; et encore moins d'Anna. Il se rappelle brusquement qu'il n'a même pas une photo d'elle à la maison.

Il bourre quelques affaires dans une serviette en cuir à la fermeture défectueuse. Il l'a dénichée au marché noir – si ses collègues savaient ça ! Sur ces entrefaites, il entend des voix dans le couloir, des pas, des portes qui claquent. Il va se présenter à la prise de service. Le patron ne va pas être content d'entendre ce qu'il va lui annoncer.

Cuddel Breuer extrait son corps massif et musculeux de son siège quand Stave pénètre dans son bureau. Il vient à sa rencontre, lui serre la main, le visage sincèrement réjoui. Ça ne va pas me simplifier la vie, se dit l'inspecteur principal.

— J'aimerais changer de brigade, quitter les Homicides, lâche-t-il sans détour.

— Le type du Baumwall vous a aussi fracassé le ciboulot ? lui demande son chef en se laissant lourdement retomber sur sa chaise. (Il sourit encore, mais l'éclat de ses yeux s'est éteint.) Commencez déjà par atterrir. Reprenez vos marques. Pas nécessaire que vous dirigiez une enquête tout de suite. Vous n'êtes pas obligé de repartir sur le terrain bille en tête.

— Les Homicides ne me conviennent plus.

— Une blessure par balle peut facilement perturber son homme. Pas seulement physiquement, je veux dire. Réfléchissez. Prenez votre temps.

— J'en ai eu assez à l'hôpital. Et je ne crains pas qu'il m'arrive à nouveau quelque chose.

— Alors, pourquoi changer de brigade ? Seuls les meilleurs sont aux Homicides. Je vous y ai nommé personnellement. Le travail était certainement plus intéressant que là où vous végétiez avant.

Une subtile allusion au fait que les nazis l'avaient mis au placard – et que ça pourrait encore lui arriver. Que répondre ? Qu'il n'a plus envie de rencontrer un type comme Dönnecke ? Qu'en croisant ses collègues, il se demanderait lesquels parmi eux traitaient son ancienne secrétaire de « Veronika » ? Qu'aux Homicides, il était plongé corps et âme dans des enquêtes et n'avait plus eu le temps de s'occuper de son propre fils et de la seule femme qu'il aime.

— C'est bien plus compliqué que ça, réplique-t-il.

— Ça fait partie de mon boulot de trouver des solutions simples à des problèmes compliqués, marmonne Breuer. Vous craignez que je vous reproche de vous être fait tirer dessus ? Et que je vous demande des comptes pour ce passage à tabac dans les ruines ?

— Non. Dans le premier cas, ce sont les risques du métier. L'autre problème, c'est celui de Dönnecke… et le vôtre.

Tout en se saisissant d'un dossier dont il feuillette les pièces, Breuer grommelle quelques mots incompréhensibles.

— Vous voulez aller où ?

— À l'Office de lutte contre le marché noir, au Chefamt S.

Breuer referme violemment le dossier.

— Qu'est-ce qui vous prend, Stave ? Mais vous êtes tous devenus fous, les enfants, ma parole ! Qu'est-ce qu'un type comme vous irait faire à l'Office de lutte contre le marché noir ?

— C'est un travail éminent.

— *C'était* un travail éminent ! Vous avez complètement perdu les pédales sur votre lit d'hôpital ? Vous n'avez entendu parler de rien ?

— Du jour J, par exemple ?

— Du jour J, effectivement. Il y a des semaines que la rumeur circule : nous allons avoir une nouvelle monnaie. Adieu les vieux reichsmarks complètement dévalués ! Dégradés au rang de vieux papier. Les Alliés nous donneront bientôt une nouvelle monnaie. Nul ne sait quand, personne n'a la moindre idée des conséquences, mais tout le monde espère le mieux. Les étalages des magasins sont encore plus vides que d'habitude. Les gens sortent leurs chiffons de reichsmarks et payent avec des paquets de billets tout ce qui se vend encore. Les théâtres et les cinémas sont tous complets. On ne s'est jamais autant intéressé à la culture depuis qu'elle ne coûte pratiquement plus rien. Qui sait si la semaine prochaine, on pourra encore utiliser les billets de mille reichsmarks, même comme papier toilette ?

— Ça m'a tout l'air d'un âge d'or pour le marché noir !

— Absurde ! Depuis que les nazis se sont évanouis, c'est la première fois que je vois des trafiquants nerveux. Personne ne peut prévoir ce qui va arriver avec la nouvelle monnaie. L'économie va peut-être s'effondrer pour toujours et dans ce cas, il n'y aura plus rien à fourguer au marché noir, on redeviendra tous des paysans et on labourera les champs dans le Holstein. Possible aussi que ça marche ; et si c'est le cas, les gens gagneront à nouveau du vrai argent et pourront acheter de vraies marchandises dans de vrais magasins, comme au bon vieux temps. Quoi qu'il en soit, qui aura encore besoin d'un marché noir ? Et c'est précisément le moment que vous choisissez pour demander une mutation au Chefamt S ! Pour combattre le marché noir ! (Breuer tapote de l'index sur le dossier.) J'ai là une douzaine de demandes de mutation de collègues : adieu le Chefamt S, aller n'importe où, pourvu que ce soit ailleurs ! Si je voulais vous punir, je vous muterais à la lutte contre le marché noir.

— Ce serait une récompense. (Pour la première fois, l'inspecteur principal sourit.) Il n'y a pas grand-chose à faire à l'hôpital, si ce n'est compter les lézardes du plafond et réfléchir. Je n'ai pas pensé qu'au marché noir, patron. Aux ruines aussi, aux rues défoncées, à l'électricité sporadique qu'on nous coupe encore, aux chantiers navals bombardés, aux gares détruites, aux voitures qui datent d'avant la guerre, puantes et brinquebalantes, qui marchent au charbon de bois, aux chaussures avec des semelles découpées dans des pneus et aux vêtements taillés dans de la toile de parachute. On peut prévoir que dans les temps qui viennent, plus aucun Allemand n'envahira la Russie ou tout autre pays au monde. Et du reste, le monde ne s'intéressera pas à nous. Nous voilà seuls, et il ne nous reste plus qu'à reconstruire sur nos monceaux de ruines. Un âge d'or pour des personnes industrieuses – trafiquants de marché noir ou honnêtes commerçants. Il y aura beaucoup d'argent en circulation. Beaucoup, beaucoup d'argent, quelle que soit la monnaie. Et là où l'argent coule à flots, les criminels ne sont pas loin. Possible que le Chefamt S dépérisse. Mais on en fera une brigade de lutte contre les délits financiers. Impossible autrement. L'avenir est là. Je veux en être.

— Trafiquants et receleurs contre cadavres et assassins ?

— Ça ne me semble pas une mauvaise affaire.

— Vous êtes le seul à entendre ce genre de musique. (Breuer laisse libre cours à sa déception.) Bon, soit. J'ai là une dizaine de flics prêts à lécher les semelles usées de mes vieilles godasses si je les mute aux Homicides. Je vais m'en piocher un. De votre côté, vous pouvez prendre immédiatement votre nouvelle affectation. Vous connaissez les lieux. Présentez-vous à Bahr, du Chefamt S, et choisissez-vous un bureau – c'est pas les bureaux vides qui manquent.

Lorsque Stave passe une dernière fois par le couloir de la brigade des Homicides pour aller pêcher sa serviette, un policier d'une cinquantaine d'années à la carrure imposante lui barre la route. Sa tête massive est cernée d'une couronne de cheveux semblable à une guirlande de lauriers sur la tête d'un empereur romain. L'œil vif repose loin au fond de l'orbite. Cäsar Dönnecke.

— Bienvenue. Bonjour collègue, dit-il sans lui tendre la main.

— Au revoir, rétorque l'inspecteur principal. Je rejoins le Chefamt S.

Il veut forcer le passage, mais Dönnecke lui pose sa grosse patte sur l'épaule.

— J'ai toujours su que vous étiez trop délicat pour ce boulot, murmure-t-il. (Son haleine pue le tabac froid.) Mais je n'aurais jamais pensé que c'était à ce point. Un coup de feu et vous allez vous terrer là où vous ne courez certainement aucun risque. Le marché noir, c'est terminé, vous ne le saviez pas ? Ce n'est plus qu'une question de temps. Jusqu'à ce que les Américains nous offrent une nouvelle monnaie. Et les clients du Chefamt S vont filer comme un pet sur une toile cirée. (Il imite fidèlement le bruit approprié et agite une main droite velue.) Et après tout ça, qu'est-ce que vous ferez ?

— Je me planterai au milieu de la Stefansplatz avec un bâton et je réglerai la circulation.

— Ça améliorerait le trafic.

Dönnecke s'esclaffe de sa blague et lui lâche l'épaule.

Stave fait deux pas, puis se retourne.

— Qu'est-ce que vous avez fait à ce type, au Baumwall ?

L'homme au corps épais cligne des yeux, irrité, puis ses traits empâtés se déforment en un rictus sans joie.

— L'affaire est classée. Vous pourriez lire tout ça dans le dossier – si vous étiez encore aux Homicides.

Stave est déjà devant la porte de son bureau quand Dönnecke lui crie encore – d'une voix si perçante que tous les collègues peuvent l'entendre :

— Et comment va votre secrétaire? Cette Erna, comment déjà ?

— Veronika, rétorque Stave d'une voix tout aussi forte en actionnant la poignée de sa porte.

Quelques minutes plus tard, il est un étage plus bas, dans un couloir quasi identique. Les différentes brigades de la police criminelle sont étagées selon leur prestige. Tout en haut, les Homicides. Quelques mètres en dessous, le Chefamt S, car, depuis 1945, la lutte contre le marché noir avait la priorité. L'inspecteur principal regarde autour de lui : le couloir est vide, les portes de plusieurs bureaux sont entrebâillées, on n'entend nulle part le bruit de staccato d'une machine à écrire. On a l'impression que cet étage sera bientôt occupé par une autre brigade.

Il se dirige vers la seule porte derrière laquelle il entend une voix. Quelqu'un au téléphone. Il frappe et entre.

Un collègue, sans doute plus replet avant la guerre, repose d'un geste résigné le lourd combiné de bakélite noir sur sa fourche. Wilhelm Bahr, le patron du Chefamt S – un homme à qui les privations des dernières années ont fait fondre la graisse. Sa vieille peau lui pend mollement sur les joues et dans le cou comme des voiles en lambeaux un jour de calme plat. Stave avait organisé une rafle avec lui, lors de l'affaire de l'assassin des ruines. Il était alors plein d'énergie et d'entrain. Il jette à présent un regard las sur son visiteur. Un homme qui a peur de tout perdre.

— Je suis votre nouveau collègue, dit Stave en lui tendant la main.

— Vous devez être cinglé. Je viens juste de parler à Cuddel Breuer.

Bahr tapote sur le combiné, finit tout de même par lui serrer la main.

— Même vous, vous croyez que la brigade est finie ?

— Non. Nous allons grandir et prospérer. Mais personne d'autre n'y croit dans cette maison.

— On sera donc deux, réplique l'inspecteur principal.

Bahr secoue la tête, incrédule, et balance une liasse de papiers sur la table.

— Lisez !

Stave prend la première feuille, un papier réglé, manifestement arraché à un cahier d'écolier, couvert d'une écriture maladroite à l'encre noire : « Je vous dis par la présente que le transporteur Kröger du numéro 102 de la Kieler Strasse a stocké dans sa cour une grande quantité d'avoine. Qu'une partie est déjà gâtée par les charançons, les besoins sont si grands pourquoi une telle situation si déplorable ? Le véhicule qui appartient à *Herr* Kröger n'est utilisé que pour des transports clandestins. Pour ça, on livre du carburant à *Herr* Kröger. Maintenant, on transporte du bois de construction dans sa cour comme bois de chauffage des centaines de mètres. »

— Et qu'est-ce que le poète veut nous dire ? grommelle Stave.

— Qu'il a dormi pendant les cours de grammaire.

Bahr désigne la liasse de feuillets d'un air méprisant.

— Des corbeaux ! On reçoit tous les jours des escadrilles de ces drôles d'oiseaux. Avant, on en ignorait la plupart et on ne se concentrait que sur ce qui semblait important. Et maintenant, on s'occupe aussi de ces saletés. Collègue, ici on fait la semaine réglementaire de cinquante-six heures, pas d'heures supplémentaires comme aux Homicides, vous pouvez en être certain. Mais ces cinquante-six heures peuvent sembler plus longues.

— Je peux choisir un bureau, où vous m'en affectez un ?

— Prenez celui d'à côté. Belle vue sur la Karl-Muck-Platz, beaucoup de soleil, une fenêtre qui ferme bien. Décisif en hiver – au cas où nous serions encore là l'hiver prochain. Mais vous n'aurez pas de secrétaire pour vous tout seul.

— Je m'y habituerai.

— Vous voulez commencer par ranger votre bureau et vous organiser ? Ou démarrer tout de suite une enquête ?

— De l'avoine moisie dans la Kieler Strasse ?

— Non. Des œuvres d'art dans un champ de ruines. Peut-être une affaire de recel, peut-être aussi des histoires qui remontent avant la guerre. Personne ne veut s'en occuper et ça finit donc par atterrir au Chefamt S.

— Ça m'a l'air plus intéressant que d'aménager mon bureau. Pour ça, j'ai tout mon temps. Et de toute façon, ça ne m'en prendra pas beaucoup, réplique l'inspecteur principal en désignant sa serviette.

— Bien. En route alors : immeuble de bureaux du Reimershof à la Reimersbrücke. Détruit. En face des ruines de l'église Saint-Nicolas. Les gardiens sont déjà sur place. Je vais vous trouver une voiture. Si j'ai bien compris, il y aurait aussi une autre affaire dans le même immeuble. Apparemment, aucun lien entre les deux. Un collègue des Homicides s'en occupe.

— Quel collègue ?

— L'inspecteur principal Dönnecke.

— Nom de dieu !

— Je viens de vous le dire : nous ne sommes pas du bon côté du manche.

La couverture de nuages gris descend si bas qu'elle pourrait à tout moment cacher le sommet des ruines. Une pluie fine tourbillonne dans le vent, avant-coureur d'ondées plus fortes. Stave relève le col de son manteau, bien qu'il n'ait que quelques pas à faire de l'hôtel de police à la voiture de service. La Radiwa – voiture de patrouille avec radio – est une vieille Mercedes-Benz, élégante comme une vieille guimbarde, une ancienne ambulance de la Wehrmacht avec laquelle les collègues du poste de police 66 de la Lübecker Strasse patrouillent dans Hambourg. L'inspecteur principal se demande brièvement comment Bahr a pu se procurer ce véhicule. Il a peut-être travaillé au 66. Il fait un signe de tête au gardien âgé et fatigué assis au volant.

— Au Reimershof à la…

— Je suis au courant. Attention à la portière : elle s'ouvre parfois en roulant.

C'est une impression ou…, se demande l'inspecteur principal. J'ai à peine quitté les Homicides qu'on me traite déjà avec moins de respect.

Une courte distance, que Stave aurait aimé faire à pied malgré le mauvais temps. Mais, à peine arrivé à l'Office, il ne voulait pas priver Bahr du plaisir de lui faire une faveur. La vieille Mercedes cahote sur la Kaiser-Wilhelm Strasse et longe les ruines de la Stadthausbrücke. La façade d'un immeuble a été soufflée par une explosion et l'inspecteur principal jette un coup d'œil dans un ancien bureau situé au premier étage. La pluie a dessiné d'étranges motifs sur le papier peint détrempé qui pend aux murs. Comme des faces grimaçantes qui lui sourient. Entre deux murs éboulés, un joueur d'orgue de barbarie unijambiste actionne sa manivelle. L'inspecteur principal se demande qui va lui jeter une pièce dans ces lieux désolés. Au Rödingsmarkt, ils passent sous les piliers gris du métro aérien. On est à une station seulement de Baumwall et des ruines où il a été blessé. N'y pense pas, se dit Stave.

Il voit déjà l'église Saint-Nicolas – ou ce qu'il en reste. Aussi loin que remontent ses souvenirs, la pointe de sa flèche néo-gothique s'élançait dans le ciel de Hambourg. Il fut un temps où c'était la plus haute du monde. Elle n'a plus l'air à présent que d'une dent cariée : quoique le clocher, dont les restes de l'imposant carillon brillent sous la pluie, s'élève encore à cent mètres, l'église est éventrée des deux côtés, comme si on avait abattu les murs à coups de marteau et de burin. On discerne les escaliers de la nef, dont ne subsistent plus que trois ou quatre pans de murs décapités noirs et fendus, des embrasures de fenêtres et des rosaces dont la tempête de feu a fait fondre les vitraux.

L'agent de police contourne la ruine. Immédiatement derrière, la Reimersbrücke enjambe le canal Saint-Nicolas. C'est marée basse, des parois lézardées et des poutres de chêne, fichées depuis des générations dans le sol vaseux pour étayer les immeubles, émergent de l'eau brunâtre et boueuse qui monte à peine à cinquante centimètres.

— Pas sûr que le pont supporte le poids de la voiture. Je préfère me garer devant, marmonne l'agent en freinant brutalement.

Stave grommelle quelques mots de remerciements.

— Je vous attends ici, *Herr Oberinspektor* ?

Stave est sur le point de lui répondre « non » parce qu'il se sent d'attaque pour faire quelques centaines de mètres à pied quand il en aura terminé. Puis il se rappelle que sur les rives du canal, il n'y a certainement plus de téléphone dans les monceaux de ruines des immeubles de bureaux, qu'il sera peut-être nécessaire de faire appel à un expert et qu'il aura donc besoin de la voiture.

— Mettez-vous à l'aise, répond-il.

Soulagé, l'agent lui fait un signe de tête. Manifestement, ça ne lui déplaît pas d'attendre, tranquillement installé dans la Mercedes.

Deux *schupos* ont barré la Reimersbrücke et la rue – ce qui est bien inutile : il n'y a aucun passant à cent mètres à la ronde. Stave exhibe sa carte de police.

— Brigadier Ludwig Ramdohr, se présente l'un des deux *schupos* en le saluant. Ce sont des *Trümmerfrauen* qui ont découvert ça. Ces femmes travaillaient à déblayer les ruines quand une rafale de vent a abattu un mur. Une chance qu'elles aient été du bon côté et qu'elles n'aient pas été ensevelies. Quand la poussière est retombée, elles ont aperçu un squelette. Et une œuvre d'art.

— Un collègue s'occupe du squelette. Moi, je ne m'intéresse qu'à l'œuvre d'art. De quoi s'agit-il ?

Un haussement d'épaules indifférent lui répond.

— Un de ces trucs modernes.

Stave pense à Anna, qui gagne sa vie à extraire des ruines des œuvres d'art et des antiquités pour les revendre à des Britanniques et des trafiquants du marché noir.

— Vous pouvez préciser ? Un tableau ? Une statue ?

Sa voix est plus sévère qu'il ne l'aurait voulu.

— Une statue, si on peut appeler ça comme ça. Pour moi, c'est pas plus beau que le squelette d'à côté. Pas quelque chose que je mettrais dans mon salon, en tout cas.

Avec la manche de sa veste, le brigadier Ramdohr fait machinalement reluire la plaque d'identité épinglée sur sa poitrine : un petit insigne métallique où brille le mot « Hamburg », puis le blason de la ville et, plus bas encore, un numéro d'immatriculation à quatre chiffres. Il s'interrompt quand il remarque le regard de Stave.

— Je n'arrive pas à m'habituer à cette invention des Britanniques, s'excuse-t-il.

— En tout cas, la plaque brille bien.

— C'est pas comme votre œuvre d'art. Elle aurait bien besoin d'un bon coup de chiffon. Je vous y emmène.

Le Reimershof, ce qu'il en reste du moins, est le premier immeuble de bureaux juste après le pont. C'est un ancien bâtiment de huit étages, jadis revêtu d'un crépi blanc. Les deux constructions voisines, détruites elles aussi, étaient en brique et l'inspecteur principal pense que ce crépi blanc est le signe que le Reimershof était d'une construction plus récente. Années 1920, peut-être, estime-t-il, même si tout cela n'a plus aucune importance. Des taches d'humidité brunes et jaunes se sont incrustées dans le ciment et autour de chaque fenêtre vide monte une oriflamme de suie noire. On aperçoit le ciel – plus de toit. En plein dans le mille, se dit l'inspecteur principal. Une bombe incendiaire dans les combles, et dans la nuit personne pour se risquer à éteindre les flammes. Un incendie qui a dévoré les greniers jusqu'à ce qu'ils s'effondrent comme les couches d'un mille-feuilles, précipitant dans les profondeurs une avalanche de gravats, de bois et de pierres avec tout ce qui était entreposé à tous les étages. À Hambourg, il y a des centaines d'immeubles comme celui-ci, sans toit, avec des fenêtres sans vitres dans des murs quasiment intacts, entre lesquels s'amoncellent des montagnes de débris et de gravats.

Ansgar Kienle, le photographe de la police, lui fait signe depuis les restes encore carbonisés d'une lourde porte en chêne qui pend à ses gonds.

— Je m'occupe d'abord du mort, *Herr Oberinspektor*, lui dit-il en manière d'excuse. Je travaillerai à votre affaire après.

Lui aussi, il sait déjà que je ne suis plus aux Homicides, se dit Stave. Les nouvelles vont vite. Il le regarde : un visage avenant constellé de taches de son émerge d'une pèlerine, comme d'une tente qu'il a déployée au-dessus de sa tête pour se protéger de la pluie et dont un pan couvre son précieux Leica d'avant la guerre, l'unique appareil photo de la police criminelle de Hambourg.

— Bien. Ça peut attendre. Pas de danger que mes œuvres d'art rouillent, réplique l'inspecteur principal. J'y vais quand même, poursuit-il. Je serai prudent et je ne piétinerai pas vos empreintes.

— C'est ce qu'ils disent tous, soupire Kienle qui continue à manipuler son appareil.

— Où sont les *Trümmerfrauen* ?

— Derrière le Reimershof, le renseigne Ramdohr. Après la chute du mur et la découverte du cadavre, elles n'ont pas voulu attendre à l'intérieur. Vous pourrez les interroger après que… (il hésite) les collègues des Homicides leur auront posé leurs questions.

Entre les murs du Reimershof, tout est d'un silence irréel. Des tas de décombres, dont certains montent aux hanches, d'autres à trois ou quatre mètres, une montagne de tuiles cassées, de poutres noircies, de câbles tordus et de carrelage réduit en miettes. De l'herbe a poussé par endroits. Un bouleau, qui atteint déjà presque ce qui a dû être le plancher du deuxième étage, s'élève en plein milieu des ruines. Aucun endroit plat où poser le pied. À chaque pas, Stave entend des crissements sous ses semelles, des petits morceaux de pierre roulent parfois le long de la pente. Comme les murs empêchent le vent de s'engouffrer, les fins voiles de bruine tombent tout droit et les décombres luisent. Stave se dit qu'il pleut plus dedans que dehors. Du côté qui tourne le dos à la Reimersbrücke, il manque un grand pan de mur. Ses cinq mètres de hauteur se sont éboulés.

— Heureusement, les *Trümmerfrauen* travaillaient de l'autre côté, explique Ramdohr, qui a machinalement baissé la voix.

L'inspecteur principal opine et s'approche. Le poids des briques qui ont chuté a dégagé une cavité auparavant enfouie sous des gravats. La cave, se dit l'inspecteur principal. Non loin de là, un groupe de plusieurs *schupos* et un collègue en civil inconnu de Stave forment un groupe à un endroit qui aurait pu être un entrepôt, mais qui ressemble à présent à une fosse dans laquelle des pierres ont glissé comme au fond d'un entonnoir. Il se contente de leur adresser un salut fugace. En jetant machinalement un œil au fond, il discerne un corps – un squelette avec des restes de vêtements collés sur les os et une peau tannée, le rictus d'un crâne. Il n'est pas de toute fraîcheur, se dit-il. Puis il secoue la tête. Ce n'est pas ton problème.

Le brigadier le conduit au bord d'une cavité à quelque distance de la cave effondrée. Elle est à peine plus profonde qu'une petite dénivellation dans les gravats.

— C'est là, *Herr Oberinspektor*, voici ce qui vous intéresse.

Stave ne distingue d'abord rien. Il descend dans la cuvette, s'arrête brusquement, interloqué parce qu'il a failli marcher sur un visage. Une tête. À moitié cachée sous une masse de tuiles réduites en poudre, détrempée par la pluie persistante. Stave écarte la boue avec précaution. Une tête de femme grandeur nature, d'un métal brun-rouge. Du bronze, estime Stave qui n'est pas un grand expert. Par endroits, elle est recouverte d'une couche de vert-de-gris ou d'une fine croûte blanche semblable à du lichen. Il reconnaît tout de même des signes particuliers : de grands yeux, un nez légèrement incliné vers la gauche, un sourire aux lèvres. Une partie du cou brisé a disparu, mais la tête semble intacte. De l'art moderne, estime-t-il, sans même avoir jamais vu cette sculpture. Ce serait bien qu'Anna soit là. Et pas seulement à cause de cette œuvre d'art. Stave secoue la tête, mécontent de lui. C'est ta première affaire, concentre-toi.

— Les *Trümmerfrauen* ne nous auraient certainement jamais signalé ce truc, grommelle Ramdhor resté au bord du trou. Elles l'auraient caché sous leur tablier et vendu à un ferrailleur. C'est le squelette qui les a fait déguerpir. Elles ont eu peur et nous ont appelés.

— Ça va, rétorque l'inspecteur principal, irrité.

Inutile de faire des reproches aux femmes. Il se retient de demander au brigadier ce qu'il aurait fait à leur place.

— Ce n'est pas le seul trésor de ce tas de ruines, ajoute incidemment le *schupo* en désignant un endroit à environ un mètre du bronze.

Stave s'y rend et laisse échapper un sifflement reconnaissant.

— Vous avez un œil d'expert ! lui crie-t-il sur un ton d'ironie retenue.

Trois fragments d'un corps de statuette, une femme peut-être, même si le nez manque, que les joues sont écorchées et que les morceaux du torse ressemblent à une grosse masse informe, si bien qu'on ne peut pas l'identifier. À première vue, Stave croit avoir sous les yeux un dieu égyptien archaïque. De la pierre gris clair, se dit-il. Mais, alors qu'il soulève le premier fragment, il sent qu'il connaît ce matériau. Du béton… Quel artiste travaillerait avec ça ? Ça doit être assez moderne.

Il se met à fouiller systématiquement les lieux. Par deux fois, il croit avoir mis la main sur quelque chose d'intéressant, mais ce ne sont que des morceaux d'éclats de bombes au phosphore britanniques. Ces projectiles effilés, longs comme le bras, avaient l'air inoffensifs ; ils ressemblaient presque à des pièces de feu d'artifice trop grandes. Ils tombaient des avions par milliers, il en pleuvait dru, ils cassaient les tuiles et mettaient le feu aux greniers. Des flammes rouge et jaune – fleurs flamboyantes qui poussaient dans la ville obscure. Le lendemain matin, les lourds éclats métalliques des bombes étaient fichés dans l'asphalte mou des rues, et les enfants qui avaient survécu les arrachaient du bitume solidifié.

Une demi-heure plus tard, tandis que le *schupo*, trempé de pluie, ne cesse de lui lancer des regards de plus en plus hargneux depuis le bord du trou, Stave déterre encore quelque chose : la moitié inférieure d'une tête d'homme en céramique noire émaillée. Elle n'a plus de nez, plus d'yeux, les cassures sont tranchantes. Cela lui rappelle ce crâne défoncé qu'il avait vu lors d'une de ses premières enquêtes alors qu'il était jeune fonctionnaire de la police criminelle. Malgré toutes ses recherches, il ne trouve plus rien, pas le moindre fragment de la voûte crânienne. À défaut, il exhume quelques pièces de monnaie. Des pièces de un et deux marks, des reichsmarks des années 1930 à moitié fondus. La chaleur de l'incendie qui a fait rage cette nuit-là, se dit-il.

— Ces œuvres d'art n'étaient pas là à l'origine, finit-il par confier à Ramdohr après s'être péniblement extirpé de la cuvette. Si tout s'était écroulé dessus, les œuvres seraient encore plus endommagées. (Il pointe le doigt sur les pièces de monnaie.) Elles devaient être là-haut, dans les combles ou dans un des derniers étages. Là où la bombe incendiaire a frappé. En revanche, les œuvres d'art n'étaient pas là-haut : le bronze n'a pas fondu, le béton n'est pas noirci. Elles étaient donc sans doute au moins un ou deux étages plus bas. L'incendie et les bombes explosives peut-être aussi ont tellement endommagé l'immeuble que tous les étages ont fini par s'écrouler les uns après les autres sur les caves et que leur poids a fait céder les voûtes.

— Comme une pile d'assiettes qui vous échappe, commente Ramdohr. *Beng-beng-beng*, les assiettes s'écrasent sur le sol l'une après l'autre et ça donne un beau gâchis.

— Vous parlez d'expérience ?

— J'ai deux mains gauches, ma femme n'arrête pas de s'en plaindre.

Heureusement que les *schupos* n'ont pas le droit d'être armés, se dit Stave.

— Le Reimershof a été touché en juillet 1943, pendant l'opération Gomorrhe, poursuit-il. Ces pièces datent donc de cette époque, à moins qu'elles ne soient plus anciennes.

Il ne s'agit pas là de la cachette d'un receleur, se dit l'inspecteur principal, ni de l'entrepôt clandestin de trafiquants du marché noir qui dissimulent volontiers leurs marchandises dans les ruines. Dans les ruines, oui, mais pas ici, pas dans ce genre de décombres, et pas ce genre d'objets non plus, se dit-il encore. Cela ne concerne vraiment pas le Chefamt S, car quel rapport entre ces œuvres et des magouilles de marché noir ? Ceci dit, quand le marché noir menace de s'effondrer, on prend ce qu'on trouve.

— Ça n'a pas l'air bien précieux, si vous me demandez mon avis, commente le brigadier, méprisant.

— Je ne vous le demanderai donc pas.

Stave se rappelle Anna et les liasses de reichsmarks qu'elle touche en échange de quelques-unes de ses trouvailles, et le procureur Ehrlich qui veut à tout prix récupérer sa collection d'œuvres d'art que les nazis lui ont volée avant la guerre.

— Possible que nous fassions un heureux avec ça, quelqu'un qui ne se doute même pas de son bonheur, marmonne-t-il. Il nous suffit de trouver qui a loué des locaux du Reimershof jusqu'en 1943.

Stave remarque, étonné, que Ramdohr rectifie tout d'un coup la position comme un militaire.

— L'*Oberinspektor* Dönnecke arrive, souffle-t-il en un murmure.

Le collègue corpulent est en train de gravir un monticule de ruines, suivi de trois agents plus jeunes qui ont du mal à le suivre.

— Vous avez à peine quitté notre étage que vous vous retrouvez déjà dans mes pattes, Stave, grommelle-t-il.

— Votre mort, mes œuvres art.

— Votre prétendu art n'est pas en meilleur état que mon vieux cadavre.

— Peut-être que les deux sont liés.

— Ouais, et le monde est plat comme un disque et le Führer se cache dans les Alpes bavaroises. Ne me racontez pas d'histoire, collègue. Pas question que vous reveniez aux Homicides, même par la porte de derrière.

— Le mort et ces œuvres sont dans le même immeuble.

— Maintenant que vous me le dites... Il est même possible qu'ils aient été atteints par la même bombe. Et alors ? Je m'assure que la cause du décès est bien due à la guerre et rien d'autre, ensuite je vais essayer de trouver qui était ce type. Et vous, vous vous occupez de vos oignons. Ce cadavre est peut-être ce qui reste du propriétaire de vos œuvres d'art. Dans ce cas, nous agraferons nos dossiers ensemble et on les mettra au placard où on les oubliera pour l'éternité. Mais d'ici là, je ne veux pas vous voir dans mon bureau, c'est clair ?

Ramdohr ricane, remarque que Stave le fixe, reprend son attitude impassible.

— C'est toujours un plaisir de travailler avec vous, rétorque Stave en faisant signe au *schupo*. Trouvez-moi des caisses ou des cartons, Ramdohr. Quand Kienle aura fini avec ses photos, on emballera tout ça et on l'emmènera à l'hôtel de police.

Il suit des yeux le brigadier qui disparaît dans une ouverture du mur. Puis il lance un regard discret à Dönnecke. Il ne s'est même pas donné la peine de descendre dans le trou où gît le cadavre.

Deux jeunes recrues tournent lentement autour du mort avec toutes les précautions possibles. Le troisième est resté aux côtés de son supérieur hiérarchique, prêt à prendre en note ce qu'il lui dictera. Mais, manifestement, Dönnecke n'a pas grand-chose à dire, le crayon mâchonné remue à peine. Il ne fait même pas semblant de chercher sérieusement, se dit Stave en haussant les épaules. Et pourquoi donc ? Des dizaines de milliers de personnes sont mortes durant les bombardements, et depuis des années des policiers trouvent des cadavres partout. Et il y en a encore pour des années. Ce n'est plus mon problème, se dit-il.

Arrive le Dr Czrisini, le médecin légiste. Il traîne sa mallette à bout de bras, on dirait qu'il transporte du plomb. Son corps jadis bien enveloppé est amaigri, la peau des joues est jaunâtre, derrière les épaisses lunettes à monture de corne les yeux sont tapis au fond des orbites cernées de noir. Seule la Woodbine pincée entre ses lèvres n'a pas changé.

— Vous devriez aller en cure, le salue Stave. Un séjour de quelques semaines à la mer du Nord vous ferait du bien.

— Si c'est pour avoir un été pluvieux comme ici, autant rester à Hambourg, réplique Czrisini en haletant. (Puis il baisse la voix.) J'ai entendu dire que vous ne faisiez plus partie de la troupe ?

— Je donne dans l'art et le beurre de contrebande.

— Le marché noir n'a plus d'avenir, Stave. Le Chefamt S est une gare terminus.

L'inspecteur principal s'esclaffe.

— La gare terminus, c'est votre morgue !

— Pas pour quelqu'un qui peut encore tenir sur ses deux jambes. Prenez ça pour le conseil d'un médecin : revenez aux Homicides.

— Pour que vous ayez d'autres collègues que Dönnecke ?

— Ce type ne me fait pas peur, répond Czrisini, avant qu'une quinte de toux le plie en deux.

Stave n'a pas eu à attendre longtemps Kienle.

— Vous saviez que mon Leica a appartenu à un reporter de guerre ? lui demande le photographe en dérapant dans les décombres pour le rejoindre au fond de la cuvette. Campagne de France, Norvège, front de l'Est, mission à bord d'un sous-marin : il a survécu sans jamais se plaindre. Mais cette putain de pluie de Hambourg va finir par me le tuer.

— Comment êtes-vous tombé sur l'appareil photo d'un reporter de guerre ?

— Ce reporter de guerre, c'était moi. (Kienle rit.) J'ai même fait la couverture de *Signal* avec une de mes photos ! Après le 15 mai 1945, les *Tommies* m'ont refusé de continuer à travailler comme photographe, mais quand Cuddel Breuer m'a proposé le poste à la police criminelle, les Britanniques n'ont rien eu à redire. Allez comprendre !

— Vous avez fait beaucoup de photos là-bas ?

— Près du cadavre ? Non, même pas la moitié d'un rouleau de 24. Je vais le terminer avec ce que vous avez trouvé et je file au labo. J'espère que je ne confondrai pas les clichés : ces crânes n'ont pas l'air en meilleur état que celui du pauvre type découvert au fond de l'autre trou.

— Victime d'une bombe ?

— C'est ce que pense l'inspecteur principal Dönnecke.

— Et vous ?

— Je ne pense pas, je fais des photos.

Stave laisse la place à Kienle et regarde le jeune homme tourner autour des objets, s'agenouiller dans la saleté, faire le point et appuyer de temps à autre sur le déclencheur. Il se place toujours de façon que son ombre ne tombe pas sur les œuvres, seul moyen pour profiter de cette faible lumière naturelle. Kienle veut certainement économiser les précieuses ampoules flash, suppose l'inspecteur principal.

Tout en guettant le petit bruit des déclics et le léger bruissement de l'armement de la pellicule, il se demande pourquoi le photographe vient de se dérober à sa question. Kienle ne fait pas que des photos, il est aussi le seul agent de la police criminelle à relever les empreintes. Après trois années passées à la brigade, au cours desquelles il est intervenu presque quotidiennement sur quasiment tous les lieux de crime, c'est un homme expérimenté, quoi qu'il ait fait auparavant – plus expérimenté que bien des enquêteurs plus âgés qui ne se déplacent que de temps en temps sur la scène d'un nouveau crime. Il serait donc intéressant de savoir ce que Kienle a remarqué. Mais Stave ne le connaît pas assez pour lui poser une question aussi personnelle.

Au moment même où le photographe rembobine son film et escalade la pente de la cuvette, Dönnecke disparaît avec sa suite dans une Mercedes qui laisse derrière elle des panaches de fumée. Il n'a même pas questionné les *Trümmerfrauen*, note Stave.

— Le collègue Dönnecke n'attend que mes photos pour conclure définitivement cette enquête. Encore quelques clichés que personne ne verra.

— Vous aimeriez de nouveau faire la une d'un magazine ?

— Il m'arrive d'avoir la nostalgie du bon vieux temps.

— Je vais montrer partout vos belles images. Elles finiront bien par intéresser quelqu'un.

— Un rédacteur en chef ?

Kienle s'est efforcé de prendre un ton ironique, mais Stave y devine une légère lueur d'espoir.

— Des experts en art, en tout cas, réplique-t-il. J'aimerais bien savoir exactement ce que nous avons trouvé là.

Kienle désigne la tête de femme en bronze.

— J'ai déjà vu cette dame quelque part.

— Où ?

— Aucune idée. Je ne m'en souviens pas. Pas dans une galerie ou un musée, plutôt… (Il hésite.) Enfin, je crois que j'ai déjà vu cette tête, mais plus petite. Vous comprenez ? Dans mon souvenir, elle n'a pas cette taille humaine.

— Une copie plus petite ? Comme une sorte de modèle ?

— Non. C'est plutôt comme si je l'avais déjà vue en photo. Quand j'ai travaillé pour les journaux, je n'ai pas fait que des photos. Je ne sais pas combien de clichés j'ai visionnés. Des tirages de collègues, des piles de photos sur des tables de rédactions. Des milliers, probablement. Et cette tête était sur l'une d'entre elles. Mais je ne sais plus qui l'a faite. Ni quand.

— Si vous vous rappelez, passez me voir. Vous trouverez mon bureau un étage plus bas.

— Je ne risque pas de me perdre. Et puis, en ce moment, c'est assez calme au Chefamt S.

Stave est resté debout dans la cuvette et observe Ramdohr qui emballe les œuvres et les range dans des caissettes avec un soin approximatif. L'inspecteur principal n'est pas obligé de rester avec lui, mais il ne veut pas quitter l'immeuble en ruines avant que le docteur Czrisini ait enfin fini d'examiner son cadavre et que des porteurs l'embarquent sur une civière, recouvert d'un drap noir.

— Encore une victime des bombardements ? demande-t-il au légiste en espérant que sa curiosité ne sera pas trop évidente.

— Vous ne pouvez pas vous en empêcher, hein ? Prenez mon conseil au sérieux : les meurtres, c'est bon pour votre santé mentale.

— Je suis curieux, sans plus.

— Plus que ça : vous avez une idée derrière la tête.

L'inspecteur principal sourit.

— Vous devriez devenir psychiatre. Ça ne vous étonne pas qu'il y ait encore des lambeaux de vêtements sur le corps ?

— Peu de gens meurent nu.

— J'ai vu des éclats de plusieurs bombes incendiaires, poursuit Stave sans se laisser décontenancer. Et j'ai une poignée de monnaies à moitié fondues. Je me souviens – ça devait être durant l'automne 1943 – qu'on m'avait appelé avec quelques collègues pour fouiller des étagères dans la cave d'une maison détruite, à la recherche des marchandises d'un receleur. Nous n'avons trouvé que des dizaines de bocaux de confiture faite maison. Mais, alors que le dernier bombardement remontait à deux ou trois jours, la confiture était toujours en train de bouillir dans les pots de conserve en verre. Il a dû y avoir une chaleur infernale dans cette maison.

— De la confiture qui bout, des pièces de monnaie fondues, reprend Czrisini, songeur, mais notre mort est encore à moitié vêtu. Donc pas de chaleur. Pas assez en tout cas pour lui brûler la chemise sur le corps.

— Et les œuvres d'art n'ont pas fondu non plus. Le feu a dû faire rage dans les combles ou au dernier étage, mais ces objets devaient probablement se trouver au rez-de-chaussée ou peut-être au premier. Ils ne sont tombés dans la cave que quand tout s'est effondré, ce qui a dû se produire des heures après que l'immeuble a été touché, alors que les grandes chaleurs avaient déjà diminué.

— Et vous pensez que notre inconnu était lui aussi dans la partie inférieure du Reimershof?

— Non loin des œuvres d'art. Les bombes incendiaires sont traîtresses, mais leur puissance explosive est faible et, en plus, elles ne sont pas très lourdes. Elles ont mis le feu aux combles où elles sont restées. Tous les employés qui se trouvaient dans les étages inférieurs ont eu le temps de s'échapper. Czrisini, vous savez bien vous-même que des gens sont montés dans les greniers pour balancer à mains nues des bombes dans la rue ou pour jeter des seaux de sable dessus. Et la plupart du temps, ça marchait.

— La plupart du temps, oui, mais pas toujours.

— Soit. Mais si notre inconnu avait eu la guigne, il aurait brûlé. Ce qui n'est pas le cas.

— Non. Fracture du crâne. Lui aussi, il a eu la toiture fracassée, mais pas par une bombe des *Tommies*. Un trou grand comme un œuf de pigeon, juste dans la *sutura sagittalis*, qui relie les deux pariétaux au centre de la voûte crânienne. Un trou d'une forme très bizarre, irrégulière.

— La fracture a pu être provoquée par une poutre ou des morceaux de béton ?

— Non. Vu sa taille, il s'agirait plutôt de la tête d'un petit marteau. Mais la forme irrégulière indiquerait un objet différent. Une pierre ? Je n'ai rien trouvé dans la boîte crânienne et une pierre resterait coincée dans l'os, ou on la trouverait à l'intérieur même du crâne.

— Sauf si elle a été retirée après le crime.

— C'est bien ce que je dis : vous ne pouvez pas vous en empêcher ! C'était peut-être une pierre – ou un presse-papier, ou un encrier. On est dans un ancien immeuble de bureaux, ici. Pas extraordinaire si ce genre de truc vous tombe sur la cafetière.

Le rire de Czrisini se transforme en une quinte de toux.

— Vous avez déjà pensé à la Suisse ?

— Je n'ai pas besoin de montagne magique. Ça n'a rien à voir avec une tuberculose. Ne vous faites pas de souci pour moi.

— Et Dönnecke ? Qu'est-ce qu'il dit de ces indices ?

— Il n'a fait aucune remarque sur les lambeaux de vêtements. Ou bien il n'a pas compris ce qu'ils signifiaient ou bien il s'en fout. À propos de la fracture, il a plastronné : « Typique blessure d'éclats. » D'éclats d'une bombe qui aurait explosé à côté de la maison. Ils auraient volé à travers la fenêtre et auraient touché notre homme.

— Vous lui avez raconté ce que vous venez de m'expliquer ?

— Naturellement. À quoi Dönnecke a simplement répondu que pendant les nuits de bombardement il y avait des éclats qui giclaient dans tous les sens et frappaient les gens.

— Aux tempes, peut-être, au visage, à la nuque. Mais pas sur le dessus du crâne, en plein milieu du crâne. Si quelque chose fuse à travers une fenêtre, ça vient de côté – que la victime soit assise ou debout. Pas d'en haut.

— Sauf si elle était couchée, avec la tête vers la fenêtre.

— Si quelqu'un est couché sur un lit ou un divan, il est sous le rebord de la fenêtre. Les éclats ne l'auraient même pas touché.

— Notre homme était peut-être couché plus haut, sur un bureau.

— La tête tournée vers la fenêtre ? Et tout ça pendant un bombardement !

L'inspecteur principal ne prend pas la peine de dissimuler la colère qui l'envahit. Dönnecke fait un travail de cochon, il veut tout simplement en finir vite avec son enquête. Or, il ne s'agit pas d'un banal accident de la circulation avec de la tôle froissée, il y a un mort, nom de dieu !

— Ce n'est pas votre affaire, Stave, réplique le médecin légiste en allumant une nouvelle Woodbine au mégot de l'ancienne. Mais comme je vous vois si curieux, vous pouvez passer à l'Institut. On ne sait jamais ce que la table de dissection peut révéler comme surprises.

— Je ne devrais pas. Si Dönnecke l'apprend, ça va faire des histoires.

— À plus tard alors, rétorque Czrisini, en lui faisant un salut de la main.

Peu de temps après, Stave est face à une vingtaine de femmes qui s'abritent de la pluie sous la dalle en béton d'un immeuble voisin presque entièrement détruit. La plupart portent de vieilles blouses ou des tabliers aux couleurs délavées, des souliers grossiers ; quelques-unes, des gants de travail en cuir. Elles ont des fichus sur la tête pour se protéger de la poussière de ciment, et aussi des lunettes, de celles que portaient jadis les estafettes à moto de la Wehrmacht, qu'elles ont remontées sur leur front pendant cette pause forcée.

L'une d'entre elles, à qui l'inspecteur principal donne une quarantaine d'années, s'avance et lui serre vigoureusement la main. Une peau rêche. Prises dans les sourcils bruns, malgré la pluie, des particules de poussière grise pulvérulente.

— Karla Riel, se présente-t-elle. Quand est-ce qu'on pourra reprendre le boulot ?

— Navré pour cette attente. Et désolé que vous ayez vu le cadavre.

— J'ai vu plus de morts que vous, réplique la femme d'un air indifférent. Et on a déjà trouvé dans les décombres et les gravats des cadavres qui étaient dans un état bien plus terrifiant.

— Le plus terrible, c'est les cadavres d'enfants, remarque une femme du groupe.

Les autres la fixent du regard – et Stave ne sait pas si c'est pour la mettre en garde ou pour la blâmer.

— C'est les œuvres d'art qui m'intéressent.

Karla Riel lui lance un regard étonné et quelque peu méfiant.

— Et il y a un flic pour se déplacer exprès pour ça ? Le mort vous intéresse pas ?

— C'est l'affaire de mon collègue.

— On peut pas dire qu'il se foule beaucoup, celui-là ! C'est précieux, vos trucs ?

— Pourquoi me demandez-vous ça ?

— Pourquoi vous nous interrogeriez, autrement ? On n'a pas affaire à un brigadier chaque fois qu'on déterre un corps de fourneau ou un compteur électrique.

— Je pense que ces œuvres coûtent plus cher qu'un corps de fourneau.

— Elle avait l'air bien effrayante, cette tête en métal qui a émergé de la boue. (Karla Riel rit, troublée.) Mine de rien, quand je l'ai vue, j'ai été plus effrayée que si ç'avait été un vrai crâne. Bizarre, non ?

Stave pose encore quelques questions. Les *Trümmerfrauen* évacuent à mains nues d'innombrables mètres cubes de gravats dans la ville en ruines. Sans cela, Hambourg étoufferait sous les décombres – et sans les tuiles intactes qu'elles dégagent laborieusement, sans les tuyaux et les conduites, les fenêtres et les portes qu'elles arrachent aux déblais, aucune maison ne serait encore reconstruite.

L'inspecteur principal prend bien garde à ne pas durcir le ton pour interroger Karla Riel et ses camarades. Il reste affable et il a tôt fait d'être persuadé qu'elles ne lui cachent rien : pas d'autre sculpture en bronze, que l'une ou l'autre aurait l'intention de dissimuler sous son tablier. Aucune idée de leur propriétaire – un portefeuille qu'elles auraient trouvé, par exemple, qui l'aiderait à avancer. Il note leurs noms.

— Je vous rends le Reimershof. Mais soyez gentilles d'appeler la police si vous déterrez d'autres œuvres d'art.

— Sûr que c'est pas le genre de trucs que je vais mettre sur la commode de ma chambre, rétorque Karla en resserrant le nœud de son fichu.

À la médecine légale

Le soir venu, Stave déambule en direction de l'Institut de médecine légale et de criminologie clinique de la Neue Rabenstrasse. La pluie s'est changée en fine bruine, il a l'impression de passer à travers des voilages de soie frais et doux au toucher. L'humidité pénètre lentement à travers les fines semelles de ses chaussures, ses pieds deviennent gourds comme s'il se promenait au bord de l'estran vaseux de la mer du Nord.

Le domaine de Czrisini est une ancienne villa avec quelques fenêtres obstruées par des planches et un crépi auquel l'humidité a donné la couleur jaunâtre d'un papier peint bon marché.

— Où est l'unique objet de ma curiosité ?

— Dans la chambre froide. J'ai eu moins de temps que je ne pensais. J'ai dû remplacer au débotté un collègue absent pour montrer un tour de main à des étudiants.

Czrisini montre un crâne dont la suture sagittale est ouverte. Stave s'approche, intéressé.

— Vous y avez introduit des petits pois ? s'étonne-t-il.

— On fait couler des petits pois secs dans le crâne par le trou occipital. On y verse de l'eau, les pois gonflent et avec un beau *knack*, toutes les fontanelles s'ouvrent proprement. Très instructif.

— Et plein de calories. Quand je pense aux timbres hebdomadaires de ma carte d'alimentation, j'aurais plus besoin de petits pois que ce crâne.

— Mais vous avez aussi eu besoin de médecins bien formés, il n'y a pas si longtemps…

— Soit. Vous avez donc passé votre temps avec des petits pois et des étudiants. Vous voulez que je revienne demain ?

— Entre-temps, j'ai déjà examiné quelques points chez notre ami. L'inspecteur principal Dönnecke exige le procès-verbal d'autopsie.

— Il veut surtout boucler son enquête.

— Il n'a pas cru nécessaire de me dire pourquoi il était si pressé. J'ai rapidement examiné le cadavre et griffonné quelques lignes, et j'ai rangé le corps pour plus tard.

— Se pourrait-il que vous ayez un double de votre rapport ?

— J'en ai bien un, mais pas pour vous. Ne m'en veuillez pas, mais je n'ai pas envie que l'estimé collègue découvre un de mes documents chez vous.

— Je comprends, murmure Stave en sortant son vieux calepin en loques.

Czrisini sourit.

— La victime est décédée il y a longtemps. Il est bien difficile de donner une date précise. La destruction du Reimershof date de cinq ans environ. Ça pourrait coller. Prenons donc pour hypothèse que la mort remonte à cinq ans, mais comme je l'ai dit, ce n'est qu'une vague supposition. Elle a sans doute été causée par une TIB, une lésion cérébrale traumatique. Je ne peux bien entendu pas écarter d'autres causes, à condition toutefois que la victime soit morte lors d'un bombardement : l'air comprimé par une explosion endommage les poumons. Il est alors mort étouffé. Ou quelque chose comme ça. Une chose est sûre cependant : il a reçu un grand coup sur le crâne. Il semble que le coup ait été porté avec un objet en L, de la taille d'un poing, qui lui a fracassé le crâne.

— Des morceaux de débris de l'immeuble quand il s'est effondré ?

— Probablement pas. Des morceaux de béton ou des poutres occasionnent des blessures plus larges, souvent les os de la boîte crânienne sont véritablement brisés en de multiples éclats. Ici, on a plutôt affaire à un coup unique frappé avec un objet résistant. Pas une tête de marteau, pas un tuyau, pas une matraque ou un gourdin, les fractures ne ressembleraient pas à ça. Par ailleurs, je n'ai rien trouvé non plus à l'intérieur de la boîte crânienne qui aurait pu causer ce genre de blessure, un éclat de bombe par exemple ou quelque chose comme ça. Ça ressemble donc plutôt à un coup qui a fracassé le crâne.

— Un meurtre avec un objet en forme de L ? demande l'inspecteur principal, curieux.

— On aurait trouvé le mort ailleurs, je vous dirais « oui » tout de suite. Mais dans un immeuble bombardé… (Czrisini est secoué par une quinte de toux comme un saule dans un ouragan.) Dans un immeuble bombardé, je n'exclus pas que la mort ait tout de même été provoquée par l'explosion d'une bombe. Qui peut savoir avec exactitude ce qui se passe dans un bâtiment qui s'effondre ?

Stave pense à Margarethe. Sans se faire remarquer, croit-il, il se cramponne au bord de la table jusqu'à ce que le vertige ait cessé.

— Vous avez des photos ? demande-t-il d'une voix étrangement atone.

Le médecin légiste semble ne s'être rendu compte de rien. Il a le regard fixe, perdu dans la nuit à travers la fenêtre – si longtemps que l'inspecteur principal pense qu'il a oublié sa présence.

— Oui, bien sûr, grommelle tout à coup Czrisini, comme s'il était brusquement revenu à la réalité. Je ne sais pas si je devrais vous donner un cliché.

— Si on le trouvait chez moi, je mettrais ça sur le dos de Kienle.

Czrisini se fend d'une faible sourire, plonge la main dans un tiroir, puis tire une photo d'une enveloppe : des os crâniens, couverts de peau tannée, des restes de cheveux. En plein milieu du crâne, un trou bordé d'une croûte noire.

— Regardez, marmonne le légiste en pointant du doigt la fracture.

— C'est comme si on lui avait tamponné un L à l'envers sur la tête.

— Un L de belle taille, qui a laissé une trace relativement profonde, commente Czrisini. Si le cerveau n'était pas putréfié, je pourrais certainement constater une hémorragie massive.

— Mortelle ?

— Vous pourriez parier quelques reichsmarks.

— Autre chose encore ?

— Vous pouvez être sûr de ça aussi : le mort est un homme. En témoignent la forme du bassin ainsi que le crâne, les mains, les bras, les jambes. Un adulte, 1,70 mètre environ, svelte. Vu l'état de la dentition et des articulations, je lui donnerais entre trente et cinquante ans. Pas un soldat de la Wehrmacht.

— Et vous arrivez à voir ça à l'autopsie ?

— Il avait une déformation congénitale du pied, un varus équin, réplique Czrisini. En clair : un pied bot. Même Adolf n'en aurait pas voulu dans son armée.

— Le Führer avait bien engagé Goebbels, ça en fait donc au moins un, rétorque Stave tout en changeant de point d'appui.

Vu sa blessure au cou-de-pied, il lui est pénible que le légiste parle de pied bot.

— Ceci encore, reprend Czrisini qui fait semblant de n'avoir rien remarqué. Le mort portait de bonnes chaussures qui se sont mieux conservées que ses vêtements : elles ont été faites sur mesure par un cordonnier.

— Gloire au cordonnier inconnu.

Le légiste tire une paire de chaussures noires en cuir d'une boîte en carton. La droite a gardé son élégance malgré les traces de moisissure sur le cuir ; la gauche, en revanche, a la forme d'un sac en papier déformé, avec un bout de lacet. Czrisini montre les semelles.

— Du vrai cuir, pas du caoutchouc. Bien lisse. Quand vous marchez avec ça, la surface des semelles se raye un peu presque à chaque pas ; il suffit de marcher sur un grain de sable. Avec le temps, il se forme d'innombrables éraflures sous le talon et les orteils, quantité de griffonnages, comme avec un crayon. Regardez.

Il tend une loupe à Stave qui se décide pour la chaussure droite et se met à en examiner la semelle. Beaucoup de lignes plus claires sous le talon et la pointe, mais aussi, sous la voûte plantaire, quelques traces gravées à la cambrure, là où la semelle n'entre pas en contact avec le sol.

— Nom de Dieu, s'exclame-t-il.

Czrisini approuve de la tête.

— Des traces classiques sous le talon et à l'avant. Celui qui porte ces chaussures est tombé et se retrouve donc allongé sur le sol. Normalement, les semelles ne sont rayées qu'aux endroits où nous posons le pied : pointe et talon. Mais cet homme a dû taper du pied contre quelque chose tout en étant couché, un mur, une pierre, quelque chose de dur ou de résistant, de sorte que ses chaussures présentent quelques écorchures là où d'ordinaire il n'y en a pas. S'il s'était relevé de sa chute, il n'y aurait rien sous la cambrure. Il a donc vraisemblablement tapé du pied pour la dernière fois alors qu'il était déjà au sol, à l'horizontale, ce qui…

— … signifie qu'il s'est encore défendu alors qu'il était allongé par terre, ou qu'en luttant pour sa vie ses pieds ont cogné contre quelque chose, complète l'inspecteur principal.

Un grand coup sur le crâne, qui lui défonce la voûte crânienne, songe-t-il à haute voix, l'homme tombe, le corps agité des derniers soubresauts *ante mortem*, et il va taper des semelles contre un mur ou quelque chose comme ça. Rideau.

— Belle théorie.

— C'est ce que vous avez noté dans votre rapport à Dönnecke ?

— Ce qui n'a pas vraiment réjoui l'inspecteur principal. Il a dit qu'une maison qui s'effondre pouvait laisser toutes sortes de traces sur des cadavres. Il ne fallait pas que je me fasse du mouron à cause de ces putain de semelles éraflées.

Stave se tait longuement.

— Qu'est-ce que vous pensez encore découvrir quand vous vous pencherez à nouveau sur le mort avec votre scalpel ? veut-il encore savoir.

Un haussement d'épaules.

— Je n'en ai vraiment pas la moindre idée. Je pense simplement que notre inconnu a bien mérité que j'y regarde d'encore un peu plus près.

— Maintenant ?

Czrisini secoue la tête.

— Je suis fatigué. Et le mort ne risque pas de se sauver.

L'inspecteur principal le regarde, note les joues creuses, la peau jaunâtre, les mains agitées d'un léger tremblement. Auparavant, Czrisini aurait sacrifié une nuit pour arracher son secret à une victime.

— Bien, dit-il. Merci pour votre aide discrète.

Stave flâne le long de l'Alster. Il n'est pas pressé, personne ne l'attend dans son appartement. Si au moins l'été méritait son nom, se dit-il, il pourrait passer les dernières heures tièdes de la journée sur son balcon. Dans ses pièces sombres, exiguës et humides, il a l'impression d'être enfermé dans un cachot.

Il traverse la Lombardbrücke et décide de faire un détour par la Mönkebergstrasse. La lumière rouge du feu tricolore luit sous la pluie. À Hambourg, il y en a deux qui remarchent. Bien que seuls quelques voitures et deux camions des Britanniques circulent, des centaines de piétons disciplinés attendent que le feu passe au vert.

La Mönkebergstrasse était jadis la rue commerçante préférée des Hambourgeois. Elle est devenue plus étroite parce qu'elle est encore encombrée par des débris de façades éboulées qui débordent des trottoirs. Beaucoup de magasins sont à nouveau ouverts. Stave passe devant le Levantehaus, puis l'imposant bloc de C&A, un ancien magasin juif qui a été « avantageusement aryanisé » en 1938. L'inspecteur principal avait pensé qu'après 1945, on le rendrait à ses anciens propriétaires, mais il en avait été autrement. Peut-être n'y en avait-il plus.

Stave jette un coup d'œil sur les étalages. Il a eu pour le mois de juin un bon d'achat pour dix cigarettes américaines. Il les a données à son fils avec celles des mois précédents. Karl les a converties en reichsmarks au marché noir. Une bonne petite transaction que je ne peux plus m'autoriser, se dit Stave, maintenant que je suis au Chefamt S. Avec sa liasse de billets en poche, il a presque l'impression de se retrouver avant la guerre – mais cette impression ne dure pas.

Les devantures sont désespérément vides. Une assiette ici, un pantalon là, à côté de quelques manteaux légers. Stave entre dans le magasin situé en face de C&A. L'entrée est gardée par un bas-relief en pierre avec deux figures à l'air martial et un lion.

— Les Russes sont passés par là ? demande-t-il à un jeune vendeur fatigué. On dirait que le magasin a été pillé.

Un regard critique.

— Vous rentrez d'un camp de prisonniers ?

— C'est à peu près ça.

— Tout le monde parle depuis des semaines du jour J, c'est pour ça que tout est vide.

— La faute au jour J ?

— Notre seconde capitulation. La capitulation du reichsmark. Le jour où les Ricains vont nous donner la nouvelle monnaie. Personne ne sait exactement quand ce sera, ni quelle somme nous toucherons par tête de pipe. Mais une chose est sûre : la nouvelle monnaie va arriver.

— Et c'est pour cette raison que vous ne vendez plus rien contre l'ancienne ?

— Nous vendons ce que nous avons en magasin. Mais les entreprises ne produisent plus rien. Ou, quand elles produisent, elles stockent.

— Vous auriez encore une chemise d'homme à ma taille ?

— Non. (Puis le vendeur regarde autour de lui, se penche vers Stave et lui souffle au creux de l'oreille :) Essayez donc chez Otto Reuter.

L'inspecteur principal sourit. Otto Reuter, O. R., *Ohne Rechnung*, sans facture, un achat sans payer de taxe. Ce type ferait une drôle de tête s'il sortait son insigne de police. Mais aurait-il encore une chance d'avoir sa chemise ?

— Et qu'est-ce qu'Otto Reuter propose ?

— Il ne reste plus qu'une simple chemise de travail, bleu clair. 22,50 reichsmarks.

L'inspecteur principal reste impavide. Cette chemise coûtait 3,50 reichsmarks avant la guerre. Mais que faire ? Comme dans peu de temps l'ancienne monnaie ne vaudra plus rien, n'importe quel prix est un bon prix. Il dépose vingt-trois billets de un reichsmark sur le comptoir. Le vendeur disparaît dans l'arrière-boutique pour revenir très vite avec la chemise enveloppée dans du papier. Il lui rend cinq timbres de dix pfennigs.

— Pas de monnaie ?

— On thésaurise les pièces de monnaie. Le bruit court qu'elles ne seront pas dévaluées. Et même si c'était faux, le métal, c'est du métal. On a quelque chose de solide en main.

— Espérons que le jour J ne va pas tarder. Sinon, on ne pourra même plus envoyer une seule lettre.

Stave est quasiment certain qu'il est illégal de rendre la monnaie avec des timbres-poste. Il les range tout de même dans son portefeuille.

— Où pourrais-je trouver des lames de rasoir ?

— Trois magasins plus loin. Seize fois plus cher que le prix de vente officiel. En tout cas, c'était comme ça ce matin.

— Otto Reuter ?

— Vous avez vraiment été absent longtemps.

Tard le soir, Stave est fatigué. Il est assis dans son appartement exigu et regarde par la fenêtre. Sur les vitres, il y a des traces de la tempête de feu de 1943 : de minuscules bulles dans le verre, dans lesquelles se réfracte la lueur jaunâtre de la lune. La pluie a cessé, la couverture de nuages s'est déchirée, mais l'air est vif, le vent du nord-ouest souffle en rafales. Ce n'est qu'une pause, se dit l'inspecteur principal, toute la fin de semaine va être pourrie. Ses pensées vont vers les œuvres d'art brisées du Reimershof. Et vers le mort, dont il n'a pas le droit de rechercher l'identité. Un mort parmi les dizaines de milliers de morts de la guerre. Qui s'intéresse encore à un destin comme celui de cet homme ? Tout le monde ne pense qu'à la nouvelle monnaie.

Après quelques minutes, il se rend compte qu'il est en train de palper sa cicatrice du bout des doigts, juste sous le cœur. Tu as eu de la chance, se dit-il. Il finit par penser à Karl cultivant du tabac dans son jardin ouvrier. À Anna, qui regarde peut-être à cette heure le même ciel à Altona, par le soupirail de son appartement humide en sous-sol. Ou qui profite encore de la lueur de la lune sur des ruines qui menacent à tout instant de s'ébouler pour déterrer des œuvres d'art et des antiquités. Ou qui n'est peut-être pas seule, qui rit ou… Il repousse ces pensées. « Chance », se dit-il, ce n'est pas le mot exact pour dépeindre ma situation.

Des billets de banque inconnus

Lundi, 14 juin 1948

Tôt le matin, Stave quitte son appartement, préoccupé. Il a un voisin au rez-de-chaussée : Kurt Flasch. La quarantaine, petit, nerveux, sec, les rares cheveux bruns coiffés de manière à masquer sa calvitie, des lunettes à monture en nickel, soudées au support de nez, et dont les épais verres loupe lui font de gros yeux noisette. Sa femme a presque deux têtes de plus que lui et pèse au moins deux fois autant. Ses deux adolescents n'ont que des bêtises en tête. Un homme dont la famille croque tout ce qu'il gagne et qui a donc toujours peur de perdre son enveloppe de paie. Un brave fonctionnaire, vite entré au NSDAP en mars 1933 et rapidement blanchi par les Britanniques en 1945 pendant les premières procédures de dénazification. Quelqu'un avec qui l'inspecteur principal n'a jamais échangé que les banalités d'usage entre voisins – jusqu'à ce week-end. Car Kurt Flasch est employé à la banque centrale du Land de Hambourg.

C'est ainsi que, dimanche vers midi, Stave a attendu devant le numéro 93 de la Ahrensburger Strasse, sachant que Flasch allait rentrer après sa « rencontre dominicale entre hommes », occasion de se retrouver au bistrot du coin autour de verres de bière bon marché et de schnaps artisanal. Il est allé à sa rencontre devant l'immeuble et a fait comme si le hasard avait guidé ses pas. Stave n'est pas bon acteur, mais Flasch n'était plus à jeun et n'avait pas remarqué son manège. Le voisin a pris un temps fou pour retrouver sa clé dans sa poche.

— On n'aura bientôt plus besoin de fermer la porte à clé, lui avait soufflé, mine de rien, l'inspecteur principal, tout en observant ses gestes maladroits et en se retenant pour ne pas lui prendre la clé des mains afin de lui ouvrir la porte. Au jour J, on sera tous tellement ruinés qu'il sera inutile de se fatiguer à cambrioler.

Flasch a momentanément renoncé à ses tentatives et brandi sa clé comme un instituteur sa baguette.

— Au jour J, on s'achètera tous des serrures en plus ! a-t-il répliqué d'une voix légèrement traînante.

— La nouvelle monnaie ne nous plaira pas plus que les vieux billets de reichsmarks.

— Taratata ! L'argent, c'est de la confiance sur papier. Plus personne ne croit aux anciennes devises. C'est les Américains qui nous donneront la nouvelle monnaie, et ça, c'est du solide. Et quand les gens gagneront à nouveau du vrai argent, ils produiront de vraies choses et achèteront de vraies marchandises. Nous remontons la pente, vous allez voir ! La racaille du marché noir viendra gratter à nos portes.

— Quand ?

Flasch a complètement oublié sa clé. Il regarde autour de lui. Avec ce temps maussade, la rue est quasiment vide.

— En mai, des cargos américains ont accosté à Bremerhaven à un quai particulièrement bien gardé. Des GI ont déchargé vingt-trois mille caisses en bois immédiatement stockées dans huit trains spéciaux. Direction Francfort !

Flasch lui a lancé un regard triomphant, puis il s'est rendu compte que Stave n'avait pas compris ses derniers mots.

— Eh bien, Francfort ! La banque centrale, la Reichsbank ! Où il y a les plus grands coffres-forts d'Allemagne ! Qu'est-ce que vous croyez qu'il y avait dans ces vingt-trois mille caisses ? Des tablettes de chocolat ?

Il s'est esclaffé.

— Francfort, c'est aussi le quartier général des forces américaines, a fait remarquer Stave. Ça pourrait être aussi des caisses de munitions. Ou des liasses de dollars pour la paie des soldats.

Flasch s'est tapoté le bout du nez.

— L'odeur de l'argent, je la sens, même quand il est caché dans des coffres à Francfort. Ça fait assez longtemps que je suis à la banque de Hambourg.

Pour quelqu'un qui sent l'argent à distance, tu n'es pas bien gras, a pensé Stave, mais il s'est gardé de toute remarque et après avoir souhaité un bon dimanche à son voisin, il lui a ouvert la porte.

Sur le chemin de l'hôtel de police, il repense à cette conversation. Si la nouvelle monnaie est déjà en Allemagne, elle sera bientôt distribuée. Dans combien de temps ? Quelques semaines ? Quelques jours ? Une année ? Il n'arrive pas à croire que cela va changer quelque chose de remplacer un vieux billet d'un mark par un nouveau billet d'un mark. Pourquoi le vieux n'aurait-il plus aucune valeur ? Cela étant, alors qu'il avait dix-neuf ans et qu'il venait d'entrer à la police, il était devenu immédiatement milliardaire en touchant sa première paie hebdomadaire : en 1923, les presses imprimaient des reichsmarks à tire-larigot, on pouvait en bourrer des paniers à linge. Cela avait commencé avec des millions, puis ce furent des milliards, et finalement des billions. De la monnaie de singe avec beaucoup de zéros. Un journal, ou un œuf, qui ne valait que quelques pfennigs, était brusquement devenu si cher qu'il fallait compter les zéros sur les doigts pour savoir s'il s'agissait de dix millions ou de cent. La fierté de Stave d'avoir touché sa paie avait vite été réduite à néant, transformée en un mépris cynique. Des enfants s'étaient bricolé des cerfs-volants avec des billets de mille reichsmarks, les voisins de ses parents avaient colmaté les fentes des portes avec des liasses de billets. Et tout à coup, en une seule nuit, on avait introduit un nouveau mark – et tout était redevenu normal. Des prix normaux, pas d'inflation, comme si toute cette histoire n'avait été qu'un mauvais rêve. L'inspecteur principal n'avait jamais compris pourquoi cette opération avait été un succès, et pendant des années il avait eu du mal à résister à la tentation de dépenser tout de suite tout son argent de crainte qu'il ne vaille plus rien le lendemain. Si cela a marché en 1923, pourquoi pas en 1948 ?

Il se perd dans ses souvenirs tout en allongeant le pas dans la Ahrensburger Strasse. Par endroits, la pluie s'est transformée en ruisseaux boueux d'un brun sale qui sourdent des ruines et gargouillent sur les trottoirs crevassés. Il les évite pour ne pas ruiner ses chaussures. Il pense à cette chaotique République de Weimar, dont il n'avait personnellement jamais pensé qu'elle avait été si terrible. Peut-être parce qu'il était jeune. Qu'il vivait avec Margarethe. Avec Karl, qui, à cette époque, était encore un garçon plein de gaieté. Et ses pensées vont vers cette nuit de bombardements de juillet 1943. À l'internement de Karl dans un camp de prisonniers russes. À Anna. Il finit par se rendre compte que la seule personne avec qui il avait parlé ce week-end avait été ce petit fonctionnaire à moitié saoul de la banque centrale de Hambourg à qui il avait discrètement tiré les vers du nez.

Il est soulagé quand il arrive enfin à la hauteur de l'éléphant de bronze qui trône devant le portail de la Karl-Muck-Platz. Il est encore dans l'entrée quand Bahr l'intercepte.

— Rendez-vous chez Cuddel Breuer.

— Le patron en a tellement à nous reprocher ?

— Si c'était le cas, on en prendrait tous pour notre grade, parce qu'il nous a tous convoqués.

Des douzaines de fonctionnaires de police encore somnolents se pressent déjà dans la plus grande salle de conférence de l'hôtel de police. Quelques collègues exhibent leur tête chiffonnée du lundi matin. Ils puent la sueur ou le schnaps plus qu'il ne convient dans ce lieu qui sent déjà le renfermé. Mais personne n'ouvre une fenêtre : la tempête fouette les vitres et cingle des traînées de pluie sur les carreaux. À l'instar de Stave, beaucoup ont replié leur manteau mouillé sur l'avant-bras parce qu'ils n'ont pas eu le temps de passer à leur bureau.

Cuddel Breuer entre dans la salle, l'air plus frais que ses troupes.

— Les enfants, annonce-t-il, on part en excursion.

Une demi-heure plus tard, une centaine d'agents en tenue et des dizaines d'inspecteurs renfrognés dans leur manteau mouillé se répartissent autour de l'hôtel de ville et de la banque centrale, un édifice gris clair, imposant, qui se dresse à droite de la mairie, solide comme un gigantesque coffre-fort. Au fronton en ogive, des deux côtés de l'écusson de la ville, on peut lire « Reichsbank » et en dessous, comme la date d'émission d'une pièce de monnaie, les années de sa construction : « 1914-17 ». Plus bas, cinq sculptures en pierre debout sur une corniche, séparées par des fenêtres à meneaux, toisent la place en grimaçant ; au centre, un armateur de la Hanse porte sur les bras un modèle réduit de bateau.

— Il n'y a pas eu autant de policiers devant l'hôtel de ville depuis le discours du Führer à Hambourg, marmonne Bahr qui s'est placé à côté de Stave.

Tous deux ont relevé le col de leur manteau et enfoncé leur chapeau bas sur le front, mais l'inspecteur principal ressent malgré tout l'humidité qui s'infiltre, lui mouille les cheveux et traverse la fine étoffe de son manteau.

— Personne ne s'intéresse à l'hôtel de ville, réplique-t-il. Même si Cuddel Breuer ne l'a pas dit – c'est la banque centrale que nous sécurisons, pas le refuge du maire.

— Le jour J approche.

— J'aimerais bien savoir comment ça va se passer.

Ils sont debout à environ cent mètres de la banque, à côté d'une pompe à bras en fonte. Le vent fouette la pluie à travers la place. Mêlée à la puanteur de la boue et de la pourriture, l'humidité monte aussi de l'Alster et des canaux. Un tramway approche en brinquebalant, freine et s'arrête au centre de la place, roues grinçantes. Le jaune pâle et rouge de sa peinture luit sous la pluie, les fenêtres sont embuées. Quelques dizaines de voyageurs en descendent, se précipitent vers l'abri d'un bâtiment, mains croisées sur les chapeaux et les fichus, quelques-uns blottis sous des parapluies. Comme pendant les alertes aériennes, se dit machinalement Stave. Presque aucun des voyageurs ne s'intéresse aux policiers et aux inspecteurs qui forment à présent une chaîne autour de la place, à quelques mètres les uns des autres.

— J'espère qu'il va bientôt se passer quelque chose, grommelle Bahr, je commence à être trop vieux pour faire le pied de grue pendant des heures, sous la pluie, dans mes chaussures trempées.

— Voilà de la visite, répond Stave qui met discrètement la main à son étui d'aisselle.

Deux Jeeps britanniques approchent à vive allure des deux côtés de la banque, freinent en faisant hurler les pneus. Des policiers militaires en descendent, doigt sur la détente de leur pistolet-mitrailleur. Cuddel Breuer avance à leur rencontre, échange quelques mots avec le capitaine et retourne à sa place. Les policiers se passent ses instructions tout au long de la chaîne : « Toutes les rues sont barrées. Le tramway est à l'arrêt. Plus personne ne pénètre sur la place. Il n'y en a que pour quelques minutes. »

Huit lourds camions de l'armée s'avancent et s'arrêtent devant la banque, moteur tournant. Impossible de deviner ce qu'ils transportent sous les bâches. Des policiers militaires en masse. Stave aperçoit sur sa gauche deux *schupos* qui empêchent deux femmes de pénétrer sur le périmètre bouclé de la place.

Des employés de la banque sortent du bâtiment. L'inspecteur principal reconnaît Flasch, malgré la pèlerine bleu foncé sous laquelle il est tapi. Le hayon du premier camion s'ouvre dès que les premiers employés approchent. Ils transportent les caisses en bois jusqu'à la banque entre deux haies de policiers militaires prêts à tirer.

Stave approche. Les caisses sont longues et étroites, faites de planches non rabotées. CLAY-W-OCF-OFD-279, lit-il, imprimé sur un côté.

— On dirait un numéro de code, remarque Bahr. Clay signifie argile. Messieurs les banquiers vont suivre des cours de poterie ?

Stave observe la frêle silhouette de Flasch qui porte une caisse avec un collègue, sans effort apparent.

— La marchandise n'a pas l'air aussi lourde que de l'argile, marmonne-t-il.

— Donc, pas des pièces de monnaie, commente le patron du Chefamt S, quelque peu déçu. De la monnaie papier, des caisses de monnaie papier. Huit camions pour tout Hambourg. Ça doit faire combien ?

— J'espère qu'il n'y en a pas assez pour attirer quelques-uns de nos clients !

L'inspecteur principal jette des regards inquiets aux alentours.

Il faut bien plus que les quelques minutes annoncées pour que les camions soient vidés. Manifestement las d'attendre, des policiers militaires finissent même par donner un coup de main. Ce n'est qu'en fin de matinée que les camions quittent les lieux en pétaradant. Stave remercie le ciel qu'il pleuve autant. Sous le soleil et la chaleur, des centaines de badauds se seraient rassemblés ; mais, pour les curieux, le mauvais temps est plus dissuasif que le cordon d'agents.

Breuer laisse sur place quelques inspecteurs plus jeunes, auxquels il adjoint vingt *schupos.* Des Britanniques restent aussi postés près de la banque. Le premier tramway ne tarde pas à faire crier ses roues avant de s'arrêter à la station. Des silhouettes abritées sous des chapeaux ou des parapluies se hâtent de nouveau sur la place. Tout est redevenu comme auparavant, comme s'il ne s'était rien passé.

L'après-midi, MacDonald s'annonce dans le bureau de Stave. L'inspecteur principal lui serre la main, étonné mais ravi – et quelque peu hésitant.

— Avant, je pouvais me dire que vous ne veniez pas régler un problème, mais séduire ma secrétaire. Maintenant, je n'ai plus de secrétariat ni même de machine à écrire.

— Ne restent donc que les problèmes. Navré, mon vieux. Ça ne m'étonne pas que vous ayez changé de service : il arrive un moment où le guerrier le plus valeureux a vu assez de balles et de cadavres. Et depuis une heure j'en suis même ravi : Monsieur le gouverneur civil aimerait bien coopérer avec le Chefamt S pour une affaire… disons délicate.

— En toute discrétion, naturellement.

— Vous pouvez informer votre supérieur hiérarchique, mais inutile qu'on en rende compte demain dans la presse.

— J'ai déjà une enquête sur les bras.

— Tant mieux. Comme ça, personne ne remarquera que vous vous intéressez aussi à une autre.

MacDonald s'assied et allume une John Player. Il a depuis longtemps renoncé à en offrir une à Stave.

— Nous avons des informateurs qui travaillent pour l'administration britannique et qui nous rapportent des renseignements inédits.

— Des mouchards ?

— Disons des observateurs de confiance. Un de ces messieurs était dans mon bureau il y a une heure et il m'a donné ceci.

L'officier a tiré de sa poche d'uniforme un portefeuille en cuir et lui présente deux billets de banque. Sur l'un deux, un motif turquoise, au centre un « 5 » et le texte suivant : « Fünf Pfennig – BANK DEUTSCHER LÄNDER ». Le second billet est bleu, le motif est différent, l'identification bancaire identique : un billet de dix pfennigs.

— Quelqu'un a échangé une petite liasse de ces billets contre des reichsmarks au marché noir de la Goldbekplatz. Aujourd'hui, à midi.

Il a dit cela comme s'il s'agissait d'une banale anecdote, mais la crispation des muscles de sa mâchoire et la manière dont il se tient, dos raide, trahissent sa concentration.

— Je n'ai encore jamais vu de billets de cinq ou dix pfennigs. Et encore moins avec ces motifs et cette inscription, répond Stave en souriant, mais je me doute de la raison pour laquelle vous êtes venu.

D'un revers de main, le lieutenant se débarrasse d'un nuage de fumée de cigarette.

— C'est bien pour ça qu'on fait une aussi bonne équipe, tous les deux.

— Depuis des semaines, il se murmure des histoires de jour J et de nouvelle monnaie, poursuit l'inspecteur principal. Ce matin, avec l'ensemble des collègues, nous avons bouclé la place de l'hôtel de ville pendant des heures. Des véhicules de l'armée se sont garés devant la banque à l'intérieur de laquelle on a transbahuté des caisses. Une telle dépense d'énergie n'a pas grand-chose à voir avec ce que j'appellerais une opération secrète. Et nous allons donc devoir affronter des tonnes de nouvelles rumeurs.

— Et un habile faux-monnayeur en profite pour mettre en circulation de l'argent fantaisiste… Des billets de Monopoly. Mais notre informateur prétend qu'ils ont été vendus pour de la « monnaie de demain ». Beaucoup ont refusé d'acheter, ont dit que cela n'avait aucun sens. Mais quelques individus crédules ont franchi le pas.

Stave pense à une affaire qui avait suscité autant d'incrédulité que d'hilarité à la police criminelle. Un lithographe de Hambourg avait imprimé dans sa cave des tickets d'alimentation de graisse et de sucre qu'il avait ensuite coloriés à la main. Pas des contrefaçons très habiles, assez bonnes toutefois pour lui rapporter rapidement quatre cent trente kilos de graisse et trois cent vingt de sucre – une fortune ! Il se rappelle aussi le manque de petite monnaie dans le magasin de la Mönkebergstrasse.

— Ce n'est pas idiot d'imprimer des petites coupures de cinq pfennigs, marmonne-t-il. Plus crédible en tout cas que d'essayer de fourguer des billets de cent marks.

— Le problème, c'est que plus ces billets bâclés seront crédibles, plus on en achètera. Et ça nous mènera où ? On finira par se rendre compte qu'ils ne valent pas le papier sur lequel ils sont imprimés, et une fois de plus les gens vont être déçus par la monnaie-argent. Le reichsmark actuel n'est plus qu'une douce plaisanterie. Inutile de vous dire à quel point vos compatriotes ont placé leur espoir dans la nouvelle monnaie. Et je ne trahis aucun secret non plus si je vous confie que, oui, un de ces quatre, il y aura une nouvelle monnaie. Mais quelle tête elle aura et quand elle sera mise en circulation, voilà qui doit rester notre privilège. Nous ne devons absolument pas décevoir cet immense espoir et perdre ainsi tout notre crédit.

— Un faux-monnayeur culotté ferait donc tout rater ?

— À Hambourg, et peut-être même dans toute la trizone. Une fois que le trouble s'est installé, les gens deviennent méfiants. Et ils se méfieront donc aussi de la nouvelle monnaie. Et s'ils s'en méfient, cette nouvelle monnaie sera un échec désastreux. Sans confiance, pas de monnaie stable.

— On dirait que vous aimeriez voir le faux-monnayeur derrière les barreaux le plus vite possible.

— Cravatez-le, avant qu'il ne fasse capoter toute l'affaire.

— J'aimerais parler à votre informateur.

MacDonald a un fin sourire.

— Il attend à côté.

Un homme jeune, la vingtaine, les cheveux blond très clair coupés ras, peau du crâne gercée, nez chaussé de lunettes à monture en corne, trop massive pour le visage maigre. L'homme ne se lève pas et l'inspecteur principal pense un instant que c'est par impolitesse. Puis il aperçoit la jambe de pantalon roulée et épinglée directement sous sa fesse et les béquilles posées au sol à côté de la chaise.

— C'est donc vous le convoyeur de fonds, le salue-t-il en prenant place en face de lui.

MacDonald va chercher un troisième siège dans la pièce voisine, referme la porte derrière lui et propose une cigarette à son informateur.

— Heinz Suchardt, se présente celui-ci en allumant sa John Player.

Ses mains tremblent.

— Un de nos amis les plus dignes de confiance, complète le lieutenant sur un ton apaisant.

— Dites-moi tout, demande Stave.

— J'ai trouvé ces billets aujourd'hui, vers midi, sur la Goldbekplatz, rapporte Suchardt. (À mesure qu'il raconte, sa nervosité diminue. Un indicateur chevronné, se dit Stave.) Vous pouvez vous imaginer que les trafiquants sont à cran. Depuis ce matin, on ne parle plus que des camions de la banque centrale. Personne ne sait quand ça va commencer. Personne n'a la moindre idée de ce qui viendra ensuite. Tout sera-t-il comme avant ? Le marché noir va-t-il s'écrouler ? Ou est-ce que tout ira mieux ? Questionnez trois personnes et vous aurez quatre réponses. Il y a des marchandises qu'on ne trouve plus du tout, du sucre par exemple. Tout est planqué, stocké. Les receleurs attendent l'arrivée de la nouvelle monnaie. Le prix d'une cigarette américaine est passé de 8 à 12 reichsmarks en une seule nuit. Les gens dépensent leur argent comme s'ils se moquaient de savoir qu'ils n'auront peut-être plus un pfennig en poche demain. Tout le monde est nerveux. Et c'est à ce moment-là qu'arrivent tout d'un coup ces nouveaux talbins. « Ça doit être l'argent des Alliés ! » murmure-t-on. Quelqu'un en achète. Il a très vite peur de s'être fait arnaquer, qu'on lui ait refilé des faux biffetons sans valeur. Alors il les revend et ne fait pas une mauvaise affaire puisque, comme les marchandises sont de plus en plus rares, les prix augmentent. Le suivant en fait autant, et ainsi de suite. Et c'est comme ça que ces deux billets sont parvenus jusqu'à moi. Et je les ai déjà payés bien cher !

Suchardt lance un regard insistant à l'inspecteur principal qui le rassure :

— Vous aurez votre récompense. Qui a mis ces billets en circulation ?

— Aucune idée. Et puis, je les ai achetés de troisième ou quatrième main.

Stave a failli l'inviter à le suivre pour qu'il consulte le fichier de la police criminelle à la recherche d'éventuels suspects, mais il se rappelle à temps cette jambe amputée.

— Je vais vous chercher nos fiches, dit-il.

Peu de temps après, il revient en portant péniblement une encombrante caisse en bois : des centaines de cartes anthropométriques, la fierté des inspecteurs de la police criminelle de Hambourg. Un sommier mis en place dès 1894, un registre des coordonnées de tout malfrat qui s'est jamais fait prendre, de tout individu recherché, soigneusement consignées sur quelques centimètres carrés de bristol. Photo de face et de profil, empreintes digitales, signes particuliers, dernière adresse connue.

— Prenez tout votre temps, dit-il.

— Mais qu'est-ce que vous voulez que je cherche? rétorque Suchardt, désespéré Je ne sais même pas qui a distribué ces faux billets à la Goldbekplatz.

— Suivez votre intuition, le rassure l'inspecteur principal en s'adossant à sa chaise.

Il attend presque une demi-heure, le temps que le mouchard examine soigneusement les fiches – et l'une d'entre elles finit par lui rester dans la main. Il l'exhibe.

— Je ne sais pas s'il a quelque chose à voir avec les faux billets, annonce-t-il d'une voix hésitante. Une chose est sûre : il traîne au marché noir. Et les clients habituels de la Goldbekplatz savent qu'il n'est pas très clair. Il a déjà écoulé des faux billets.

Stave s'empare de la fiche, se penche sur elle avec MacDonald.

— Toni Weber, grogne-t-il.

Né à Berlin en 1903. Les photos anthropométriques montrent un homme d'allure svelte aux cheveux courts. Il n'a pas le rictus grimaçant ou la mine renfrognée de la plupart des criminels. Il a l'air effrayé. L'inspecteur principal poursuit sa lecture.

— Artiste. Peintre, graphiste, sculpteur. À Hambourg depuis 1945. Dernière adresse connue : une Ley-Hütte de la Langenhorner Chaussee.

— Ley-Hütte? s'étonne MacDonald.

— Des cabanes préfabriquées du nom du ministre du Troisième Reich, Robert Ley, le directeur du Front allemand du travail, qui a ordonné leur construction. Des logements de fortune pour héberger des dizaines de milliers de victimes des bombardements de l'opération Gomorrhe, en juillet 1943. Ils ont été construits par des prisonniers italiens et des travailleurs forcés avec des matériaux très bon marché. Des tonnelles de jardins ouvriers plus que des vraies maisons, des refuges en bois rectangulaires d'une vingtaine de mètres carrés, avec un toit à une pente, un sol tout ce qu'il y a de fruste, une porte perméable aux courants d'air, sans chauffage ni salle d'eau. Revenons à nos moutons : Weber a été condamné fin 1946 à une amende au titre du paragraphe 175.

— Je ne connais pas ce paragraphe, je n'en ai jamais entendu parler pendant mes cours d'allemand, l'interrompt le lieutenant.

— Le paragraphe 175 du Code pénal punit les rapports homosexuels, lui explique l'inspecteur principal. Une loi qui remonte à l'Empire. Les nazis l'ont aggravée, et elle est toujours en vigueur. Weber a fait six mois de prison en 1946. Mais pas parce qu'il a fait les yeux doux à un adolescent : il a fabriqué de fausses cartes d'alimentation (Il sifflote, admiratif.) À la plume et à l'encre de Chine sur papier.

— Pas tout à fait la même technique qu'avec nos billets, estime MacDonald.

— Mais tout de même : un homme qu'il vaudra la peine d'interroger, réplique Stave.

— Vous allez me donner ma récompense ? s'inquiète Suchardt.

L'inspecteur principal disparaît dans le bureau de Bahr. Après de longues hésitations, le Chefamt S est officiellement autorisé depuis quelques mois à récompenser les indicateurs avec des marchandises saisies. Stave informe rapidement son supérieur.

— Donnez-lui une livre de beurre de la réserve, ordonne Bahr. Si l'affaire est aussi importante que le prétend votre ami britannique…

— Très généreux de votre part.

Pour une livre de beurre, un ouvrier doit travailler six semaines.

— On n'a presque plus d'indics. Comme je l'ai déjà dit : plus personne ne prend notre brigade au sérieux, alors on peut bien être généreux. Qu'est-ce que vous comptez faire maintenant ?

— Commencer par faire le bonheur d'un mouchard en lui graissant la patte avec une livre de beurre et le renvoyer dans ses foyers. Et ensuite, j'irai faire un tour du côté de la Goldbekplatz.

Une heure plus tard, l'inspecteur principal est sous la bruine, sur la place en forme de trapèze qui jouxte le Goldbekkanal : sur deux côtés de cet espace, des bâtisses de la Gründerzeit de cinq et six étages au crépi beige, puis des immeubles de rapport plus modestes, en briques, eux aussi de cinq à six étages. Sur le côté ouest, proche de l'Alster, la fabrique chimique abandonnée Schülke et Mayr avec sa cheminée d'usine éboulée ; des constructions aux murs en briques recouverts de taches d'humidité, aux fenêtres vides, aux portes enfoncées, aux toits effondrés. Une bonne planque, se dit Stave, pour des marchandises de contrebande, ou pour se terrer en cas de descente de police.

On reconnaît aisément sur la place les trafiquants professionnels à leurs imperméables de qualité et leurs chaussures en cuir hors de prix. Les journaux les critiquent violemment, les traitent de « parasites nuisibles à la subsistance de la population ». Ils se déplacent au milieu d'enfants, de femmes au foyer, d'employés, de Hambourgeois tout à fait quelconques. Stave a si souvent fréquenté le marché noir comme policier, et comme client, qu'il croit connaître toutes ses habitudes, même s'il n'a pratiqué que ceux, plus importants, de la Hansaplatz et de la Reeperbahn.

Les choses ont cependant l'air de se passer autrement ici et il lui faut quelque temps pour saisir cette différence : on se déplace plus vite, on ne bat pas le pavé. Pas de ces nonchalantes déambulations sans but apparent, de ces errances feintes, pas de chuchotements ni de marchandages sous des parapluies ou des capes luisantes de pluie, pas de manteaux entrouverts le temps d'un coup d'œil furtif, pas de ces marchandises que des mains habiles font passer de serviette en serviette à la vitesse de l'éclair. Tout le monde semble pressé. L'atmosphère sur la place est électrique comme avant un orage.

L'inspecteur principal se laisse porter par la foule. Il lui semble rapidement comprendre la cause de cette nervosité inhabituelle : beaucoup d'acheteurs potentiels pour peu de marchandises. Envolé le café en grains, pour lequel il y a une semaine encore, il fallait débourser trois cents reichsmarks pour un kilo, cinquante fois plus qu'avant la guerre. Disparues les truites illégales, adieu la pénicilline subtilisée dans les réserves des Alliés, adieu les savons volés chez Sunlight.

Les trafiquants ne proposent que des marchandises très chères ou très bon marché – ou très compromettantes. Un jeune homme tire Stave par la manche, ouvre un pan de son manteau, dévoilant ainsi une douzaine d'ampoules électriques qui dépassent un peu des poches cousues qui les dissimulent. Il pourrait arrêter ce type, mais cela attirerait trop l'attention. Il pense au vol de la semaine passée à la poste centrale de Hambourg : des manutentionnaires censés charger des sacs de courrier dans des wagons avaient dévissé les deux tiers des ampoules des hangars pour les voler.

Il aperçoit une machine à écrire proposée à douze mille reichsmarks ; une femme d'un certain âge – l'inspecteur principal pense à une veuve de guerre – vend un Leica pour quarante mille reichsmarks.

— Mon mari aimait tellement prendre des photos ! Il a toujours pris soin de son appareil, assure-t-elle à mi-voix.

Une débutante. Que ferait Kienle s'il voyait ça ? Il l'achèterait sur-le-champ ? C'est un trafiquant qui conclut l'affaire : il sort avec lenteur de sa poche revolver une épaisse liasse de billets usagés et en tend quelques-uns à la femme. Possible qu'en échange d'une poignée de papier sans valeur, elle se soit débarrassée du dernier souvenir qui lui restait de son mari. Plus loin, un adolescent fourgue des bandes d'asphalte qu'il a soigneusement détachées d'une chaussée.

— Pour le toit, explique-t-il très sérieusement quand Stave le questionne, étonné. On les chauffe à la flamme, on badigeonne des morceaux de carton avec… et il ne pleut plus dans la maison.

L'inspecteur principal tourne les talons. Il est venu pour Toni Weber, l'artiste roublard et astucieux. Il a la fiche de police sur lui et de temps à autre il compare discrètement les photos avec l'un ou l'autre passant. Aucun ne correspond. Il espère tomber sur de fausses cartes d'alimentation ou des faux billets. En vain.

La seule surprise, il l'a alors qu'il observe un ouvrier qui propose un liquide jaunâtre dans des bouteilles étiquetées « Huile de friture ». Il se cogne presque à Kurt Flasch, son voisin de la Ahrensburger Strasse. Il arrive effectivement de temps à autre qu'on croise des collègues ou des voisins au marché noir. Ce sont toujours des rencontres pénibles, comme quand deux connaissances se rencontrent par hasard au bordel.

— Je pensais que vous auriez suffisamment de travail aujourd'hui à la banque, lui murmure Stave, surpris.

— Et moi, je n'aurais jamais pensé que je verrais un inspecteur principal de la police criminelle au marché noir, répond Flasch d'une voix étouffée.

— Vous avez rangé le chargement des camions ?

— Mais parlez donc plus bas, *Herr Oberinspektor*. (Quoique Stave ait chuchoté, Flasch jette des regards inquiets autour de lui.) Le chargement est là où il doit être. Je n'ai vraiment pas le droit d'en dire plus, même à vous. Tout le monde est devenu complètement zinzin.

— Et certains fourguent même d'étranges billets de cinq et dix pfennigs que personne n'avait encore jamais vus.

Flasch semble se détendre.

— Ah, c'est pour ça que vous êtes là. Moi aussi, et pour la même raison. Le directeur de la banque m'a délégué avec quelques collègues parce qu'il a entendu des rumeurs…

— Il vous a chargé de vérifier si des billets se sont envolés des caisses pour atterrir Goldbekplatz ?

— Je n'ai vraiment pas le droit de vous dire quoi que soit sur le contenu de ces caisses. Mais c'est exact : ils nous a demandé de chercher des billets de banque.

— Et ?

— Chou blanc. Fausse alerte sans doute.

— Malheureusement non.

L'inspecteur principal sort son portefeuille et exhibe les deux billets sous le nez de Flasch. L'employé blêmit.

— Pas de doute, ce sont bien des faux, bredouille-t-il.

— Ça me rassure, grommelle Stave en rangeant ses deux faux billets. Vous êtes combien sur la place ? Qui est au courant de cette histoire ?

Flasch hausse les épaules.

— Vingt employés, maximum.

Stave essuie les gouttes de pluie de son front, jette un œil à la ronde et se demande lequel de ces passants a déjà entendu parler de ces billets, ou les aurait déjà vus. Il y a au moins deux cents personnes sur la place, estime-t-il. Vingt employés de banque. Quelques collègues de la police. Plus un certain nombre de Britanniques. Assez de monde pour colporter des rumeurs dans toute la ville. D'un autre côté, ça en fait autant pour jurer que ces étranges billets sont faux. Si la nouvelle se répand vite, on les prendra pour ce qu'ils sont, des faux, et plus personne ne pourra les vendre pour des billets de cinq et dix pfennigs. La confiance dans la nouvelle monnaie sera intacte. C'est du moins ce qu'espère Stave.

— Rapportez à votre supérieur que sur la Goldbekplatz, il y a des billets de banque mal imités, murmure l'inspecteur principal à l'oreille de Flasch. Parlez-en aussi à vos collègues. Que tout le monde répande la nouvelle. Plus il y aura de gens au courant de ces faux billets, moins il y en aura pour tomber dans le panneau.

— Et vous allez mettre la main sur le faussaire ?

— C'est mon métier.

Flasch a l'air moins inquiet.

— Ça va faire plaisir à notre *Herr Präsident*.

— Je devrais peut-être me payer une bouteille d'huile de friture, reprend l'inspecteur principal à haute voix.

Son voisin secoue imperceptiblement la tête.

— C'est tout juste bon pour graisser une chaîne de vélo, dit-il, d'une voix toujours étouffée. C'est de l'huile pour torpille, ça vient du chantier naval pour sous-marins de Blohm & Voss. De l'huile d'os broyé mélangée à des produits chimiques pour rester fluide même par très grand froid. Si vous mettez ça dans votre poêle à frire, vous ne pourrez plus bouger vos jambes. Ou vous aurez des problèmes là-haut. (Il se tapote le front.)

— Merci du conseil.

Stave décide de mettre un de ses collègues du Chefamt S sur ce vendeur d'huile de friture. À condition toutefois d'en trouver un à cet étage orphelin de l'hôtel de police.

Un gardien l'attend dans son bureau : le brigadier-chef Ruge.

— Les collègues vont être bien étonnés qu'un *schupo* vienne bayer aux corneilles chez moi, lui lance-t-il en guise de salutation.

— Quels collègues ?

— Ça va, c'est bon. Si vous êtes là, c'est qu'il y a du nouveau. À propos de quelle affaire ?

— De la vôtre, *Herr Oberinspektor*, annonce Ruge.

Stave est irrité à l'idée que de simples *schupos* soient déjà au courant de cette histoire de faux billets.

— Celle des œuvres d'art, poursuit Ruge qui ne remarque pas le soupir de soulagement de Stave. J'ai trouvé le locataire des bureaux du Reimershof, celui qui les a occupés jusqu'en 1943.

— De quoi vous mêlez-vous ? Qui vous a appris ça ?

— J'avais des collègues au Reimershof, *Herr Oberinspektor.* Il nous arrive souvent de trouver des cadavres sous les décombres, mais il est rare de tomber sur un trésor caché.

— Il ne s'agit pas d'un trésor, mais d'œuvres d'art.

— C'est bien ce que je veux dire. Et entre collègues, on en discute. Ainsi d'ailleurs que de votre… (Ruge cherche le mot juste.) nouvelle orientation professionnelle, finit-il par ajouter d'une voix éteinte.

— Des ragots de bonnes femmes parce que je ne suis plus aux Homicides ?

— On peut dire ça comme ça.

— Et pourquoi enquêtez-vous sur les locataires du Reimershof sans qu'on vous le demande ? C'est mon enquête.

Le brigadier toussote.

— J'ai envie de passer à la police criminelle, *Herr Oberinspektor.* Et comme nous sommes en été et qu'il n'y a pas grand-chose à faire à la circulation, je me suis dit que je pourrais commencer des recherches. (Ruge tire un bout de papier d'une de ses poches d'uniforme et le déplie maladroitement.) J'ai déniché l'ancien locataire, explique-t-il, et j'ai examiné le registre de commerce de 1943. Les deux étages supérieurs du Reimershof étaient occupés par une société de navigation fluviale. Presque tous les autres étages étaient loués par une entreprise d'import-export de café. Le rez-de-chaussée par un banquier. L'incendie provoqué par le bombardement a dû détruire les deux étages supérieurs. Les œuvres n'y étaient pas. Après 1939, les affaires du marchand de café du dessous ne devaient plus être bien florissantes. Monsieur l'inspecteur principal se rappelle que le café en grains a été rationné au commencement de la guerre. Et de toute façon, impossible d'interroger le propriétaire de l'entreprise : il est mort pendant l'hiver de famine de 1946-1947.

— Reste donc le rez-de-chaussée. Il était occupé par une banque?

L'inspecteur principal craint de devoir envoyer une escouade de gardiens de la paix pour protéger les ruines des pillards qui vont s'y précipiter et tout retourner dès que l'information s'ébruitera.

— Non. Si j'ai bien lu les documents, c'est le banquier en personne qui a loué les locaux, pas la banque.

— En tant que particulier?

— Peut-être.

— Quand?

— En automne 1937.

— En pleines «années brunes». Et on découvre au milieu des gravats des œuvres d'art qui n'étaient certainement pas du goût des nazis. C'est trop beau pour être un hasard.

Ruge sourit fièrement.

— L'ancien locataire vit encore : Dr Alfred Schramm, 80, Fährstrasse, à Uhlenhorst.

Stave adresse un geste de reconnaissance au brigadier.

— Beau quartier. Non loin de la zone que les Britanniques ont réquisitionnée autour de l'Alster. Il semblerait que notre Dr Schramm ait survécu à la guerre dans de bonnes conditions.

— Il a déjà eu l'autorisation de rouvrir sa banque.

— Les Britanniques l'ont donc blanchi. Il a passé les procédures de dénazification sans problèmes, sinon il n'aurait pas eu de licence.

— D'après ce que m'a raconté le propriétaire de l'immeuble, ce Schramm avait plus à craindre des nazis que des Britanniques.

— Pourtant, Schramm n'est certainement pas juif, on lui aurait aryanisé son commerce.

— Vieille famille de banquiers de Hambourg. Apparemment, il n'aimait tout simplement pas les hommes en chemise brune.

L'inspecteur principal fait la moue, songeur.

— Un homme aisé, grogne-t-il.

— Un amateur d'art, probablement, complète Ruge.

— Et probablement aussi quelqu'un qui aimait exactement le genre d'œuvres d'art que le Führer et le Pied-bot détestaient. Quelqu'un qui les met sous clef pour que les nervis du ministère de la Propagande ne mettent pas leurs sales pattes dessus. Qui les cache dans le local discret d'un immeuble de bureaux en attendant des temps meilleurs, mais qui n'a pas compté avec les aviations britannique et américaine. Quelqu'un qui sera peut-être heureux qu'on lui rapporte des œuvres épargnées par les bombardements.

— Nous allons à la Fährstrasse ? demande Ruge, plein d'espoir.

Stave jette un coup d'œil à sa montre.

— Il faut d'abord que je parle de tout cela au procureur. Le Dr Ehrlich travaille souvent tard. Nous rendrons visite au banquier demain, tous les deux, ensemble.

Le brigadier claque les talons et se tourne vers la porte.

Stave l'interpelle.

— Ruge ! Est-ce que quelqu'un d'autre a interrogé le propriétaire de l'immeuble ?

— Et qui voulez-vous… ?

— Quelqu'un des Homicides ? Dönnecke lui-même, peut-être ?

— Personne, *Herr Oberinspektor*. Le propriétaire ne savait même pas qu'on avait trouvé un cadavre dans ses ruines.

— Et vous ne lui avez pas non plus posé de questions sur ce cadavre ?

— J'aurais dû ?

— À demain.

Même pour franchir la courte distance entre l'hôtel de police et le parquet, Stave jette son imperméable sur ses épaules. Si ça continue, je vais voir de la mousse sur mon chapeau, se dit-il, dépité. Cet été tout en grisaille est démoralisant. Comme il n'arrête pas de pleuvoir, même les règles élémentaires de politesse se dégradent. Un temps à assassiner.

Heureusement, ça ne me concerne plus.

Le Dr Albert Ehrlich le gratifie d'un long regard par-dessus ses lunettes à monture en corne.

— Vous avez maigri, *Herr Oberinspektor*. Vous êtes encore plus sec qu'avant. (Le procureur se passe la main sur le ventre qui déborde de sa ceinture.) Un bourrelet confortable est tout à l'honneur de tout homme posé. Je m'efforce de retrouver ma taille d'avant la guerre… en mangeant des pâtisseries anglaises.

— Merci de ne pas avoir commencé en me parlant de ma mutation.

— Vous devriez écrire votre réponse sur un bout de carton et le sortir chaque fois qu'on vous pose la question. Ça vous économiserait de la salive. Bien : pourquoi en avez-vous eu assez de vous occuper de meurtres ? Nous formions une bonne équipe.

— J'espère que nous en sommes encore une. Ou vous êtes-vous exclusivement spécialisé dans les assassins et les nazis ?

— Les seconds sont un sous-groupe des premiers, une très grande communauté. Effectivement, je laisse volontiers les receleurs et les trafiquants aux collègues britanniques.

— J'ai deux affaires en cours, explique Stave. La première concerne les Britanniques qui sont, disons, vos commanditaires et les miens. L'autre devrait vous intéresser.

— À titre personnel ?

— Il s'agit d'art.

Ehrlich se retourne, contemple la lithographie de Barlach qui agrémente le mur derrière lui. *La Danse de mort.* Une des rares œuvres qu'il a récupérées de la collection d'artistes expressionnistes que les nazis lui ont volée.

— Un peu de changement me fera peut-être du bien, à moi aussi, dit-il pour inviter Stave à poursuivre.

L'inspecteur principal parle d'abord de ces étranges billets de banque qui ont fait leur apparition Goldbekplatz. Il lui montre les deux qu'il a en sa possession. Ehrlich n'y jette qu'un regard distrait et secoue la tête en signe d'indifférence.

— Je comprends que notre commun ami MacDonald se fasse des soucis. Des petites coupures de cinq pfennigs turquoise, l'entreprise n'est pas seulement risquée, elle est tout simplement déplorable. N'importe quel faussaire avec un peu d'honneur professionnel fabrique des billets de dix ou de cent marks. Cinq pfennigs ! C'est quasiment se moquer des efforts de nos occupants.

— Vous croyez que nous avons affaire à un individu qui veut tourner les Britanniques en ridicule en distribuant ces billets grotesques ? Une espèce de sabotage, en quelque sorte ?

— Quoi d'autre ? Au marché noir, une seule cigarette vous coûte plusieurs reichsmarks. Pourquoi quelqu'un se donnerait-il la peine d'inventer des billets de cinq pfennigs ? Qu'est-ce qu'il a l'intention d'acheter avec ces faux billets ? Des brins de tabac ?

— Quelqu'un se donnerait la peine de les imprimer, au risque de se faire prendre, uniquement pour embarrasser les Anglais ?

— En tout cas, avec MacDonald, c'est réussi ! Avec vous aussi, d'ailleurs. (Ehrlich lève la main d'un geste apaisant.) Je m'occuperai de cette affaire si vous me livrez quelqu'un. Je l'inculperai, promis.

— Le lieutenant sera content, et ses supérieurs également.

— Je lui fais cette fleur, et à vous aussi, avant tout parce que j'ai envie que vous me racontiez votre deuxième affaire.

L'inspecteur principal a un maigre sourire et lui montre quelques clichés de Kienle.

— Des *Trümmerfrauen* ont trouvé ces œuvres d'art en déblayant les décombres du Reimershof.

— Non loin du squelette que Dönnecke a sur les bras ? J'en ai entendu parler.

Ehrlich se penche sur les photos en noir et blanc. Derrière ses épais verres de lunettes, ses yeux de hibou s'attardent sur tous les détails. Les clichés de Kienle sont nets, mais les tirages sont de petite taille pour économiser le papier et les produits chimiques.

— Ces œuvres d'art ne vous appartiendraient pas, par hasard ?

Stave a dit cela sur le ton de la plaisanterie, tout en espérant secrètement qu'Ehrlich lui dira quelque chose sur les recherches d'Anna. Mais son vis-à-vis se contente de secouer la tête en signe de dénégation.

— Non, malheureusement, marmonne-t-il, mais ils n'auraient pas déparé ma collection. Ces têtes ne me disent rien, même si j'ai la vague impression de les connaître. Comme si je les avais déjà vues quelque part – pas l'original, mais comme illustration ou reproduction plutôt, dans un catalogue ou sur une photo. Ça ressemble à des sculptures expressionnistes. Pas des œuvres de premier choix, cela dit. Quelque chose comme le travail d'un bon ouvrier, si vous voyez ce que je veux dire. Le genre de choses que les musées achètent, mais sans les exposer dans une grande salle.

— Des œuvres à côté desquelles les visiteurs passent, le regard ailleurs, fixé sur un chef-d'œuvre ?

— Exactement. Des sculptures qu'un collectionneur aurait pu acheter avec un salaire de fonctionnaire.

— Un banquier aussi ?

Ehrlich lève les yeux et le regarde, l'air étonné.

— Un banquier digne de ce nom gagne suffisamment d'argent pour se payer des œuvres de grande valeur. Et s'il aime les expressionnistes, celles du Blaue Reiter ou de Die Brücke. Pourquoi cette question ?

— Le nom de Schramm vous dit quelque chose ?

— En tant que personne privée, oui. Professionnellement, non. Un banquier de Hambourg, un ami des arts et un mécène, très ouvert à l'art moderne. Quand on s'intéresse à l'art, aux courants de l'art contemporain s'entend, le monde devient soudain très petit. Je sais que Schramm est un collectionneur et qu'il soutient aussi l'un ou l'autre artiste. Mais je ne l'ai jamais rencontré. Pas dans des musées ou des galeries – ni dans une salle de tribunal. Une réputation sans tache.

— Pas un nazi ? Ou alors un nazi avec une excellente certification de dénazification, un brevet de blanchiment « Persil » ?

— Il a toujours pensé que les hordes brunes n'ont jamais été qu'un ramassis de fripouilles. Bien entendu, je tiens ces informations de seconde main…

Stave, qui connaît les relations étroites entre le procureur et les autorités britanniques – elles remontent à l'époque où il a dû s'exiler en Angleterre –, souligne d'un signe de tête.

— Il avait été vacciné contre les nervis d'Hitler, poursuit le procureur. Une répugnance qui remontait bien avant 1933. Un banquier de la quatrième génération, conservateur, voire allemand-national, mais cultivé et imbu de lui-même.

— Fat ?

— Il arrive que la fatuité vous sauve des pires écarts de conduite. Toujours est-il que Schramm était quelqu'un de très influent à Hambourg, il faisait partie des privilégiés, il avait les meilleures relations outre-Atlantique et, en plus, il était aussi aryen que n'importe quel porte-enseigne SS. Après 1933, il est certain que son affaire a périclité, mais les nazis n'ont jamais osé l'inquiéter. Il y a bien eu des rumeurs pour prétendre que la Gestapo s'était intéressée à lui, il y aurait même eu un dossier. Mais toutes les pièces ont disparu, ces messieurs ayant fait place nette au printemps 1945, avant l'entrée des chars britanniques. Toujours est-il que jusqu'à la fin de la guerre, Schramm est resté un banquier en vue et bien considéré. Ce qu'il est redevenu. Plus qu'avant, même.

— Un homme dont je ne devrais pas me faire un ennemi ?

— Qu'est-ce que Schramm pourrait bien avoir affaire avec ce que vous avez trouvé au Reimershof ?

— Il avait loué des locaux au rez-de-chaussée de cet immeuble de bureaux, en tant que particulier, pas pour sa banque. Possible, même s'il est impossible de le prouver, que ces œuvres d'art y aient été cachées.

— Si c'est le cas, il sera heureux de votre découverte et deviendra votre ami, pas votre ennemi.

— Il y a quelque chose qui cloche dans cette histoire. Si Schramm continue à collectionner ce genre d'œuvres après 1933, pourquoi ne les cache-t-il pas chez lui ? Il a une villa sur les bords de l'Alster. Une grande villa intacte. L'endroit idéal pour faire disparaître discrètement des choses dans un grenier ou une armoire murale secrète. Pourquoi déposer ces objets dans un bureau où, comme locataire, il lui est difficile de faire encastrer un coffre dans un mur ? Et qui plus est, dans un quartier régulièrement bombardé par les Britanniques et les Américains ?

— Mais justement, ce genre d'endroit est peut-être la meilleure des planques. Qui irait fouiller dans un coin pareil ?

— Soit. C'est possible, en effet. Mais quand une cachette est découverte, ça fait rarement plaisir à celui qui l'a aménagée. C'est pourquoi je préfère me renseigner sur le rôle et la renommée du Dr Schramm avant de lui rendre visite.

— J'ai l'impression que cette affaire pourrait aussi m'intéresser. S'il s'agit bien d'une affaire. Parce que, jusqu'ici, vous n'avez trouvé que quelques œuvres d'art endommagées dans des décombres, ce qui concerne plus un employé des objets trouvés qu'un fonctionnaire de la police criminelle.

— Nous en saurons davantage demain.

— Peut-être même ce soir. (Ehrlich sourit d'un air malicieux.) Vous n'êtes pas un grand ami de l'art moderne, *Herr Oberinspektor* ?

— Pour tout ce qui concerne l'art, j'en suis resté au XIXe siècle.

— Un cours de rattrapage ne sera pas inutile, alors. Ce soir, le commissaire-priseur Herbert Nattenheimer organise à Winterhude une vente aux enchères d'art ancien et moderne ainsi que de précieuses antiquités. Vous y verrez plus d'œuvres d'art que dans un musée. Vous y rencontrerez des acheteurs très intéressés. Et vous verrez les prix atteints par les enchères.

— La moitié de la ville est en ruines, les gens survivent avec mille calories par jour, et on organise une vente aux enchères ?

— Régulièrement, mon cher *Oberinspektor*. Les ventes aux enchères de Nattenheimer sont un événement mondain et elles sont plus divertissantes que bien des programmes de music-hall. C'est votre nouveau terrain de chasse. Le premier coup de marteau tombe à huit heures.

— Je ne suis pas assez bien habillé.

— Vous n'êtes pas tenu d'enchérir. Joignez-vous tout simplement aux curieux, personne ne vous remarquera. Il y a toujours beaucoup de monde chez Nattenheimer.

— Vous y verrai-je ?

Le procureur tapote un dossier.

— Malheureusement, j'ai une audience au tribunal demain matin. Mais j'ai des yeux et des oreilles dans la place. Au cas où l'une de mes œuvres serait proposée à l'adjudication, j'en serai immédiatement informé. *Frau* von Veckinhausen poursuit toujours ses recherches pour moi.

— Je vais y réfléchir, répond Stave en se levant.

Il est soudain pressé de quitter les lieux.

Il est fatigué, il a une faim de loup, ses vêtements humides lui collent à la peau. Il aimerait manger quelque chose de chaud, se plonger dans un bain chaud. Ce sera pour une autre fois. S'il veut arriver à l'heure à Winterhude, il faut qu'il se dépêche. Il fait une partie du trajet en tram, puis il continue au pas de gymnastique. Peu lui importe qu'on le voie boiter. Il jette un regard à sa montre. Il traverse la Goldbekplatz sous la pluie, presque vide à cette heure. Seules trois gamines jouent au centre de la place, deux d'entre elles tiennent les deux bouts d'une corde, la troisième sautille en chantant une ancienne chanson du Bund Deutscher Mädel – la Ligue des jeunes filles allemandes, la branche féminine des Jeunesses hitlériennes, quand elles défilaient en uniforme. Stave poursuit sa route par la Sierichstrasse, passe sous un pont du métro aérien : des pylônes rouillés, pas plus gros qu'un avant-bras, comme si la construction allait s'effondrer au passage fracassant du prochain train. L'édifice date de l'Empire et il se demande une fois de plus pourquoi des bâtiments imposants et massifs s'écroulent purement et simplement sous une pluie de bombes alors que des œuvres fragiles, ou même certains arbres ou des monuments, des œuvres d'art dans des immeubles en ruines, restent intacts.

L'ancienne maison de passeur de Winterhude où se tiennent les enchères est un but d'excursion. Elle est située dans la Hudtwalckerstrasse, une rue bordée de marronniers, sur les rives de l'Alster : Jugendstil, flanquée d'une petite tour d'angle, un café avec une terrasse couverte qui empiète sur le trottoir. Le bâtiment est illuminé comme un paquebot de croisière, des ombres s'agitent derrière ses vitres embuées. Il doit y avoir des centaines de personnes, se dit l'inspecteur principal, étonné de tant d'affluence.

Il joue des coudes et entre dans la salle des ventes cinq minutes avant huit heures. Ça sent le renfermé. Des dizaines de manteaux en train de sécher sont pendus aux crochets de la garde-robe. Son cœur bat la chamade. Il promène son regard autour de lui. Anna. Elle est assise au fond, sur une chaise de la dernière des vingt rangées qui font face à une estrade tendue de velours blanc. Des brouhahas de voix, de la fumée de cigarettes, diverses odeurs de parfums, une agitation de première d'opéra. Elle ne l'a pas encore repéré. Elle est seule. La place à côté d'elle est encore libre. Stave se précipite avant que quelqu'un réussisse à s'y glisser avant lui au dernier moment.

— Toi ? dit-elle.

Ses yeux sombres en forme d'amande s'écarquillent un bref instant, puis l'étonnement le cède à la gaîté. J'espère que ça lui fait plaisir, se dit Stave. Elle est belle. Son corps svelte qu'il a tenu dans ses bras... Il y a combien de temps? Ses cheveux raides, noirs, aux reflets de velours. Elle les a rassemblés en un chignon, mais il lui semble qu'ils sont plus longs que jadis. Est-ce qu'ils lui tombent jusqu'au bas du dos ? Il est si troublé qu'il ne réussit qu'à bafouiller.

— Tes cheveux sont plus longs.

Elle rit, déconcertée.

— Plus aucun coiffeur en ville ne coupe les cheveux, sauf contre des cigarettes. Et il n'y a plus que Nattenheimer pour accepter des billets de banque. Mais qu'est-ce que tu fais ici ? Toi aussi, comme beaucoup, tu veux soulager ton bas de laine avec ce qu'il te reste de reichsmarks ?

L'inspecteur principal a failli répliquer qu'il pourrait lui poser la même question. Cette satanée jalousie envers Ehrlich ! Ne recommence pas à jouer les flics, se sermonne-t-il.

— Je viens m'instruire, répond-il.

Il lui parle un peu des œuvres d'art du Reimershof.

— Tu n'es plus aux Homicides ? l'interrompt-elle.

— J'ai changé d'écurie.

Doit-il lui parler de cette blessure par balle ? Des semaines passées à l'hôpital ? De ses doutes ? Trop dramatique, tout ça. Face à elle, il éprouve une honte indéfinissable et en reste donc là.

— Bien, répond-elle.

Pas un mot de plus. Pas même un sourire. Stave respire profondément et s'appuie au dossier de sa chaise. La soirée est prometteuse, se dit-il.

Les chuchotements redoublent, roulent comme une onde parmi les rangées, puis font place à un silence plein d'espoir.

— Nattenheimer, lui murmure Anna, comme si cela expliquait tout. Contente-toi de regarder. On parlera plus tard.

Elle a tiré un carnet de notes d'un petit sac à main – un sac élégant, en cuir, que Stave n'a encore jamais vu. Elle parcourt des yeux une liste tapée à la machine. L'inventaire des œuvres volées au procureur, se dit l'inspecteur principal. Mais il s'en tient à ce qu'Anna lui a dit, et se tait.

Un homme saute sur l'estrade d'un pas élastique. Une petite trentaine, costume seyant.

— Bonsoir, dit-il à haute voix. Bienvenue aussi à nos hôtes des autres zones. (La voix de basse agréable d'un orateur entraîné.) Toutefois… (le commissaire-priseur sourit en manière d'excuse) si quelqu'un voulait quitter le territoire, il n'aurait pas le droit d'enchérir. Ordre du gouvernement militaire.

Il lève le premier objet à bout de bras.

— Du bel ouvrage, sans aucun défaut.

Sidéré, Stave contemple le collier et se demande comment on peut encore trouver des bijoux de cette qualité dans cette Allemagne en ruines.

— Vingt-cinq diamants, un carat et demi, poursuit le commissaire-priseur d'une voix caressante. Une offre ?

Un moment de silence. Personne n'ose se risquer à une première enchère. Un jeune homme au regard ennuyé, assis au premier rang, finit par lever la main et annonce d'un air blasé :

— Dix mille !

Pour une telle somme, Stave devrait travailler sept ou huit ans. D'où ce type a-t-il autant d'argent ? Mais Nattenheimer se contente de lui lancer un regard las.

— Vous plaisantez ! crie-t-il.

Quelques rires dans le public. On chuchote.

— Onze mille ! lance quelqu'un.

— Douze !

— Treize mille !

Le marteau tombe à dix-neuf mille. Il n'a fallu que quelques minutes à Nattenheimer pour faire monter les enchères. Il passe au lot suivant. Les ventes se suivent comme des numéros de music-hall : dix-sept mille pour une bague en or, vingt-huit mille pour un gros brillant. Ce sont toujours les mêmes six ou sept jeunes gens bien habillés, visage dur et voix cynique, qui proposent des milliers de reichsmarks pour les bijoux les plus chers. Une demi-heure plus tard, Nattenheimer s'est défait de son stock de bijoux en or et de ses pierres précieuses.

L'inspecteur principal a renoncé depuis longtemps à additionner les prix pour essayer de deviner combien d'argent il y a dans cette salle.

Le commissaire-priseur passe aux couverts en argent, parfois un service complet, parfois une seule cuillère à crème glacée. Et soudain, ce sont des personnes plus âgées aux allures de père de famille et des jeunes gens moins bien habillés qui enchérissent. Les prix chutent à hauteur des mille reichsmarks, puis des cent – et un couteau à beurre finit par atteindre la valeur d'une demi-livre de beurre.

— Ce qui équivaut à cent-vingt reichsmarks, annonce Nattenheimer en souriant. Qui dit mieux ? Adjugé, vendu.

Et le marteau tombe.

Il finit par proposer des tableaux. Des huiles, du kitsch dans des cadres dorés, des dessins expressionnistes, une aquarelle d'un peintre romantique, deux bustes de jeunes filles du XIXe siècle, en marbre. Tout part, qu'importe le style ou l'époque. Anna a étudié les œuvres avec soin, secoue tranquillement la tête quand, deux heures plus tard, épuisé et satisfait, Nattenheimer quitte l'estrade.

— Aucun trésor d'Ehrlich ? s'enquiert Stave.

— C'était la quinzième vente aux enchères de Nattenheimer. C'est devenu une sorte de spectacle. Aucun receleur normalement constitué ne mettrait des marchandises volées en vente ici. Trop voyant. Mais comme les trois quarts du public sont des curieux, des débutants, on ne peut jamais exclure que l'un d'entre eux propose quelque chose qui intéresserait le procureur.

— Tu as déjà mis la main sur des œuvres ?

— Deux esquisses de Nolde. Au marché noir de Nobistor.

— Ehrlich paye bien ?

— Il paye avec ses relations qui me sont bien utiles. (Un fin sourire.) Utiles pour ma profession, s'entend.

Sauver des œuvres d'art et des antiquités dans des maisons en ruines, les restaurer et les vendre à des trafiquants du marché noir et à des Britanniques. Une activité notoirement illégale. Si Anna von Veckinhausen se faisait prendre, un juge des flagrants délits britannique pourrait la condamner sans ciller à un an de prison. À moins qu'un procureur allemand n'intercède en sa faveur…

— Et toi ? demande-t-elle ? Cette soirée t'a apporté quelque chose ?

— J'ai fait comme toi, j'ai dégagé quelques œuvres d'art des décombres. Mais aucune ne ressemblait à ce que Nattenheimer vient de vendre.

— Cet homme est un artiste-né. Savais-tu qu'il a une formation de chanteur d'opéra ? Basse-taille. La salle des ventes a appartenu à son père jusqu'en 1935, puis elle a été fermée par les nazis pour « raisons raciales ». Les Nattenheimer ont réussi à survivre. Après la guerre, comme il ne gagnait pas sa vie comme chanteur, le fils s'est essayé au métier du père. Et hop ! Les affaires marchent.

— On lui jette les billets de banque comme s'il s'agissait de vieux papier.

— C'est du vieux papier. Celui qui a de l'argent préfère acheter de l'or ou des brillants. Et s'il n'en a pas suffisamment, il investit dans des couverts en argent.

— Ou un couteau à beurre. Je me demande d'où vient tout cet argent. Je m'en doute pour quelques enchérisseurs. (L'inspecteur principal montre deux hommes jeunes qui discutent à côté de l'estrade et règlent quelques formalités avec Nattenheimer.) Les rois du marché noir. Mais qui sont les autres acheteurs ?

— Les rois de l'époque nazie. (Le rire d'Anna est amer.) Quelques-uns ont bien gagné leur vie, avec les bonnes relations.

— À moins d'en être soi-même.

— Assis sur ces chaises, il y a mille ans d'adhésion au NSDAP et au Reich de mille ans. Il est certain que tous les bas de laine n'ont pas brûlé dans la grêle des bombardements. Il reste encore assez de reichsmarks pour être échangés contre des objets de valeur.

— Des affaires très intéressantes, marmonne Stave, et de l'argent blanchi sans laisser aucune trace. Une ménagère complète en argent avec un reçu de l'administration financière qui prouve qu'on a payé quinze pour cent de taxe, et comme par magie il n'y a plus aucun rapport entre tes billets et la question de savoir comment tu les as gagnés.

— Mais tu n'es pas venu pour flairer la trace de vieux billets de reichsmarks.

— Je suis là pour de vieilles œuvres d'art. Pas spécialement vieilles d'ailleurs : plutôt sans propriétaires. Buvons un café ici. Et on parlera de cette affaire. Et peut-être aussi des nôtres, se dit-il, plein d'espoir, mais sans oser y faire la moindre allusion.

Ils se rendent dans la pièce attenante et prennent place à l'une des rares tables non encore occupées. Il y a là beaucoup d'enchérisseurs mais, remarque Stave, aucun de ces jeunes gens bien mis qui ont acquis des objets en or ou des pierres précieuses. Anna commande un café à la serveuse.

— En grains ou ersatz?

— Ersatz. Ou tu as eu une augmentation de salaire? poursuit-elle en se tournant vers Stave.

— Deux ersatz.

Il montre les photos du Reimershof à Anna et lui explique en quelques mots le but de son enquête.

— J'aurais bien aimé trouver ça, marmonne-t-elle en examinant de près les clichés.

— Tu connais ces œuvres? lui demande-t-il, plein d'espoir.

— Pas encore. Expressionnisme, probablement années 1920. Solide. Travail honnête. Pas le genre très prisé par les officiers britanniques. Ni par mes clients du marché noir. Mais il y a des connaisseurs que ça intéresse.

— Des pièces de valeur ?

— Qui pourrait encore l'affirmer aujourd'hui ? Tu as bien vu que quelqu'un avait abandonné un mois de salaire pour un couteau à beurre. Mais quand nous aurons à nouveau de la vraie monnaie, la magie aura disparu – et qui dilapidera ses précieux billets pour une tête en béton endommagée ? Du temps de la République de Weimar, ce genre de sculpture valait quelques centaines ou milliers de reichsmarks.

— En ensuite ?

Elle fronce les sourcils.

— Ne joue pas les naïfs. Aux yeux des nazis, c'était de l'« art dégénéré ». Invendable donc, sauf à l'étranger.

— À l'étranger ?

— Les nazis ont bradé beaucoup d'œuvres dans des galeries d'art ou des salles de ventes à Londres, à Paris ou en Suisse, arrachées à des musées ou à des collectionneurs. Ils ont pillé ces trésors avec autant de constance que l'Armée rouge plus tard.

L'inspecteur principal sirote son café. Fade, mais chaud. Le Reimershof est au bord d'un canal et avec une gabare on peut atteindre discrètement n'importe quel navire amarré dans le port. Schramm avait sans aucun doute les meilleures relations avec l'étranger, ce qui explique que la Gestapo ne l'ait pas inquiété. Avait-il eu l'intention de sortir clandestinement ces objets d'art du Reimershof, et quelques bombes incendiaires lui ont-elles mis des bâtons dans les roues ? Des objets devenus invendables en Allemagne, mais qui auraient atteint un bon prix outre-Atlantique ? Une petite compensation peut-être pour les affaires de la banque, en déclin après 1933 ? Mais comment le banquier aurait-il mis la main sur ces œuvres interdites ? Elles ne lui ont peut-être jamais appartenu, elles étaient peut-être dans des musées ou chez des collectionneurs qui, le cas échéant, pourraient demander comment elles ont pu atterrir au Reimershof, et exiger des comptes. Stave pense à la ténacité d'Ehrlich, à sa rigueur dénuée de ressentiment. Le procureur a collectionné ses œuvres avec sa femme – une femme que les nazis ont poussée au suicide. Pour lui, ce n'est pas une question d'argent, mais de mémoire, de souvenir. C'est un ennemi implacable de ceux qui lui ont volé son bien. L'interrogatoire du banquier s'annonce intéressant.

— Connais-tu un certain Dr Alfred Schramm ?

Anna secoue la tête.

— Un suspect ou une victime ?

— L'un n'exclut pas l'autre.

Il lui raconte ce qu'il a appris du banquier.

— Je peux garder ces photos ?

Stave lui donne un cliché qu'elle range soigneusement dans son élégant sac à main.

— Une nouvelle acquisition ?

Elle rougit comme une jeune fille.

— Au contraire, avoue-t-elle en caressant le cuir doux et brun. Je l'ai depuis des années. C'est quasiment la seule chose que j'ai pu sauver lors de ma fuite. Quand on pense à tous ces trucs inutiles qu'on traîne avec soi…

Stave examine le sac de plus près et se fige. Anna von Veckinhausen. Un poinçon en or dans le cuir, un monogramme : « A.v.G. ». Il a le vertige. Si c'était un interrogatoire, il lui demanderait ce que signifie ce « G ». Mais il ne bouge pas, pétrifié.

— Je vais essayer de me renseigner, poursuit Anna, qui n'a pas remarqué son trouble. Quelqu'un aura bien vu ces têtes.

Le cœur de Stave cogne dans sa poitrine. Il contrôle sa respiration, sa voix. Sa déception aussi, parce qu'elle lui a caché son passé. Sa jalousie. Et son espoir enfin, farouche, indomptable.

— Nous allons donc nous revoir ?

— Je te dirai ce que j'ai trouvé. Au Fiedler. Demain. Disons, cinq heures ? Tu peux me raccompagner chez moi maintenant ? Le couvre-feu ne va pas tarder, et je suis trop fatiguée pour me presser.

La pluie s'est calmée. Les murs des immeubles bombardés luisent encore d'humidité, l'air est frais et lourd, le ciel vespéral violet foncé luit à travers les embrasures des fenêtres vides. Anna ne lui prend pas le bras comme par le passé, elle marche à un pas de lui dans la pénombre des rues. Stave est tout de même heureux de respirer son parfum. Ses cheveux resplendissent quand elle pénètre dans le cercle de lumière des rares lampadaires en état de marche.

Ils n'échangent que quelques mots. Rien sur les jours passés ensemble, rien sur son fils Karl. Il se garde de lui poser des questions, il ne veut pas jouer au policier comme il l'a fait trop souvent : que deviens-tu ? Tu rencontres souvent Ehrlich ? Ou as-tu fait la connaissance de quelqu'un d'autre ? Que signifie ce monogramme « G » ? Même si la question le taraude. Essaie de n'être que cet homme qui marche au crépuscule à côté de cette belle femme.

Une heure et demie plus tard, ils sont à Altona devant la porte de l'immeuble de son appartement en sous-sol de la Röperstrasse. Au bout de la rue, l'Elbe scintille tel un ruban gris. Un bateau de pêcheur remonte lentement le fleuve en direction du débarcadère des entrepôts, en crachant sa fumée de charbon jusque devant l'immeuble.

— Merci de m'avoir raccompagnée, dit-elle.

— Anna…

Mais Stave ne trouve rien de sensé à ajouter.

Elle sourit, se penche et l'embrasse sur la joue.

— Tu devrais investir ta paie dans des lames de rasoir, lui chuchote-t-elle, avant que l'argent ne vaille plus rien du tout.

— C'est comme si c'était fait.

Il lui tient la porte, l'air qui sent le moisi vient à sa rencontre.

— À demain.

— C'est mon jour de chance, répond Stave en refermant avec précaution la porte derrière Anna afin qu'elle ne claque pas bruyamment et réveille tous les voisins. Je parle sérieusement, ajoute-t-il, mais elle n'entend déjà plus rien.

Détails révélateurs

Sur le chemin du retour vers son appartement, Stave a la désagréable impression d'être mal dans sa peau. Les moignons de façade qui bordent les rues lui paraissent être les décors d'une sombre pièce de théâtre expérimental où mort et destruction tiennent le rôle principal. Il préférerait siffloter une chanson et danser comme les stars des *musicals* des années 1930.

Il ne prête pas particulièrement attention à son itinéraire. Une patrouille britannique l'arrête. Deux soldats dans une jeep, qui le laissent filer après qu'il leur a présenté son insigne de police et qui vont même jusqu'à faire un salut militaire, main à la casquette. Les temps sont loin où des Britanniques nerveux portaient le doigt sur la détente de leur pistolet-mitrailleur au moindre bruit venu des ruines.

Après trois quarts d'heure de marche, l'inspecteur principal se retrouve dans la Neue Rabenstrasse. Il n'est pas tout à fait à mi-chemin de son domicile. Il allonge le pas, relève le col de son manteau parce qu'il recommence à pleuvasser, s'arrête brusquement, se retourne. De la lumière à une fenêtre du bâtiment de la médecine légale, un rectangle jaune dans la façade de cette ancienne villa mal entretenue. Et derrière ces carreaux sympathiques, le bureau de Czrisini.

Stave est bien trop énervé et affamé pour être fatigué. La porte de la villa est ouverte : qui cambriolerait une morgue ? Il la pousse d'un air décidé, longe en tâtonnant des couloirs obscurs jusqu'à ce qu'il trouve la bonne porte. Il frappe et entre.

— Vous m'avez fait une de ces peurs ! Vous tenez à réveiller mes morts ? s'exclame le légiste.

— Ça n'arrive pas souvent, j'imagine.

L'inspecteur principal est embarrassé. Il a surpris Czrisini en train de ranger des dossiers et des livres dans des cartons. Son bureau surchargé, qui faisait penser à la réserve d'un musée abandonné, ressemble à l'entrepôt d'une entreprise en faillite.

— Qu'est-ce que vous faites ?

— Je remets de l'ordre. Et vous ?

— Je reviens d'une promenade. Pur hasard. J'ai vu de la lumière. Tout va bien ?

— Vous me demandez ça parce que je range ? dit Czrisini en riant. Même à mon âge, on peut apprendre. Moi, j'apprends à classer. En tout cas, j'essaye.

Sans bien savoir pourquoi, Stave est tout de même inquiet.

— Quand vous saurez, vous pourrez passer à la maison, répond-il en portant la main droite à son chapeau dans l'intention de se retirer.

— Pas si vite ! Je vais vous montrer quelque chose, si vous n'êtes pas trop fatigué.

— Le mort du Reimershof ? Il me réveillerait s'il le fallait.

Czrisini sourit et l'entraîne. Il marche difficilement. Jadis, il arrivait le premier sur le lieu de découverte d'un cadavre, excité comme un jeune chiot. Il tourne le bouton d'un interrupteur, le guide à travers d'étroits couloirs vers la cave de la morgue et ses tables de dissection. Il sort une boîte en carton d'un tiroir mural.

— Soyez prudent. L'étoffe est fragile après tant d'années dans la boue et les gravats.

— Les vêtements du mort ?

— Ce qu'il en reste. Ce qu'on a pu prélever du cadavre. Le mort était allongé sur le dos. On n'a trouvé des lambeaux d'étoffe que sur les côtes, le bassin et les os des jambes. En plus des chaussures orthopédiques que vous connaissez déjà. Sinon, pas de portefeuille dans les poches, aucun document, pas de pièces de monnaie ou de clés.

— Le bombardement remonte à l'été 1943. Si ma mémoire est bonne, par une journée très chaude.

— Et il a fait encore plus chaud quand les incendies se sont déclarés. (La voix de Czrisini s'enroue.) Quoi qu'il en soit, vous avez raison : cet homme portait vraisemblablement des vêtements légers au moment de son décès. Pantalon d'été sans ceinture, une chemise claire et une veste bleue.

— Tout ça ne va pas avancer les affaires de Dönnecke.

— Il ne connaît pas ces détails.

— Pourquoi ne lui avez-vous rien dit ?

— Ce n'est pas moi qui n'ai rien dit, c'est lui qui s'est bouché les oreilles. L'inspecteur principal Dönnecke ne s'est pas montré très intéressé par mes découvertes. Il voulait sans doute conclure son enquête au plus vite. En tout cas, il m'a envoyé promener. J'ai quand même tout consigné dans mon rapport, naturellement. Mais il ne le lira sans doute pas – et ne remarquera donc pas cet intéressant indice que j'ai trouvé à hauteur de la poitrine du mort, entre les lambeaux de veste et de chemise.

À l'aide d'une pincette, le légiste retire un morceau d'étoffe d'une enveloppe dissimulée sous les haillons, au fond de la boîte en carton. De couleur jaune, avec des traces d'écriture noire.

— J'ai l'impression d'avoir déjà vu ça quelque part, marmonne Stave, l'air sombre. Une étoile jaune.

Après avoir pris congé de Czrisini, l'inspecteur principal, la tête battue par ses pensées, parcourt le long chemin qui le sépare de la Ahrensburger Strasse. Au 1er septembre 1941, tous les Juifs ont été obligés de porter l'étoile jaune à six branches. Il se rappelle encore très bien que ses supérieurs hiérarchiques avaient ordonné à tous les policiers de veiller « de manière particulièrement stricte à l'application de cette consigne » et d'arrêter sur-le-champ tout Juif de leur connaissance qui n'aurait pas cousu cette étoile de manière visible sur le côté gauche de la poitrine. Il s'était senti minable quand il avait été obligé de patrouiller sur la Mönkebergstrasse. Il avait effectivement reconnu un Juif, un ORL, que Karl avait consulté quand il était petit, à une époque où les Juifs avaient encore le droit de soigner des non-Juifs. L'homme déambulait sans cette étoile dans cette prestigieuse rue commerçante. L'air provocateur, s'était dit l'inspecteur principal. Il ne lui avait pas adressé la parole et ne l'avait pas arrêté. Il avait fait semblant de ne pas le connaître. Et par la suite il avait eu peur pendant des jours qu'on l'ait vu et dénoncé parce qu'il avait manqué à son devoir. Mais il ne s'était rien passé. Et il n'avait plus jamais non plus revu ce médecin.

Au début de l'été 1943, les porteurs d'étoile jaune avaient disparu des rues de Hambourg. Les rares habitants qui en parlaient chuchotaient : « Déplacés à l'Est. » Si le mort du Reimershof avait effectivement été juif, il se trouvait, en cet été 1943, à un endroit où il n'avait plus le droit d'être depuis longtemps. Un Juif qui vivait dans la clandestinité et se cachait dans le local inoccupé d'un immeuble de bureaux ? Dans un lieu où quelqu'un qui n'osait pas sortir aurait été victime d'un bombardement ?

C'est le problème de Dönnecke, ne cesse-t-il de se dire. Mais tout ça n'intéresse pas ce vieux collègue. Et même s'il entendait parler de cette étoile jaune, après la mort de millions de Juifs, un type comme Dönnecke se donnerait-il la peine d'élucider le destin de cet homme, ou pour le moins de découvrir son identité ?

J'aurais peut-être dû rester aux Homicides, se dit-il. Le destin des morts n'est-il pas plus important que celui des objets, même s'il s'agit d'œuvres d'art ? Mais il pense aussi au commentaire d'Anna quand il lui a annoncé son changement de brigade. Ce « Bien ! » sec. Elle détestait les Homicides comme le pire de ses ennemis : toutes ces enquêtes lui volaient tout son temps, y compris les soirs et les fins de semaine, les nuits même. Et celui qui s'occupe de meurtres jour et nuit finit par se laisser empoisonner par une méfiance permanente, des questions sans fin. Elle ne supportait plus tout cela. Cela et les regards de Karl quand il est rentré de la guerre et que, au lieu de sa mère, c'est elle qu'il a trouvée aux côtés de son père.

Il déniche encore un quignon de pain dans l'armoire de la cuisine. L'air humide y a déposé une pellicule de moisissure blanche, qu'il gratte en prenant soin de préserver le plus possible la croûte. Il coupe le pain en tranches fines et mâche longuement chaque bouchée. Il boit de l'eau du robinet, mange le dernier concombre qui nageait encore dans le bocal de conserve. Il lui reste bien encore quelques pommes de terre au goût avarié, mais il se sent soudain trop fatigué pour les cuire sur son fourneau de fortune. Demain peut-être.

Quand il tombe enfin sur son lit, la courte nuit d'été se dilue dans une brume grisâtre et il se perd immédiatement dans un rêve. Anna et le squelette dansent dans la salle des ventes de Winterhude, une danse folle sur une musique criarde que son fils Karl joue sur un crincrin. Le commissaire-priseur Nattenheimer fait valser son marteau comme une baguette de chef d'orchestre et y va de ses blagues. Le docteur Czrisini, une cigarette allumée à chaque commissure des lèvres, range les chaises dans de gigantesques caisses. Et moi ? se demande Stave. Je reconnais bien tout le monde, mais où suis-je ? Il ne trouve même pas ses mains ou ses pieds ; il ouvre la bouche, mais aucun son ne franchit ses lèvres. Comme s'il était un fantôme en train de flotter dans la salle, invisible.

Une vie d'artiste

Mardi, 15 juin 1948

Un homme n'est pas apparu dans son rêve – et c'est dans son bureau que Stave se rend dès potron-minet, une heure à la limite de la bienséance : le procureur Ehrlich.

— Il faut que nous parlions d'un mort.

— Cela ne vous concerne plus, *Herr Oberinspektor*.

— C'est Dönnecke qui est chargé de l'affaire.

— Qu'avez-vous de si intéressant à me dire au sujet du cadavre du Reimershof ? Un des innombrables morts dans un de ces innombrables immeubles bombardés ! Où est le problème ?

— Le problème, c'est l'inspecteur Dönnecke. Il n'enquête pas sérieusement.

— Je n'ai certes pas l'intention d'accepter le manque de zèle de votre collègue. Mais je sais aussi qu'il a d'autres affaires. Il enquête sur deux autres meurtres.

— Le mort du Reimershof était juif. Le Reimershof a été détruit en 1943. Inutile d'être aux Homicides depuis quarante ans pour voir que quelque chose ne colle pas dans cette histoire.

Le procureur se laisse aller contre le dossier de sa chaise.

— Je ne vois rien de tout cela dans le rapport de Dönnecke. Racontez-moi ça.

L'inspecteur principal parle de sa visite au docteur Czrisini et des lambeaux d'étoile jaune. Des traces sur les semelles de cuir. Du pied bot. Quand il a terminé, Ehrlich tapote des doigts sur le plateau de son bureau. Stave remarque son air las.

— Vous avez déjà entendu l'expression « tirer un trait ? » demande-t-il.

— Vous vous moquez de moi.

— C'est une expression très à la mode. On l'entend partout : « Il faut tirer un trait sur tout ça », « mettre un point final ». Passons l'éponge, enterrons le passé, repartons à zéro. On préfère regarder devant soi que se tourner vers le passé.

— D'après moi, ce mort inconnu a été victime d'un meurtre. Même si les faits remontent à quelques années.

— Le crime du capitaine de vaisseau Rudolf Petersen remonte lui aussi à quelques années. Cette histoire devrait vous servir d'exemple – comme à moi. Il commandait la flotte des vedettes lance-torpilles de la marine allemande. Il a fait fusiller trois déserteurs, le 10 mai 1945, donc après la capitulation. Je l'ai inculpé.

— Tout le monde vous craint dans le milieu des vieux aryens.

— Peut-être plus pour très longtemps : j'ai perdu ce procès pas plus tard qu'hier. Acquittement. Bien entendu, je fais appel. Mais je ne suis pas très optimiste, pour parler prudemment.

— Vous ne demanderez donc pas à Dönnecke de reprendre son enquête ?

— Petersen a fait fusiller trois hommes après la fin de la guerre, une exécution publique. Il y a des témoins, des documents, et il ne nie même pas les faits. Malgré tout, je ne réussis pas à le faire condamner à un seul jour de prison ! Et vous venez me voir avec quelques petits morceaux de tissu jaune et des égratignures sur de vieilles semelles de chaussure !

— Ce n'est pas assez pour une inculpation, concède Stave, mais suffisant pour poursuivre l'enquête.

— Aux Homicides. Pas au Chefamt S.

Ehrlich toise longtemps son vis-à-vis avec son regard triste de vieux hibou.

— C'est bien dommage que vous ayez changé de service, finit-il par marmonner. Je pourrais confronter Dönnecke à cette étoile jaune. Je pourrais faire pression sur lui. Je pourrais l'obliger à reprendre ses investigations.

— Mais vous ne pouvez pas être continuellement sur son dos. Vous êtes le procureur. Et son boulot est de vous donner les résultats d'une enquête. Et s'il ne veut pas lever son gros cul de sa chaise, vous n'aurez aucun élément pour prononcer une inculpation.

— Et que proposez-vous ?

— Je pourrais enquêter, souffle l'inspecteur principal. Secrètement. Discrètement, corrige-t-il aussitôt.

— C'est exactement la réponse que j'espérais, dit le procureur en esquissant un sourire. Je ne tire jamais un trait, je ne passe pas l'éponge. Jamais. Dressez l'oreille, *Herr Oberinspektor*, discrètement, cela va sans dire. Commencez une enquête, discrètement. Tenez-moi au courant, discrètement. Servez-vous de cette affaire de sculptures comme couverture. Il n'est d'ailleurs pas impossible qu'elles aient un rapport avec le cadavre. Rendez son identité à ce mort. Prouvez-moi qu'il s'agit réellement d'un meurtre et je porterai plainte, contre X pour commencer. Et plus tard, quand votre enquête aura avancé, qui sait…

— Si je me fais prendre, si je me mêle en douce d'une enquête des Homicides, je suis fait, grommelle Stave. Dönnecke demandera ma tête. Et Cuddel Breuer ne lèvera pas le petit doigt pour me protéger. Il me prend pour un minus.

— C'est bien la meilleure couverture pour votre entreprise. Et moi aussi, je suis toujours là, le rassure le procureur,

— Je vous tiens au courant, discrètement, grognonne Stave en se levant.

Il se demande s'il a eu une bonne idée de proposer cette mission occulte, mais il se sent mieux. Plus léger. D'attaque. La vieille sensation est de retour : la fièvre du chasseur. Alors qu'il a déjà la main à la porte, Ehrlich lève la main droite en manière de salut.

— Et, Stave… bienvenue à bord !

Une heure plus tard, Stave et Ruge se laissent cahoter dans les rues de la ville par une vieille voiture de patrouille. L'inspecteur principal est rattrapé par cet étrange pouvoir que donne un secret impossible à partager. Comme un espion, se dit-il. MacDonald me taperait sur l'épaule en riant s'il savait cela. Les caoutchoucs des essuie-glaces, en lambeaux depuis des semaines, laissent des traces en forme de demi-cercle sur le pare-brise embué. Même la police n'a pas réussi à dénicher des pièces de rechange. Depuis longtemps, aucun garage n'a plus cette marchandise d'avant-guerre en magasin et la fabrication d'accessoires neufs ne fait pas partie des priorités de l'industrie allemande. L'inspecteur principal ralentit plus qu'il ne voudrait, s'efforce de voir à travers le pare-brise sillonné de traînées boueuses.

— Soyez prudent. Les pavés sont humides, les pneus très usés, presque sans relief, lui rappelle le jeune *schupo*.

— J'étais conducteur de char sur le front est.

Lorsque Ruge écarquille les yeux, Stave a un sourire en coin.

— Je plaisante.

Il ralentit encore.

— Le Dr Schramm nous attend ?

— Je ne me suis pas annoncé, je préfère le surprendre. Ça a ses avantages pour un interrogatoire.

— Et s'il n'est pas chez lui ?

— On nous dira où le trouver. Même si nous devons passer la matinée à ramer dans cette baignoire.

Stave engage la voiture qui regimbe sur la Lombardsbrücke, tourne à gauche. À leur droite se dresse l'hôtel Atlantic, blanc comme un château de contes de fées ; à gauche l'Alster, grise sous les rafales de pluie. Tirant sur ses avirons, un rameur solitaire ne se laisse pas déranger par le mauvais temps et s'applique à manœuvrer sa barque. Stave lui jette un bref regard, tourne brutalement le volant et manque buter contre un trottoir : une lourde voiture noire les dépasse en les serrant de près, les éclabousse de boue et les enveloppe de fumée de gaz d'échappement.

— Une Mercedes 170 V, la W136, dit Ruge en sifflant d'un air appréciatif. On lui fait signe de se garer ?

L'inspecteur principal serre le volant dans ses mains moites et s'efforce de calmer sa respiration.

— On se le payera une autre fois, cet aveugle, marmonne-t-il. Les voitures neuves ne courent pas les rues à Hambourg.

Quelques instants plus tard, il a rattrapé le véhicule noir : le conducteur n'a pas osé doubler un camion britannique qui rampe son bonhomme de chemin sur la chaussée. Stave ouvre de grands yeux sur les ailes galbées de la berline, le pare-chocs chromé, la peinture laquée aussi immaculée que celle d'un piano de concert. Il est brièvement tenté de tamponner la tôle tape-à-l'œil avec le pare-chocs de sa vieille voiture de patrouille, mais il garde ses distances pour ne pas être aveuglé par les nuages de pluie sale soulevés par la Mercedes.

— Elle dépasse les cent à l'heure, commente Ruge, songeur. 1,7 litre, 38 chevaux. Au moins aussi bonne que le modèle d'avant la guerre.

— Si vous avez l'intention de vous payer une voiture comme ça, faudra changer de métier.

Le *schupo* s'esclaffe.

— Les voitures, c'est ma passion. Quand j'étais gamin, je connaissais déjà toutes les caractéristiques de celle-là. Cent mille reichsmarks en liquide et Mercedes vous gare votre 170 dans la cour. Enfin, c'était encore comme ça il y a quelques semaines. Paraît que maintenant la cour resterait vide.

— Mercedes aussi attend le jour J ?

— Problèmes de livraison. C'est le prétexte officiel. Sans qu'on sache exactement ce que cela peut bien vouloir dire.

Sur ces entrefaites, ils traversent le pont du Schwanenwik, enfilent la Adolphstrasse direction Uhlenhorst : des villas blanches, des arbres, des clôtures, presque pas de traces de bombardements. Les trottoirs sont vides.

— Notre pilote de course prend la même route que nous, remarque Stave quand il voit la berline noire virer dans la Fährstrasse.

Des hêtres et des tilleuls bordent la rue, les branches sombres lourdes de pluie cachent des villas blanc et ocre. Au bout de la rue étroite, l'Alster. La 170 V tourne dans une entrée gravillonnée qui mène à une résidence dont l'architecture rappelle un palais toscan.

— Numéro 80, note Stave. Belle villa pour un pilote de course aveugle.

Il suit la Mercedes et gare sa vieille voiture de patrouille dans la montée, barrant le passage. Un homme d'une soixantaine d'années descend de la berline. Tête carrée, anguleuse, cheveux blancs, regard bleu, cigare au coin des lèvres. Un manteau en laine bleu marine protège son corps massif de la pluie. L'inspecteur principal reconnaît la doublure à carreaux bruns et jaunes. Un Burberry, se dit-il. Marchandise d'avant la guerre, la tenue d'un notable de la Hanse. L'homme boite. La main gauche tient fermement une canne en bois sombre au lourd pommeau d'argent.

— Il n'a pas l'air particulièrement heureux que nous nous soyons garés dans son entrée, chuchote Ruge.

— Notre voiture de patrouille détonne devant cette villa comme une poubelle qui déborde, réplique Stave en ouvrant sa portière et en s'extrayant de son siège. On va lui changer les idées.

Il exhibe sa carte de police.

— Police criminelle, crie-t-il d'une voix si forte qu'on peut l'entendre au loin dans cette rue tranquille.

L'homme se fige, comme si Stave l'avait frappé.

— Suivez-moi.

Une voix impérieuse, habituée à donner des ordres. Il prend le chemin de la villa aussi vite que sa claudication le lui permet.

— *Doktor* Schramm ? demande Stave quand ils atteignent l'auvent qui les protège de la pluie.

Il se présente, ainsi que Ruge.

— Que me voulez-vous ?

— J'ai quelques questions à vous poser au sujet du Reimershof. Je suppose que vous connaissez cet immeuble de bureaux ?

— Il a été bombardé. Entièrement détruit en 1943.

— Pas tout à fait, réplique l'inspecteur principal en esquissant un sourire. Pouvons-nous entrer ?

Schramm introduit une grande clef dans la serrure. Des mains de goutteux, se dit Stave. Avant même que le banquier ait ouvert la porte, l'inspecteur principal entend qu'on tire un verrou. Une jeune domestique vêtue de noir s'encadre dans la porte, bonnet blanc, petit tablier blanc. La dernière fois que l'inspecteur principal a vu ce genre d'employée, c'était avant la guerre, au cinéma.

— *Herr Direktor*, bredouille-t-elle.

Schramm la rassure.

— Tout va bien, Elfriede.

Il se débarrasse lui-même de son manteau et le lui tend puis, moins solennel et plus attentif, il range sa canne à côté de l'entrée, dans un porte-parapluies en osier.

— Je vais dans le salon avec ces messieurs. Je n'aurai pas besoin de vous.

La servante disparaît comme une ombre, visiblement soulagée. Le banquier les précède. Les fenêtres à meneaux d'un salon laissent passer une lumière grisâtre. Stave discerne un jardin soigné, puis il dirige son regard sur le piano à queue Bechstein. Sur le large manteau d'une cheminée de marbre sont alignées de nombreuses photographies sépia dans leur cadre en argent. Celle du milieu montre quelques personnes prenant la pose dans une pièce à la taille imposante : un Schramm plus jeune, une femme maigre dans un fauteuil roulant, quelques hommes et des femmes nettement plus jeunes habillés à la mode des années 1930. Nul d'entre eux ne sourit. Derrière eux, les rayons du soleil entrent par une fenêtre semblable à celles du salon où ils se trouvent. Les murs sont couverts de rayonnages chargés de livres et de sculptures, de statuettes et de vases avec des bouquets de fleurs luxuriantes, de diplômes sous verre.

— Le dernier anniversaire de mon épouse, explique Schramm, à qui la curiosité de son visiteur n'a pas échappé. Hiver 1938.

— Elle était malade ?

Stave fait un signe discret à Ruge : qu'il examine la photo de plus près. Peut-être remarquera-t-il quelque chose, lui aussi, se dit-il.

— Anémie. Les médecins ont tout tenté, en vain. Elle est décédée en 1939. Le 1er septembre. Le jour de l'invasion de la Pologne. Je ne pense pas que la date soit due au hasard.

Le regard de l'inspecteur principal se détourne de la photographie et se fixe sur le vieux banquier.

— Toutes mes condoléances, même si elles arrivent bien tard. On m'a appelé au Reimershof hier. Ou dans ce qu'il en reste. Vous êtiez l'un des locataires ?

— Parmi d'autres.

— Des *Trümmerfrauen* ont fait de remarquables découvertes en déblayant les ruines. (Stave tire les clichés de la poche de son manteau.) Vous reconnaissez ces objets ?

— Non.

Regard stupéfait de Stave.

— Prenez votre temps. Regardez-y de plus près.

— Ma vue est encore excellente. Mon goût des belles choses aussi. Pour ne rien dire de ma mémoire. Ces œuvres ne font pas partie de ma collection.

— Mais vous vous doutez pourquoi je suis venu avec ces photos ?

Schramm soupire.

— Mon goût pour l'art ? Que je partageais d'ailleurs avec ma défunte épouse ; c'était pour ainsi dire notre plus belle passion commune.

Il s'éclaircit la voix, ému.

— Vous souteniez aussi des artistes contemporains.

— Et je les soutiens toujours. Pour autant qu'on trouve encore des talents après ces douze années de barbarie. Il est plus facile de faire de l'argent que d'être un créateur, croyez-moi.

Stave, qui pense à son salaire, est d'un avis différent, mais il opine néanmoins.

— C'est pourquoi nous avons pensé vous demander votre avis en premier, avant les autres locataires du Reimershof.

— Pourquoi aurais-je exhibé des œuvres d'art dans mon bureau ? Je n'avais loué que quelques pièces, un bureau avec le téléphone, deux pièces pour y ranger des dossiers. Pour m'y retirer à l'occasion, loin de l'agitation de ma banque. Et pour traiter… (il hésite un instant) certaines affaires confidentielles. Si confidentielles que je ne voulais pas les régler dans le cadre officiel de ma banque.

— Quel genre d'affaires ?

— Secret bancaire. Rien d'illégal, si cela peut vous rassurer.

— Bien entendu, réplique l'inspecteur principal sur un ton qui laisse entendre que les paroles de Schramm ne le rassurent absolument pas. Et il s'agissait d'art ?

Schramm fait un geste impatient de ses mains de goutteux.

— Mes œuvres d'art sont ici. Qui irait mettre des sculptures dans son bureau ? Et aussi modernes en plus ! Et ce pendant les années brunes ? (Il désigne un tableau accroché près de la cheminée, un avion qui tombe sur une ville vide devant un ciel noir comme la nuit.) Franz Radziwill. C'était le préféré de ma femme, et encore plus après son diagnostic. Sinon, elle adorait Seurat, alors qu'il peignait tout à fait autrement. J'ai deux ou trois Liebermann dans la pièce à côté, quelques tableaux de la Nouvelle Objectivité, quelques Fauves. Des expressionnistes aussi, ajoute-t-il en hésitant, mais plutôt des gravures et des peintures à l'huile. Pas de sculptures. (Il pointe les photos de Stave.) Ce sont des œuvres expressionnistes, du bon travail, pour autant qu'on puisse en juger d'après vos clichés. De la belle ouvrage, mais toutefois pas assez bonnes pour avoir été exposées à Berlin, à la galerie Flechtheim par exemple, dans les années 1920. Et après, de toute façon, elles ne risquaient plus d'être montrées nulle part.

— Vous n'avez donc jamais vu ces œuvres ?

— Dans aucun musée, dans aucune des galeries où j'ai acheté, dans aucun atelier d'artistes que je soutiens directement.

— Qui a travaillé avec vous au Reimershof ?

— Personne. C'était mon refuge.

L'inspecteur principal pense au mort.

— Pas de secrétaire ? Même pas un coursier ? Un gardien ?

— Une femme de ménage toutes les semaines. Et je ne vois pas ce qu'elle aurait pu avoir affaire avec ces œuvres que vous avez déterrées dans les ruines.

— Rien, à mon avis. Seulement, *doktor* Schramm, nous avons aussi trouvé un cadavre d'homme dans les décombres du Reimershof.

— C'est regrettable, mais là non plus vous n'êtes pas à la bonne adresse. Il y avait d'autres locataires, mais je les connaissais à peine.

Schramm n'a pas l'air spécialement ému. Stave lui tend une carte avec ses coordonnées téléphoniques. Le matin même, sur de vieux bouts de carton, il a tapé son nom à la machine, son grade et le numéro de téléphone de sa brigade. Une carte de visite minable, mais il n'en a cure.

— Appelez-moi, je vous prie, si vous vous souvenez de quelque chose, explique-t-il. Il est possible que je sois encore obligé de vous auditionner.

Schramm tire un portefeuille en cuir de sa poche. L'inspecteur principal croit un instant qu'il va lui tendre un bristol, mais le banquier en sort une feuille qu'il déplie soigneusement. Stave lit : « Commissariat principal de la ville de Hambourg chargé de la dénazification / reclassification. » Les gros caractères sont écrits sur un papier jaunâtre tapé à la machine, suivi du nom du banquier. Une attestation de réhabilitation, un « certificat Persil ». On en trouve des faux au marché noir, pour une fortune. Celui-là m'a l'air authentique, se dit Stave.

— J'ai été lavé de tout soupçon, déclare Schramm d'une voix qui tremble d'émotion. Je me flatte d'être dans les meilleurs termes avec les forces d'occupation et le maire de cette ville. J'ai été interrogé pendant des années par les sbires de la Gestapo, encore et encore. La santé de ma femme s'est dégradée au fil du temps et il a fallu que j'observe ces messieurs en train de contempler sa déchéance. Ils ont certainement consigné tout cela dans un dossier. Mais cette époque est heureusement révolue. Et vous n'allez pas remettre ça. Ou dois-je dire : poursuivre le travail ? Je suis un homme très occupé. Vous ne déboulerez pas ici tous les jours pour garer votre voiture dans mon entrée de façon que tout le monde puisse la voir, pour pénétrer chez moi et me poser d'absurdes questions sur de mystérieuses œuvres. Il faudrait que vous ayez de bonnes raisons pour vous présenter encore une fois à ma porte, d'excellentes raisons. Ai-je été assez clair ?

— Je vous remercie pour votre franchise, réplique Stave en reprenant son chapeau.

Une minute plus tard, il est assis à côté de Ruge dans la voiture de patrouille et lance le moteur du huit cylindres.

— Je n'aimerais pas avoir ce type comme meilleur ennemi ! dit le *schupo* en sifflant entre ses dents.

Il n'ose parler que quand ils sont suffisamment éloignés de la villa.

— Trop tard : c'est déjà votre ennemi. Mais avec un peu de chance, il n'a pas remarqué votre visage ou noté votre nom.

— Mais le vôtre, il l'a. Vous lui avez donné votre carte.

— Vous n'avez rien remarqué de bizarre ?

— Outre l'immense villa, la Mercedes hors de prix, le jardin bien entretenu, les tapis moelleux, les tartouilles à l'huile au mur, le piano à queue, la cheminée et cette accorte servante ? (Le brigadier secoue la tête.) Non, rien. Un homme comme vous et moi.

— La photo sur le manteau de la cheminée, lui souffle Stave d'une voix moqueuse.

— Cette femme dans son fauteuil roulant ? Terrible !

— Oubliez cette malheureuse.

— Les hommes et les femmes à ses côtés ? Ils n'avaient pas l'air heureux non plus. Il y en a un fiché chez nous ? Je pourrais faire des recherches.

— Le lieu, Ruge ? (Stave soupire.) Vous avez remarqué où cette photo a été prise ?

— Dans une pièce plus grande que mon modeste logis, c'est sûr.

— Et mieux aménagée.

— Oui, des livres, des tableaux et… (la voix du *schupo* se brise, il pâlit soudain) des sculptures, sur les étagères.

Tout en tournant à droite en direction de l'Alster, Stave se contorsionne sur son siège pour tirer de la poche de son manteau une des photos de Kienle.

— La tête de femme en bronze du Reimershof, murmure Ruge.

— Que Schramm prétend n'avoir jamais vue, alors qu'elle était dans sa propre villa depuis fin 1938 au moins, ainsi que le prouve la photo avec cette épouse digne de compassion et ces parents à l'air triste. Derrière la famille réunie, il y a cette sculpture sur cette étagère. J'aimerais savoir ce que signifie cet étrange trou de mémoire de notre banquier.

— Serait-ce une bonne raison pour interroger Schramm à nouveau ?

— Une excellente raison.

À présent qu'il est seul dans son bureau, l'assurance de Stave est ébranlée. Le bureau est calme, les traînées de pluie glissent sur les carreaux de la fenêtre. Elles sont si fines que l'inspecteur principal soupire après une vraie averse, ne serait-ce que pour entendre les gouttes crépiter. La pièce sent le renfermé, le produit de nettoyage et le papier peint humide. Il s'avoue qu'il n'a aucun élément qui l'autoriserait à intenter quoi que ce soit contre Schramm. Le banquier ne lui a pas dit la vérité au sujet de cette tête de femme. Un faux témoignage certes, mais à ses dépens : Schramm renonce à une œuvre d'art qui lui a appartenu, ce qui ne constitue pas un crime. Et Stave n'a rien d'autre en main. Aucun mobile, pas même un soupçon. Rien n'explique le mensonge du vieil homme. Il y a peu de chance qu'Ehrlich mette en accusation un banquier influent comme Schramm, un homme, en outre, que les nazis ont harcelé. Pas l'ombre d'une affaire, tout ça, une broutille à classer et à oublier.

Et pourtant, Stave est nerveux. Il n'aime pas qu'un dossier prenne la poussière dans l'indifférence et l'oubli. Ça n'a jamais été le cas aux Homicides. Pas avec lui, en tout cas. Aucune raison que cela commence au Chefamt S. Il y a quand même ce mort auquel Dönnecke ne s'intéresse pas. Le banquier avait loué deux pièces, ainsi qu'il l'a lui-même déclaré. Le cadavre gisait parmi les décombres, dont l'inspecteur pense qu'ils étaient amoncelés dans une des pièces voisines, celle où les œuvres étaient sans doute rangées. Un second bureau de Schramm ? Un simple hasard ? Une pièce louée par une autre entreprise ? Si Stave enquêtait officiellement, il aurait parlé du cadavre au vieil homme et guetté sa réaction : gêne, honte, peur, un instant d'hésitation, un battement de paupière… Mais vu la situation, il est obligé d'inventer un prétexte pour enquêter, d'alléguer cette histoire d'œuvres d'art. L'inspecteur principal soupire. Il a bien quelques talents, mais le métier d'acteur n'en fait pas partie. Il serait temps de s'y essayer.

Il suspend la mince chemise en carton dans son armoire, le premier dossier de son nouveau bureau qu'il commence à aménager. Il tire une nouvelle chemise en carton d'un tiroir et prépare un deuxième dossier : « Faux-monnayeurs, Goldbekplatz ». Si rien ne progresse dans une affaire, il se consacrera à l'autre.

Un quart d'heure plus tard, il finit par adhérer aux persiflages des collègues à propos du Chefamt S : il s'agit bien d'une impasse. C'est comme s'il était victime d'un sort : dans la deuxième enquête aussi, il se heurte à un mur. Il a envoyé quelques *schupos* sur la Goldbekplatz, d'autres à la

Ley-Hütte de Fuhlsbüttel. Chou blanc. Toni Weber, l'artiste et faux-monnayeur condamné, s'est évaporé. Est-ce qu'il séjourne chez un de ses amis du §175 ? Il va interroger les collègues des Mœurs, dont le fichier a survécu à la capitulation. Mais il répugne à fouiner dans ces milieux. Il pense que ce qui se passe sous la couette entre adultes ne regarde ni policier ni juge.

Mais où est Toni Weber ? Vit-il encore à Hambourg ? A-t-il réellement quelque chose à voir avec ces faux billets ? Stave n'a qu'un vague soupçon. Il serait temps que j'en apprenne plus sur ce type, se dit-il.

Une demi-heure plus tard, il a un dossier de plus sur son bureau : l'enquête concernant les agissements passés de Toni Weber. Ça commence par une plainte anonyme, suivie des recherches effectuées par les Mœurs. Une accusation d'un jeune prostitué, une inculpation pour infraction au § 175, une amende. Fermez le ban. Jadis, se dit Stave, ça lui aurait coûté quelques années de prison, pire même : camp de concentration et triangle rose, coups, mort misérable, étranglé avec un nœud coulant en corde de piano.

L'autre volet du dossier consiste en quelques procès-verbaux tapés à la machine, de mauvaises photos de faux timbres de cartes d'alimentation, des copies d'inculpation et de verdict pour faux et usage de faux. Excepté quelques renseignements, date de naissance et adresse, rien de personnel dans les deux dossiers. Aucun nom dans la première affaire, excepté celui du jeune prostitué. Mais un autre nom dans la suivante : Paul Michel.

L'inspecteur principal feuillette un PV d'interrogatoire. La peur de Michel transparaît même dans les formules stéréotypées du langage administratif. Il avait été convoqué comme témoin, mais savait qu'il risquait une inculpation. Il avait sur lui, dissimulées dans la prothèse de sa jambe, de fausses cartes d'alimentation, imprimées chez Weber et qu'il était chargé de transporter à la Goldbekplatz. Un invalide de guerre donc, un vieil ami de Weber ou une de ses amitiés particulières. Mais il avait manifestement peu intéressé le collègue qui l'avait interrogé : Stave ne trouve aucune remarque précise concernant une infraction au § 175, excepté une ou deux allusions dans la déclaration du témoin, inconvenantes à condition de chercher la petite bête, mais sans doute bien anodines. Michel avait prétendu ignorer qu'il avait de fausses cartes d'alimentation sur lui : il croyait à leur authenticité. Un mensonge stupide, parce que faire du commerce avec des bons d'achat authentiques est tout aussi illicite qu'avec des faux. Et ensuite parce qu'il n'a pas trouvé de réponse à la question du policier qui lui demandait pourquoi il avait caché tout ça dans sa prothèse.

Sinon, rien d'autre sur Michel. Pas d'inculpation, donc pas de condamnation. Ils ont dû le laisser filer, se dit Stave. Du menu fretin, sans doute. Quelqu'un avait peut-être eu pitié de l'unijambiste. Il n'aime pas l'idée de surgir chez un infirme comme un vieux fantôme. Mais c'est la seule piste qu'il a. Il note l'adresse de Paul Michel et se met en route.

La Lerchenstrasse est à peine plus large qu'une ruelle, non loin du Heiliggeistfeld, à Sankt Pauli. Le trajet n'est pas long depuis l'hôtel de police, mais l'inspecteur principal est tout de même couvert de sueur en arrivant. Il jette un regard fugace au Schillertheater. Dans ce bâtiment en forme de tente de cirque, on pouvait voir jusqu'en 1945 des comédies de boulevard et des opérettes. Il y est allé une fois avec Margarethe, en 1938 ou 1939, il ne se rappelle pas l'année. À présent, dans la salle débarrassée de ses sièges, habitent des victimes de bombardements et des personnes évacuées. Casquette de petites frappes bas sur le front, des adolescents sont adossés à un mur, mains dans les poches, cigarette entre leurs lèvres minces. Il sent leur regard dans son dos.

Au 23 de la Lerchenstrasse, croupit un immeuble de rapport décapité par l'explosion d'une bombe, un rez-de-chaussée aux murs en briques, noir de suie, surmonté d'appartements aux façades arrachées, inaccessibles, avec des plafonds imbibés d'humidité, des cloisons gauchies. On y discerne des tuyaux, des souches de cheminées. Une poutre calcinée de la charpente a survécu. Elle s'élève dans le ciel gris comme une croix tombale à moitié embourbée dans un cimetière dévasté. Quelqu'un a tracé à la craie un nom sur la porte en un triste état : « Michel ». Belle écriture, se dit Stave.

L'homme qui lui ouvre la porte est amaigri et chauve. Il a la peau couverte de petites gerçures, les yeux sont profondément enfoncés dans leur orbite, la main gauche décharnée serre la poignée d'une canne. On dirait un petit vieux, et pourtant l'inspecteur principal ne lui donne pas cinquante ans. Un bref coup d'œil sur son pied droit chaussé d'une vieille pantoufle en feutre ; de la jambe gauche du pantalon émerge une chaussure en cuir qu'une courroie attache à une tige métallique.

L'inspecteur principal montre sa carte de police.

— *Herr* Michel, il faut que je vous parle.

L'homme blêmit.

— Encore cette vieille histoire.

— En quelque sorte, oui. Mais je viens pour une autre affaire, ajoute le policier pour le rassurer. Je peux entrer ?

— À vos risques et périls, bougonne Michel. Retenez votre respiration jusqu'à ce que vous soyez habitué à l'odeur.

Des relents de pourriture et de matières fécales infectent les lieux.

— Ça vient de l'évier, explique l'unijambiste. Il n'y a rien à faire.

Deux pièces nues, une plaque en émail au mur : « Rien ne vaut un chez soi. » De larges crevasses dans les murs, qu'on a essayé de boucher avec une espèce de glaise brune malaxée avec du vieux papier journal. Michel, qui a remarqué le regard de Stave, lève la main comme pour s'excuser.

— Ces fissures n'arrêtent pas de s'élargir et on n'arrête pas de les colmater avec ce qu'on trouve pour qu'il n'y ait pas trop de courants d'air.

— C'est pas ça qui va consolider les murs.

— Je sais. Ce taudis tangue comme une coque de noix à chaque rafale de vent. De temps en temps, une porte claque avec un bruit d'explosion. Alors, on sort en courant, comme en 1943, parce qu'on a peur que l'immeuble s'effondre pour de bon. Et on ne descend surtout pas à la cave, on sort dans la rue. La cave appartient aux rats. Et il arrive qu'il y ait des rafales de vent chargées de poussière de béton, et on se protège le visage avec des chiffons humides pour ne pas étouffer. Un jour ou l'autre, cette ruine nous entraînera avec elle dans les profondeurs.

— Vous habitez seul ici ?

— Avec ma femme et mes cinq enfants. Ils sont partis échanger des bons d'achat.

Michel lui désigne deux chaises près d'une table en bois laquée couverte de taches, avec un colis ouvert. Stave lit l'inscription noire sur le carton d'emballage jaune : « CARE U.S.A. » Un regard nostalgique sur les boîtes de conserve en fer-blanc : du corned beef et de la margarine, du sucre, du miel, du lard, des raisins secs, du chocolat et, avant tout, deux livres de vrai café en grains. L'inspecteur principal ne sait que penser de ces colis de nourriture, envoyés d'outre-Atlantique en quantité de plus en plus importante par des organisations caritatives. Il a envie de ces choses délicieuses auxquelles il a fallu renoncer pendant si longtemps, mais il a aussi l'impression d'être humilié par tous ces dons. Non qu'il ait jamais été tenté d'accepter ce genre de compassion : il n'est inscrit sur aucune liste de Caritas ou de la Croix-Rouge et ne connaît personne en Amérique.

— Je viens juste d'aller chercher ça à la poste, explique Michel, qui a suivi le regard de son visiteur. Ça m'a coûté plus de quarante-quatre reichsmarks de port et de douane.

— C'est peu pour ces conserves qui valent une fortune.

— J'ai des amis qui pensent à moi. À Hollywood. Mon ami Charlie Chaplin m'envoie lui aussi de temps en temps une carte postale. Ce n'est pas une blague. J'étais accessoiriste à la UFA. En 1933, beaucoup de collègues, pris d'une soudaine nostalgie des lointains, ont émigré en Californie. Je n'ai jamais perdu le contact. Du moins jusqu'à son interdiction. Et ils ne m'ont jamais oublié. (Il tapote sur le carton.) Je bouclerais tout de suite mes valises pour me tirer de ce trou et aller à Hollywood, si les Ricains me laissaient entrer. Mais pour l'instant ils n'acceptent pas d'immigrés allemands, et encore moins des infirmes comme moi.

— Toujours est-il que vous n'êtes pas un repris de justice, grommelle Stave entre ses dents et il remarque que les commissures des lèvres de Michel s'affaissent. Et si vous répondez à quelques questions, vous ne me verrez plus jamais.

L'unijambiste se laisse aller sur une chaise et propose l'autre à son hôte.

— Ne prenez pas ça mal, *Herr Oberinspektor*, mais ce n'est pas la première fois que j'entends ça dans la bouche d'un flic. Et vous voilà. La prochaine fois ce sera un autre de vos collègues, et vous pourrez dire que vous avez tenu parole. Mais personnellement, ça m'avance à quoi ?

Stave ignore les récriminations de l'infirme et tire de sa poche son vieux calepin défraîchi.

— Que savez-vous sur Toni Weber ?

Michel ferme un instant les yeux et soupire – de manière un peu trop affectée, se dit l'inspecteur principal.

— Toni a l'art de faire plaisir aux mauvaises personnes. C'est son seul crime. C'est quelqu'un de bien. Et un très bon artiste. Si nous ne vivions pas une époque si barbare, vous ne seriez pas obligé de venir dans mon taudis pour vous renseigner sur lui. Vous liriez son nom dans les journaux.

— Mais on vit une époque barbare.

— Et c'est comme ça que vous êtes là. Toni ne fait pas partie de mes amis, c'est un collègue de travail. Artiste indépendant sous la République de Weimar, sculpteur, dessinateur, un peu de peinture à l'huile. Du travail solide, pour autant que je sache, mais pas réputé. Quand l'économie a commencé à sombrer, en 1929, il a réussi à s'en sortir : il est devenu accessoiriste à la UFA.

— Il est passé au cinéma ?

— Une bonne idée. Plus ça va mal, plus les gens vont au cinéma. En plus, on était aux débuts du parlant, le temps des pionniers, des chercheurs d'or. Dans les studios de Berlin, à Babelsberg, on avait besoin de gens adroits pour construire les décors : des châteaux-forts, des intérieurs magnifiques, des usines. Et pour dessiner des costumes de toutes les époques, fabriquer des copies d'œuvres d'art aussi pour les décors, des armes de toutes sortes, des lustres en cristal, des bateaux, d'étranges carrosseries de voitures. Vous ne pouvez pas imaginer tout ce que nous avons bâti en plâtre et en contreplaqué.

— Vous vous êtes connus à la UFA ?

— Deux artistes ratés sur un paquebot de croisière de luxe, oui. Impossible, naturellement, que nos travaux soient encore exposés dans une galerie, mais on ramenait toutes les semaines à la maison une enveloppe avec la paie. J'ai fondé une famille. Weber était un bon collègue. Un peu taciturne.

— Taciturne ?

— Surtout après 1933. Sa vie privée était… (Michel hésite.) un peu excentrique. Et ses travaux du temps de la République de Weimar n'étaient pas du genre de ceux qu'Adolf aurait exposés dans le musée qu'il avait prévu de construire à Linz.

— De l'« art dégénéré » ?

— Cela aurait pu mal se terminer pour lui en 1933, s'il n'était pas déjà passé au cinéma. Le cinéma, c'était la grande passion de Goebbels. Le Pied-bot était un dingue des studios, aussi longtemps qu'on y produisait ce que ces messieurs du ministère de la Propagande – et de l'Éducation du peuple, ne l'oublions pas – avaient envie de voir. Nous faisions des films, Goebbels était content, et personne ne nous a jamais demandé ce que nous faisions avant la prise de pouvoir de mars 1933. Pas de visite inopinée de la Gestapo, pas d'appel sous les drapeaux pour combattre sur le front.

Stave désigne la prothèse de Michel.

— Vous avez tout de même été blessé.

L'invalide fait la grimace.

— Le front a malheureusement fini par venir jusqu'à nous. On tournait encore à Babelsberg que les Ruskofs étaient déjà dans la banlieue de Berlin. C'est au retour d'une scène tournée en extérieur que nous nous sommes retrouvés sous des tirs. Des survivants prétendent que c'était un avion de chasse russe à basse altitude. D'autres que c'était un char T4. Une discussion bien enflammée, mais ô combien inutile.

Il tape sur sa prothèse du plat de la main. La tige sonne creux.

— Vous avez quitté Berlin pour Hambourg en même temps que Weber ?

— Non. Je suis resté longtemps à l'hôpital militaire. Ma femme était quelque part dans Berlin quand les Russes sont entrés. (Il se tait et lève les yeux au plafond.) À la fin des fins, on a fini par se retrouver et, à l'automne 1945, on s'est débrouillés pour venir jusqu'ici. Personne n'a envie de vivre là où les Russes règnent en maîtres. Je n'ai revu Weber qu'ici, à Hambourg. J'avais cru qu'il était mort pendant cette offensive. Mais il s'en est tiré, une fois de plus. On s'est revus par hasard à une assemblée de l'Association des plasticiens.

— Une sorte d'instance officielle ? De tutelle ?

— Ce serait plutôt une espèce d'association d'entraide. Les membres ont droit tous les mois à dix feuilles de papier aquarelle à prix fixe. C'est pas grand-chose, mais c'est mieux que rien. Un simple pinceau en soie de porc, que je payais 80 pfennigs dans le temps, me coûte 12 reichsmarks au marché noir. Les toiles, je me les bricole moi-même : des sacs de jute à 50 reichsmarks le paquet, que je prépare avec de la craie et de la colle. Le tableau ne survivra certainement pas assez longtemps pour être accroché pendant cinq cents ans dans un musée, mais c'est pas mon plus gros souci.

— Est-ce qu'on peut vraiment vendre des tableaux aujourd'hui ?

Michel a un rire amer et montre les murs fissurés de la chambre.

— Pas moi. C'est comme si j'avais perdu mon talent à la UFA. Quand j'étais jeune, j'étais un sculpteur très correct. Sur bois aussi.

— Et Toni Weber ?

— Il n'a pas perdu son talent, lui, et dans ses deux métiers. Il a réussi à reprendre pied dans le cinéma. Il a travaillé avec Helmut Käutner, c'est lui qui a construit l'an dernier des accessoires pour *In jenen Tagen*, cette histoire de voiture qui raconte sa vie aventureuse sous le Troisième Reich. Et il peint des aquarelles. Des portraits.

— De personnes en vie ?

— Et de qui d'autre ? Quelques Hambourgeois ont traversé toute cette chierie sans dommages. Le peintre qui a le plus de succès n'est autre qu'Ivo Hauptmann, le fils aîné de Gerhart

Hauptmann, le célèbre dramaturge. Vous en aurez pour trois mille reichsmarks, minimum, si vous voulez qu'il immortalise votre épouse. Avec Weber, vous vous en tirerez avec huit cents.

Stave pense au banquier Schramm et opine.

— Un marché restreint, mais lucratif.

L'unijambiste se gratte la tête.

— Un marché qui prend de l'ampleur. Il est vrai que personne ne sait exactement ce qui se passera après le jour J. Mais les œuvres d'art sont un bon investissement en ces temps incertains. Plus les jours qui précèdent l'arrivée de la nouvelle monnaie sont hasardeux, mieux c'est pour les artistes. Pour la majorité d'entre eux en tout cas, pas pour moi par exemple. Weber a exposé il n'y pas si longtemps chez C&A. Ils ont organisé un vernissage qu'ils ont appelé *Kunstrunde*, « Autour de l'art ». Dans un grand magasin, vous vous rendez compte ! Mais ça a été un succès, d'après ce que j'ai entendu.

— S'il avait autant de succès, pourquoi Weber a-t-il fait de fausses cartes de ravitaillement en 1946 ? Des bons d'achat que vous avez cachés dans votre prothèse ?

— Merci de me le rappeler, j'avais presque oublié, répond Michel avec un rictus amer. En 1946, Weber n'était pas encore connu. Un artiste, mais qui ne vendait rien. Il faut bien se débrouiller. Mais après son arrestation, il s'est juré que cela n'arriverait plus. Et après sa sortie de la prison de Fuhlsbüttel, il a effectivement réussi à vendre des tableaux. Et ensuite il y a eu le film de Käutner. Depuis, tout va bien pour lui.

Stave se demande brièvement s'il ne devrait pas interroger Michel sur les amitiés particulières de Weber. Sur les « amis » de l'artiste. Mais peut-être n'en sait-il pas plus que les insinuations qu'il a déjà faites. L'inspecteur principal n'ignore pas que les § 175 aiment garder leur vie privée pour eux. Pas étonnant. Il décide de ne rien lui demander.

— Vous savez où je pourrais le trouver ?

— À Travemünde, au bord de la mer.

Stave se laisse aller contre le dossier de sa chaise, heureux d'avoir enfin un renseignement exploitable, un peu déçu aussi d'entendre que l'homme qu'il recherche n'est pas à Hambourg.

— Qu'est-ce qu'il fait au bord de la Baltique ?

— Il a rencontré un nouveau client à l'exposition de C&A. Un de ces messieurs qui ont fait fortune ces derniers temps.

— Un trafiquant ?

— Vous pouvez le dire ! Si j'en faisais autant, quelques jeunes gens musclés viendraient frapper à ma porte et me colleraient un coup de latte sur le tibia qui me reste.

— Et pour quelle raison Weber est-il à Travemünde ?

— Son nouveau client s'est acheté une petite villa. Et Weber est chargé de la décorer. Il est invité et il y est depuis quelques jours.

— Vous connaissez le nom du client ?

— Par chance, oui ! Weber était si fier de cette commande qu'il en a parlé à tout le monde.

Cinq minutes plus tard, l'inspecteur principal quitte la place, soulagé que la ruine ne se soit pas effondrée sur lui. Il respire goulûment et secoue son manteau dans l'espoir de se débarrasser de l'odeur de pourriture. Il a noté une adresse à Travemünde, mais il a comme un pressentiment. Toni Weber fait de bonnes affaires. Comme accessoiriste dans une des rares productions cinématographiques allemandes. Comme peintre de portraits de nantis pour quelques centaines de reichsmarks. Comme décorateur de la villa d'un trafiquant. Pourquoi se lancerait-il dans une opération aussi fumeuse que ces faux billets de cinq et dix pfennigs ? Récidiviste, il risquerait quelques années de prison. Stave craint de se retrouver une fois de plus dans une impasse.

Peu avant cinq heures, l'inspecteur principal entre au Tanz-Café Fiedler, une construction récente au toit plat, encastrée dans une brèche de bombe, entre des cages à lapins de plusieurs étages. Sur la façade au crépi blanc pisseux, sous l'enseigne, une précision maladroitement peinte à la main : « Cuisine chaude. » Stave qui, une fois de plus, n'a pas déjeuné, est brièvement tenté de s'attabler devant un souper anticipé, puis il se remémore les préférences d'Anna et commande deux tasses d'*ersatzkaffee* à une très jeune serveuse. Lorsqu'il lui glisse un billet d'un reichsmark dans la main, elle lui lance un regard timide.

— Je ne peux pas vous rendre. Nous n'avons plus la moindre pièce de monnaie. Même plus de timbres !

Stave s'apprête à répondre qu'elle peut garder le change comme pourboire, mais il se rappelle au dernier moment que son idée est absurde : il faudrait que la serveuse déchire un bout du billet pour prélever son pourboire ! Pas de pièces, pas de pourboire. Il se décide donc à ajouter un reichsmark.

— Pour vous.

À cette heure, le café est tranquille. L'inspecteur principal est assis près de la fenêtre à une table en Formica branlante, l'œil sur la porte. Il se demande fugacement d'où Anna peut bien connaître ce local dans lequel ils ne sont jamais venus ensemble. Puis il se rappelle le « G » des initiales gravées sur son sac à main. Et cette alliance qu'elle a désengagée chez le joaillier. Inutile d'avoir passé des années à la police criminelle pour en tirer les conclusions. La jalousie lui vrille le cœur, la nostalgie aussi. Et la curiosité du policier : qui est ce « G » ? Un époux qui a refait surface ? Est-il à Hambourg ? Est-ce pour cette raison qu'Anna a discrètement interrompu leur liaison ? Stave devrait-il utiliser ses relations à l'hôtel de police et fouiller un peu dans le passé d'Anna ? Et pendant qu'il y est, dans son présent aussi ? Une filature discrète, quelques jours seulement, pour voir qui elle rencontre ? Ne lui fais pas ça, se dit-il, et ne te rabaisse pas à ça non plus.

Dix minutes plus tard, Anna arrive, un peu essoufflée, le rouge aux joues. Les battements de son cœur s'arrêtent un instant quand il la voit. Il aurait aimé l'embrasser, mais il se contente de lui tendre une main maladroite.

— J'ai quelque chose pour toi ! dit-elle avant même d'avoir retiré son imperméable. C'est aussi pour ça que je suis en retard : j'ai été retenue à la Kunsthalle.

Il est soulagé qu'elle n'ait pas traîné ailleurs. Avec un autre homme. Elle tire la photo de la tête de femme en bronze de son sac à main.

— C'est le portrait de l'actrice Anni Mewes, proclame-t-elle triomphalement.

— Où as-tu appris cela ? demande Stave, plein d'admiration.

— Une historienne d'art de la Kunsthalle l'a reconnue.

— Jamais entendu parler.

— Une actrice du cinéma muet des années 1920, peu connue au demeurant. Elle a joué au théâtre à Hambourg avec Gustav Gründgens. En 1930, elle est allée à Berlin et s'est retrouvée sur scène aux côtés de Marlene Dietrich. Elle a eu quelques rôles à la UFA, puis elle est remontée sur les planches. Il y a des années qu'on n'a plus entendu parler d'elle. Je ne sais pas où elle habite, si elle est même encore en vie. Mais je sais qui a fait cette tête. (Anna prend une pause calculée et lui sourit, heureuse comme une gamine, comme une sprinteuse après une course victorieuse. Adorable, se dit Stave.) Un expressionniste de Berlin : Toni Weber.

L'inspecteur principal manque avaler son café de travers.

— Un de tes amis ? demande-t-elle, étonnée.

— Un homme qui a beaucoup d'amis, mais personnellement j'ai entendu parler de lui, sans plus, halète-t-il. Et ça ne remonte pas à loin.

Il toussotte un peu et il lui raconte l'affaire sans entrer dans les détails : MacDonald préfère les garder secrets. Il lui dit qu'on a trouvé des faux billets sur la Goldbekplatz et qu'il veut questionner le sculpteur à ce sujet. Ses pensées tournent dans sa tête. Art expressionniste. « Art dégénéré. » Portraits d'actrices du cinéma muet. Cela expliquerait comment un type comme Weber s'est retrouvé dans les studios pendant la crise de 1929 : son carnet d'adresses. Et aussi pourquoi il a retrouvé du travail après la guerre – durant toutes ces années, il avait gardé une certaine réputation comme portraitiste de gens riches et de célébrités.

— Les autres sculptures du Reimershof sont aussi de Weber ?

— Cette historienne de l'art à qui j'ai parlé au musée ne le pense pas. Elle connaît Weber depuis la République de Weimar. Tu savais qu'il avait survécu à la guerre et qu'il habite à Hambourg ?

— Dans une Ley-Hütte de la Fuhlsbüttler Strasse. Mais il est rarement chez lui. Il préfère les bords de la Baltique.

Elle s'esclaffe, étonnée.

— On forme une bonne équipe !

— Oui, répond Stave, songeur. (Puis, avant que sa réaction leur devienne pénible, il change brusquement de sujet.) Est-ce que le banquier Schramm a protégé ce Toni Weber ? Se connaissaient-ils ?

— Possible, mais ma nouvelle copine du musée n'a rien pu me dire à ce sujet.

L'inspecteur principal se renfonce dans sa chaise. L'œuvre de Weber dans des locaux loués par Schramm, parmi les décombres d'un immeuble de bureaux bombardé. Elle trônait auparavant sur une étagère de sa villa. Schramm, qui nie connaître ce buste en bronze. Un Juif mort. Weber suspect, mais peut-être innocent dans cette affaire de faux billets de la Goldbekplatz. Aucun rapport, encore moins un schéma d'explication, se dit-il. Reste qu'il a tout de même l'impression d'être un limier qui a flairé une première piste. Et il a aussi le sentiment que la chance est enfin revenue. Je vais interroger Weber sur le mystère de cette tête en bronze, se dit-il. Ce sera un bon moyen pour m'approcher de lui sans qu'il se doute de quelque chose. Ce n'est qu'ensuite que je le confronterai à l'affaire des faux billets. D'ordinaire un suspect devine la raison pour laquelle un policier l'interroge, et il a tôt fait de se trouver une ligne de défense. Il faut que Weber pense qu'il ne s'agit que de cette vieille sculpture. Il ne sera pas sur ses gardes, espère l'inspecteur principal qui pense ainsi le confondre et lui tirer des informations décisives sur l'affaire de la Goldbekplatz. Si toutefois il y est impliqué.

Stave réussit à convaincre Anna de souper avec lui. Il peut ainsi calmer sa faim – et il a gagné une heure en sa compagnie. Le café minable avec ses tables bancales et la pluie qui coule le long des vitres sales lui semble le plus bel endroit au monde. Elle finit tout de même par se lever.

— Il faut que j'y aille.

— On se reverra ?

— Avec plaisir.

Et à cet instant, Stave sait qu'il n'est pas dans une impasse.

À Travemünde

Mercredi, 16 juin 1948

Stave et MacDonald roulent en direction du nord-est dans une Jeep britannique vert foncé. Ils ont quitté Hambourg depuis une demi-heure. Des champs bordent les deux côtés de la chaussée pavée de la nationale, la Reichstrasse 75, des épis jaune pâle que la pluie et le vent ont rabattus sur le sol, des champs de pommes de terre où l'eau stagne et qui ressemblent à des marécages. Un paysan traverse une prairie inondée. Courbé en deux pour se protéger de la bise, il tient en main les rênes d'un cheval de trait à la robe sombre. Les rafales qui soufflent du nord chassent la pluie. Cela devait être déjà comme ça au Moyen Âge, se dit Stave.

L'eau de pluie qui s'infiltre par une fente de la toile trempe la capote du véhicule. L'humidité a gagné tout le toit, si mouillé à présent que les deux occupants de la voiture sont aspergés par de minces filets d'eau chaque fois que le tout-terrain heurte un obstacle. Les petits essuie-glaces ont beau s'agiter sur la vitre du pare-brise, l'inspecteur principal est incapable de voir à cent mètres. Il est heureux de ne pas conduire.

Très tôt le matin, il a proposé au lieutenant de l'accompagner à Travemünde. Le Britannique a accepté, ce que Stave avait secrètement espéré. Le lieutenant a proposé d'y aller en

Jeep, et ainsi l'inspecteur principal n'a pas eu à solliciter une voiture de patrouille, à s'énerver à remplir des paperasses, à être confronté à une pénurie d'essence.

Ils suivent depuis un certain temps une Opel Olympia brune cabossée, un modèle d'avant la guerre. C'est sans doute un Allemand qui tient le volant : sur la plaque minéralogique, on a ajouté les lettres BH et quatre chiffres. Il y a quelques semaines encore, l'administration britannique préconisait le HG, « *Hamburg Governement* », dorénavant remplacé par « *Britische Zone Hamburg* », « Zone britannique de Hambourg » – un infime changement, mais un signe de détente et un début de retour à la normale : pouvoir à nouveau déchiffrer une abréviation dans sa propre langue et non plus dans celle de militaires étrangers. Dès que la route est moins chargée, l'Opel accélère et sème la Jeep.

— Il sera à la Baltique avant nous, marmonne MacDonald, mais son flegme ne trompe pas l'inspecteur principal qui devine la déception de l'intrépide casse-cou d'avoir été distancé.

— J'espère que ce voyage servira à quelque chose, réplique-t-il. Nous ne sommes pas attendus.

Pour éviter l'effondrement d'un réseau téléphonique en piteux état, le téléphone interurbain est interdit entre 19 h 30 et 7 h 30. Stave a tout de même tenté sa chance, mais l'opératrice lui a annoncé qu'il y avait six heures d'attente pour une ligne libre. Il a aussi renoncé à envoyer un télégramme : il n'est pas rare que les dépêches soient prises en charge par des facteurs à bicyclette, ou à pied – et le trajet en voiture est plus rapide.

— Notre artiste ne risque pas de se sauver, dit le lieutenant qui a retrouvé sa bonne humeur. Sans compter qu'une bonne affaire l'attend.

— Je n'ai pas l'intention de lui commander un tableau.

— Moi, si. Une sculpture.

Stave jette un œil étonné à l'officier.

— Vous êtes amateur de belles choses ?

— Je ne suis pas un béotien. La tête en bronze que vous m'avez montrée dans le dossier me plaît. J'aimerais bien en avoir une pour mon salon, plus tard, en Écosse. Avec les traits d'Erna. Et si je ne peux pas avoir un bronze, ce sera un tableau.

— On pourrait peut-être fondre une douille d'obus de défense aérienne pour en faire une œuvre d'art ?

— Vous parlez comme un pacifiste. Mais je préférerais effectivement quelque chose de solide, en métal, à un travail sur toile. Et pour Erna ce serait un beau souvenir de Hambourg.

La main de Stave se crispe brièvement sur la poignée du tableau de bord.

— Vous allez bientôt nous quitter ?

— Ce mois-ci. Erna en a le cœur brisé. D'un côté, elle veut partir immédiatement avec moi, de l'autre il faudra qu'elle abandonne son fils. Et il n'a que huit ans.

— Il vit avec son père ?

— Le tribunal lui a accordé l'autorité parentale. Bien qu'il… (le lieutenant hésite, cherche ses mots) soit très colérique.

— Il le bat ?

— La plupart du temps, le gamin réussit à lui échapper. Vous savez que son père est unijambiste.

— Il ne travaille pas ?

MacDonald a un rire sans joie.

— Un mutilé de guerre, à notre époque ? Évidemment qu'il n'a pas de travail. Mais comme il n'est pas adultère, le divorce a été prononcé aux torts exclusifs d'Erna, qui perd donc le droit de garde, c'est la loi. Il y a toujours un prix à payer pour se tirer de ce tas de ruines.

Le lieutenant fixe intensément la route.

— Et vous, vous comptez payer combien pour votre œuvre d'art ? demande Stave.

— Pour commencer, le prix que Weber me demandera.

— L'art est un plaisir onéreux.

— Tout est relatif. On verra bien si les yeux de notre artiste brillent quand je ne lui agiterai pas des liasses de reichsmarks sous le nez, mais des livres anglaises. J'ai peut-être du flair : si la situation s'améliore, un type comme Weber pourrait devenir un artiste de renommée internationale. Des galeries à Londres, New York, Paris… Je revendrai alors cette sculpture, je ferai d'énormes bénéfices et je démissionnerai de l'armée.

— Vous vendriez un portrait d'Erna ?

MacDonald secoue la tête.

— Vous avez raison, il faudrait que je commande deux œuvres à Travemünde. Une sculpture pour le salon et une pour le coffre-fort.

— On dirait que cette idée vous a été inspirée par un banquier de Hambourg. Mais votre placement d'argent ne portera ses fruits que si Weber n'est pas l'auteur des faux billets qui inquiètent tant vos supérieurs.

— Si c'est lui, il aura bientôt beaucoup de temps pour peindre. Sauf qu'il n'aura pas l'occasion de voyager à l'étranger pour ses vernissages.

— Vous pensez que c'est lui, le faussaire ? relance Stave.

— D'après tout ce que vous m'avez raconté à son sujet, cette idée m'a l'air assez absurde. Mais il semble bien que ce soit notre seule piste.

— Il ne s'agit peut-être pas que de cette affaire.

L'inspecteur principal lui fait un rapport détaillé sur Schramm, qui avait exposé le bronze sur une étagère de sa villa en 1938, mais qui fait semblant de ne plus s'en souvenir.

— Les deux affaires sont liées ?

— Que voulez-vous que ces étranges faux billets de banque aient à voir avec la réapparition de cette tête de bronze ?

— Schramm est banquier.

Stave regarde le Britannique, sceptique.

— C'est un lien bien vague. Trop vague pour présenter tout ça à Cuddel Breuer, et encore moins à un procureur.

— Mais vous y avez pensé, n'est-ce pas ?

— Vous me connaissez bien, concède l'inspecteur principal. De l'art, de l'argent, un banquier… ça pourrait coller, mais je n'ai rien en main.

— Pas encore. On arrive bientôt.

Ils pénètrent dans un paysage idyllique de la Baltique. Comme si la guerre n'avait jamais eu lieu, des villas conçues pour la fraîcheur de l'été, des terrasses, des volets de couleur, des jardinets soignés devant les maisons, des hôtels où la chambre avec vue sur mer coûte cinq cents reichsmarks la nuit, petit déjeuner avec confiture et vrai café compris. L'air sent l'iode et l'herbe… et la suie qui s'échappe de la cheminée d'un grand ferry suédois qui accoste dans le port de Travemünde.

— C'est heureux que les camarades de la Royal Air Force aient oublié cette ville, commente le lieutenant.

Stave se tait. Les deux hommes longent le casino – Jugendstil élégant – qui vient juste de rouvrir.

— C'est cette pluie qui fait que les rues sont vides ? s'interroge MacDonald. Le casino est désert, les terrasses abandonnées. J'ai toujours entendu dire que Travemünde était le paradis des trafiquants prospères et autres nouveaux riches. Le casino et les hôtels ont bien dû rouvrir pour quelqu'un !

— Pour les trafiquants accourus de toutes les zones d'occupation. Vous avez raison, il y a encore quelques semaines, la ville était le terrain de jeu et de plaisirs de milliers d'heures de prison. Mais les rumeurs du jour J ont gâché l'humeur de cette clientèle. Tout le monde veut être chez soi à l'heure décisive. Mon patron du Chefamt S attrape des ulcères parce que tous les trafiquants, qui délaissent d'habitude la ville en été, se sont donné rendez-vous à Hambourg et qu'il a trop peu de personnel pour s'occuper de cette invasion.

MacDonald se gare près d'un hôtel et Stave donne l'adresse que Michel lui a confiée à un portier en train de bayer aux corneilles. Cinq minutes plus tard, la Jeep se gare devant la maison que Toni Weber décore : une villa surmontée d'une tour carrée qui rappelle un phare miniature, avec vue sur la Baltique, un jardinet grand comme une place de marché et, en plus, l'inspecteur principal découvre la surface rougeâtre d'un court de tennis derrière le bâtiment.

— Boulot sympa, commente MacDonald d'un regard appréciateur.

— Ce serait réellement dommage qu'on soit obligés de l'interpeller pendant son travail, marmonne Stave en extrayant péniblement de la voiture sa carcasse secouée en tous sens pendant le voyage.

Un homme maigre leur ouvre la porte. Il est voûté et il a l'air encore plus petit qu'il ne l'est en réalité. Cheveux bruns, juste un peu trop longs, de grands yeux, la peau hâlée de qui travaille souvent en plein air. Les mains sont étonnamment puissantes, les doigts longs. Il a enfilé une blouse de travail constellée de taches de peinture. L'inspecteur principal le reconnaît d'après la photo de sa fiche de police.

— *Herr* Weber, nous aimerions vous parler.

Le regard de l'artiste se charge de peur quand il étudie la carte de police, observe l'uniforme du Britannique et la Jeep.

— Cette maison ne m'appartient pas, bredouille-t-il.

— Nous n'avons pas l'intention de l'acheter. Nous voulons seulement quelques renseignements.

— Un interrogatoire ?

— Nous n'avons rien à vous reprocher.

Weber les fait entrer. De hautes fenêtres à meneaux, des chambres lumineuses, rendues plus spacieuses par l'absence de meubles et de rideaux. Weber les précède jusqu'à l'arrière de la villa où un salon avec jardin d'hiver donne sur un jardin. Des roses grimpantes à des arcs de treillis. Les premières fleurs sont ouvertes : des points rouges dans un monde gris et pluvieux.

— Le temps de refermer mes pots de peinture pour pas qu'elle sèche, s'excuse Weber.

Une échelle double est dressée dans le salon, le parquet est protégé par de vieux journaux. Sur le mur du fond, l'esquisse d'un tableau : des traits noirs sur le crépi, que l'artiste est manifestement en train de peindre avec une peinture qui sent très fort. Un paysage de mer Baltique avec des vagues, des yachts, des mouettes, des nuages, un phare au bord d'une falaise et un paquebot dont la cheminée fume.

— C'est le propriétaire qui veut ça, explique Weber d'une voix qui montre clairement que son chromo l'embarrasse.

— On ne peut pas dire que ce soit une œuvre expressionniste.

— C'est joliment dit. Mais de nos jours, on prend ce qui vient. Et puis, ça entraîne la main et l'œil, le goût des couleurs et l'art des proportions. Mais vous n'avez pas fait le chemin de Hambourg jusqu'ici pour étudier les techniques de la fresque moderne, ajoute Weber d'un air soucieux.

Stave tire la photo de la tête de bronze d'une poche de son manteau.

— Vous reconnaissez ?

— Anni Mewes, s'écrie-t-il. (Son attente inquiète s'est envolée.) Elle a été mon modèle, peu après que j'ai eu terminé mon apprentissage à Munich. Il y a plus de vingt ans, disons trente. Où avez-vous trouvé ça ? Le bronze est en bien mauvais état, et toutes ces ruines autour…

L'inspecteur principal le met au courant de ce qu'ils ont trouvé au Reimershof et lui montre les photos des autres œuvres.

— Elles ne sont pas de moi, celles-là, s'exclame Weber, même si elles m'ont un air de déjà-vu. À cette époque-là, on exposait tellement de travaux expressionnistes ! Avant 1933...

— À votre avis, comment ce bronze s'est-il retrouvé au Reimershof ?

Un haussement d'épaules.

— Après la prise de pouvoir de mars 1933, il valait mieux ne pas se montrer avec des artistes ou fréquenter des galeries. Je me suis réfugié à la UFA, ce que vous avez certainement lu dans vos dossiers. J'avais sculpté cette tête d'Anni Mewes bien avant pour un amateur de cinéma à Berlin. Un riche snobinard. Peut-être plus qu'un amateur de cinéma d'ailleurs, peut-être aussi un amant d'Anni. Mais cela ne me regarde pas. Je ne sais pas s'il a gardé ce buste ou s'il l'a vendu. J'avais plus ou moins oublié cette histoire – jusqu'à l'été 1937. C'est là qu'on a montré ma tête en bronze dans l'exposition Art dégénéré, dont la tournée a commencé à Munich.

— Vous étiez en bonne compagnie, avec des collègues célèbres.

— Pour Goebbels, on était tous des ennemis du peuple. On pouvait lire ça dans tous les journaux. Et dans les actualités hebdomadaires aussi ; on projetait des documentaires là-dessus. Dans un plan de l'un de ces films, alors qu'Hitler et son ministre de la Propagande flânent dans l'exposition et raillent tout ça, sur un présentoir, à l'arrière-plan, on reconnaît mon Anni Mewes. Quand j'ai vu ça, j'ai quitté la salle en douce pendant la séance et j'ai eu peur tous les jours qui ont suivi que la Gestapo frappe à ma porte.

— Et elle a frappé ?

— Jamais. Dans l'exposition Art dégénéré, il y avait des centaines d'œuvres. J'ai fini peu à peu par me rassurer. Les nazis ont détruit les œuvres les plus célèbres ou les ont bazardées à l'étranger. Les autres sont entrées dans les réserves des musées où on les a oubliées. Mon bronze faisait partie de la seconde catégorie. J'ai revu une fois ce buste pendant que je travaillais encore à la UFA, dans un petit film de propagande. (Il rit.) La tête de bronze d'Anni a presque joué dans plus de films qu'elle.

— Vous l'avez vu quand, ce film ?

— Au printemps 1938. Je ne me rappelle plus le jour exact.

Stave calcule : en juillet 1937, le bronze est présent à l'exposition Art dégénéré. Des œuvres ont été réquisitionnées pour l'occasion. Il se rappelle que la police a aidé à décrocher des œuvres interdites à la Kunsthalle de Hambourg et les a évacuées. Des salles entières ont été vidées. C'est sans doute au plus tard à ce moment-là que la sculpture d'Anni Mewes a été volée à son commanditaire. Au printemps 1938, on la revoit dans un film – et cette fois encore, comme accessoire anodin, dans une mise en scène sous contrôle du ministère de la Propagande. Puis en hiver 1938, la voilà tout à coup dans un local privé, loué par le banquier Alfred Schramm. L'a-t-il récupérée au ministère de la Propagande ? Un banquier qui n'était pas vraiment un ami des nazis. Assez invraisemblable. Et l'été 1943, le bronze est enseveli sous les décombres d'un immeuble où Schramm a loué un bureau. Étrange odyssée.

— Connaissez-vous le Dr Alfred Schramm ?

Weber devient nostalgique.

— Le banquier ? Un grand mécène. Et à rebours de la majorité des hommes dans sa situation, il n'apprécie pas seulement les œuvres d'artistes qui ont disparu, il soutient aussi financièrement des artistes contemporains. Certains, en tout cas. Quand il en découvre un, c'est comme s'il gagnait le gros lot. Malheureusement, je n'ai pas eu cette chance dans les années 1920. Et après 1933, je n'ai plus rien fait que quelqu'un aurait pu collectionner.

— Et depuis 1945 ?

Weber s'esclaffe.

— Si Schramm était mon mécène, pensez-vous que je barbouillerais ce mur ? dit-il en désignant la marine.

— Vous avez rencontré Schramm personnellement ?

— Jamais.

— Savez-vous s'il a – par un intermédiaire, éventuellement, ou une galerie – acheté l'une de vos œuvres ?

— Je n'ai jamais touché le moindre pfennig. Il n'a donc certainement jamais acheté le moindre de mes travaux.

— Pas d'argent de Schramm ? Pas même avant la guerre ? En 1938 par exemple ?

— Pas un pfennig. Jamais.

Voilà pourquoi Schramm nie connaître cette tête en bronze, se dit Stave qui respire profondément. Ce voyage fatigant à Travemünde n'aura pas été inutile. Il se demande brièvement s'il doit évoquer la photo de la villa de Schramm, mais il s'abstient. Weber n'aura sans doute rien à lui dire non plus sur le mort du Reimershof. Il jette un coup d'œil à MacDonald, et réprime un sourire : le Britannique a l'air malheureux. Il n'est pas très intéressé par les aventures d'une tête en bronze. Il veut apprendre quelque chose sur les énigmatiques faux billets.

— J'aurais encore une question, dit l'inspecteur principal sur le ton de la conversation, tout en sortant d'une chemise les petites coupures de la Goldbekplatz.

Weber écarquille les yeux comme s'il voyait des grenades dégoupillées.

— Oh non ! halète-t-il, je ne fais plus ce genre de trucs. Cette histoire de faux bons d'achat, c'était une erreur. J'avais faim, d'accord, mais c'était une bêtise.

— Comment savez-vous que ce sont des faux billets ? demande Stave d'une voix douce.

— Des billets de pfennigs avec des couleurs pareilles ? Qu'est-ce que vous voulez que ce soit d'autre ? Ah, c'est donc pour ça que vous êtes venus ! La tête, vous vous en souciez comme d'une guigne.

L'inspecteur principal fait comme s'il n'avait pas entendu.

— Où étiez-vous lundi dernier ?

— À Travemünde. Mon client m'a installé une chambre au premier pour tout le temps que durera mon travail. Je pars demain. Mais j'ai passé ces dernières semaines ici, au bord de la Baltique.

— Des témoins ?

— Le boulanger. La femme de ménage qui vient une fois par semaine. Le voisin qui m'a vu travailler en regardant par la fenêtre. C'est… (Weber hésite) un excellent ami.

— Nous allons vérifier tout cela, réplique Stave.

Il a pris des notes, souligné quelques mots avec rage. Si ses dires sont exacts, Weber n'était pas à la Goldbekplatz quand les billets de cinq et dix pfennigs ont fait leur apparition. Cela aurait été trop simple, aussi.

— Prenez votre temps et examinez bien ces billets, demande-t-il à Weber d'une voix sévère. Vous êtes un artiste. Peut-être reconnaîtrez-vous une patte, un style. Est-ce que quelqu'un de votre connaissance aurait pu graver ça ?

— Je ne suis plus dans ces affaires, proteste Weber tout en prenant les billets en main.

Il les étudie, les présente à la lumière, palpe le papier entre le pouce et l'index, finit par secouer la tête.

— Même si je le voulais, je n'arriverais pas à faire ça. Et parmi ceux que je connais, personne n'y arriverait non plus. J'avais fait mes fausses cartes d'alimentation sur du carton avec de l'encre de Chine et une plume. Ces billets ont été imprimés sur du papier spécial.

— Avec une presse à billets ? insiste Stave.

— Probablement. Ou pas. En tout cas, dans un atelier d'imprimerie. Regardez. (Il présente un billet de dix pfennigs à la lumière, montre le bord du papier.) Les fines lignes du losange, la couleur bleue. Ça ne concorde pas exactement. La couleur et les lignes sont légèrement décalées, un ou deux millimètres, le motif du losange recouvre d'un cheveu la surface de la couleur bleue. Une erreur d'impression. Ou un faux billet un peu raté. Mais cela n'a pas peut-être aucune importance, parce que toute cette histoire ne tient pas debout.

— Et pourquoi ?

— Parce qu'on ne trouve quasiment plus de couleurs et de papier dans les zones occupées, n'importe quel artiste pourra vous le confirmer, répond Weber d'une voix désespérée. Ou n'importe quel faussaire, d'ailleurs. Un seul bout de ce papier et la couleur bleue coûtent plus que dix pfennigs. Qui va imprimer un billet de banque dont la fabrication coûte plus que sa valeur ? Qui imprimerait des billets de banque qui l'appauvriraient ? Mes faux bons d'achat m'avaient coûté très cher : le carton, la couleur, les plumes. Mais à la fin, j'ai gagné plus que le prix du matériel.

— Six mois de prison, en particulier, l'interrompt Stave.

— Si vous vous mettez à la fabrication de fausse monnaie, poursuit Weber sans se laisser démonter, ça peut valoir la peine, à condition de faire des billets de dix marks, mieux encore, de cent. Mais des pfennigs ? Et des billets totalement inconnus, en plus ! Les types qui fabriquent des faux billets savent compter.

L'inspecteur principal pense à sa première rencontre avec MacDonald, quand le lieutenant lui a montré les billets et prédit qu'ils allaient probablement détruire la confiance dans la nouvelle monnaie. L'apparition de ces étranges faux billets sert peut-être précisément à ça. Pour le faussaire, le but n'est peut-être même pas de gagner de l'argent, il veut peut-être tout simplement faire souffler un vent d'insécurité, provoquer le chaos. Stave a l'impression d'avoir pris son enquête par le mauvais bout. Il se sent las.

— Vous nous avez bien aidés, dit-il à Weber en repliant les deux billets de banque.

MacDonald a suivi l'interrogatoire sans dire un mot. Il regarde par la fenêtre et respire profondément. Il est déçu lui aussi, mais il s'efforce de sourire avec son air charmeur.

— J'aurais encore quelque chose à vous demander, lance-t-il.

Pendant un quart d'heure, il négocie l'achat d'un portrait d'Erna Berg. L'artiste devient plus affable, se trouble, gesticule, fait les cent pas dans le salon. Un buste en bronze ? Impossible. Pas de métal dans toute la zone, pas même si un officier britannique en demande. Un tableau ?

— Si la dame pose, répond Weber.

— Il ne reste peut-être plus assez de temps pour ça.

Stave est de nouveau choqué : ils vont partir si vite, se dit-il.

— Mais je ne connais pas cette dame, proteste l'artiste.

— J'ai là une photographie. D'un studio.

Le lieutenant tire de sa poche une photo sépia emballée dans un papier vélin qu'il tend à Weber comme s'il s'agissait d'un trésor.

— Peindre un tableau à l'huile sur document est un travail à peu près aussi exigeant que cette fresque de la Baltique, murmure Weber, déçu.

— Je vous en offre dix livres, promet MacDonald.

— Je ne vais même pas essayer de convertir ça en reichsmarks, s'écrie l'artiste, étonné. Je suis votre homme. Laissez-moi cette photo une semaine.

— Une semaine, répète le Britannique, en topant la main de Weber.

Une semaine, se dit Stave. Ils resteront au moins encore une semaine à Hambourg.

Quand ils prennent congé sur le pas de la porte quelques instants plus tard et se dirigent sous la pluie vers la Jeep, Stave se tourne vers l'artiste.

— On vous paye combien pour ce chromo de la Baltique ?

— Trois mille reichsmarks en liquide, répond-il avec un rire nerveux. J'ai entendu dire que ce n'était probablement pas une somme aussi importante que je le croyais quand j'ai accepté la commande. Possible que ce ne soit pas qu'une croûte, mais une mauvaise affaire en plus ! C'est pour cette raison que je rentre à Hambourg demain. Je ne veux rien rater de la nouvelle monnaie.

— Vous n'avez pas l'air d'être le seul à faire une mauvaise affaire, grommelle l'inspecteur principal en portant la main au bord de son chapeau trempé de pluie.

Ils restent encore une heure à Travemünde, interrogent des voisins et des commerçants. L'histoire de Weber se vérifie. Il est là depuis des jours, et personne ne l'a vu sortir, même pour une courte promenade.

— Notre artiste a un alibi, assure MacDonald.

— Et moi, un problème de plus, rétorque Stave contrarié, même si cela ne m'étonne pas plus que cela.

Sur la longue route du retour, il ne dit mot et fixe des yeux le paysage gris. Contrarié, il repense à ses deux affaires. Deux enquêtes. Il y en a une en trop, reconnaît-il. Et cette recherche délicate, qui doit rester secrète pour tout le monde à la police criminelle. Je passe des Homicides au Chefamt S, ce qui représente une rétrogradation aux yeux de la majorité des collègues. Et me voilà quand même avec un cadavre sur les bras. Je n'avance dans aucune de mes deux enquêtes officielles. Cuddel Breuer va finir par croire que je n'ai vraiment pas récupéré de cette blessure. Que je suis foutu. Et il a probablement raison. Je suis passé à côté de quelque chose pendant cet interrogatoire, se persuade-t-il, un détail sur lequel j'aurais dû insister, demander des précisions.

Il se réveille en sursaut de ses réflexions alors qu'ils sont déjà à Ahrensburg et que le douze cylindres ne tourne plus rond, s'est mis à hoqueter comme s'il s'étranglait.

— Les bougies. Ou l'allumage, croit savoir MacDonald. J'espère que cette caisse ne va pas mourir sous nos fesses. Qui sait quand une patrouille passera dans le coin pour nous ramasser !

L'inspecteur principal a peur de devoir se taper le reste du chemin à pied. Sous la pluie.

— Quelles sont nos chances d'arriver à bon port ?

— *Fifty-fifty*. Vous habitez la Ahrensburger Strasse. Elle est bien dans le prolongement de la Reichstrasse 75, non ? Avec un peu de chance, on réussira à aller jusque-là et je vous déposerai directement devant votre porte.

— Et vous continuerez ?

— L'armée a un garage au Holstenhofweg, à quelques centaines de mètres de votre immeuble. Ce serait bien sur ma route, mais contre le règlement. Je vais encore devoir tourmenter cette vieille chignole et traverser la ville jusqu'à notre parc automobile, la rendre selon les règles, rédiger un procès-verbal – et enfin, à condition que le moteur ne croise pas définitivement les bras d'ici là, un sergent ronchon me ramènera au Holstenhofweg.

— Si c'est comme ça, on ne s'arrête pas devant chez moi, on continue. Je voudrais aller au centre-ville.

— Où ?

— Grindelallee. À la Centrale d'échanges.

— Aye, aye, sir.

Effectivement, une demi-heure plus tard, la Jeep se traîne sur la Grindelallee en hoquetant et en brinquebalant. Stave donne rendez-vous à MacDonald le lendemain afin de lui rendre compte de l'enquête – pour autant qu'il ait progressé. Soulagé d'être parvenu jusque-là, il descend de la Jeep qui poursuit sa route en toussotant et cahotant.

La Centrale d'échanges est en fait un long mur fait de bric et de broc avec des planches en bois, érigé au bord du trottoir. Il a été monté on ne sait quand par on ne sait qui, agrandi et toléré par les administrations britannique et allemande. Des milliers de bouts de papier y sont épinglés, jaunis et détrempés par la pluie. Les annonces écrites à l'encre, délavées, sont souvent quasiment illisibles. On y propose des choses qui ne sont pas parties au marché noir. La police y envoie de temps à autre une patrouille, car il est interdit d'afficher des marchandises rationnées – du sucre par exemple, ou du beurre. Sinon, ce troc, ces transactions qualifiées d'« arrangements compensatoires » par les rapports de police sont tolérées parce qu'elles soulagent la détresse matérielle des Hambourgeois. Une brocante sur bouts de papier, un mur devant lequel défilent, même sous la pluie, des dizaines de femmes et d'hommes, le regard rivé sur les petites annonces tels des entomologistes qui étudieraient une espèce d'insecte rare, le nez collé dessus quand l'écriture pâlie est gâchée par la pluie.

Stave prend la file et lit : « Échange pommes de terre contre éclairage bicyclette », « J'ai un manteau, je cherche des chaussures », « Je propose de la literie contre des lapins (vivants) ». Il cherche une bicyclette. Trois ans après la guerre, les principales artères de la ville sont déblayées et il est fatigué de faire des kilomètres à pied, de marcher pendant des heures. Son vieux vélo était dans la cave de l'immeuble qu'il a habité jusqu'en 1943 – et il doit encore y être, enterré sous les tonnes de briques, de tuiles, de poutres et de gravats qui lui sont tombés dessus pendant les bombardements.

Il trouve une annonce qui, vu son état, ne doit pas être épinglée depuis longtemps – il n'est peut-être pas trop tard : « Propose bicyclette homme, cherche machine à écrire ». Il a une grosse Olympia noire, trouvée sur la table de l'appartement qui lui a été attribué après le bombardement. Il ne sait toujours pas qui avait habité là avant lui, ni ce que les locataires sont devenus. Il ne s'est jamais servi de cette machine, mais s'est persuadé pendant des années qu'il devait la garder pour la rendre à ses propriétaires s'ils frappaient à sa porte. À présent, face au mur de planches, au moment où il aperçoit cette offre, il lui paraît évident que personne ne se manifestera plus jamais pour reprendre l'Olympia. Il note les nom et adresse du propriétaire de la bicyclette. Naturellement, il n'a pas le téléphone.

Il est prêt à partir quand il aperçoit un autre bout de papier dont l'écriture a attiré son regard : quelque peu maladroite, encre bleue, baveuse. Une écriture adulte où transparaissent encore les efforts appliqués d'un écolier. Une écriture qu'il connaît – celle de Karl. Très troublé, il prend connaissance de la proposition de son fils : « Échange un carton de poudre à laver rempli de tabac sec contre *L'Histoire romaine* de Mommsen ».

Stave reste si longtemps figé devant cette offre que d'autres amateurs le bousculent. Karl cultive du tabac dans son jardin ouvrier. Les feuilles sèches hachées menu sont roulées dans du papier journal, des « balais » comme les appellent ceux-là mêmes qui les fabriquent. Une offre attrayante par les temps qui courent. Mais pourquoi son fils veut-il les échanger contre un livre ? Il essaie de se rappeler : le nom de Mommsen lui est vaguement familier. Un roman ? Un livre spécialisé ? Il regarde autour de lui jusqu'à ce qu'il aperçoive un homme relativement âgé portant des lunettes, genre instituteur retraité.

— Je vous prie de m'excuser, *L'Histoire romaine* de Mommsen, ça vous dit quelque chose ?

L'homme le regarde, stupéfait, comme s'il lui avait demandé des nouvelles de l'empereur Guillaume II. Il finit tout de même par lui adresser un sourire contraint et condescendant.

— Theodor Mommsen était un grand érudit de la fin du XIXe siècle. Spécialiste d'histoire ancienne. Son *Histoire romaine* reste une œuvre de référence. Personnellement, je n'échangerais jamais mon exemplaire contre un carton de tabac. Mais celui qui propose ce troc trouvera certainement un amateur.

L'ouvrage a été réimprimé des dizaines de fois. Il avait sa place sur les rayonnages de la bibliothèque de tout foyer cultivé, avant que les temps ne virent à la barbarie.

L'homme s'éclaircit la gorge et continue à toiser Stave. L'inspecteur principal fixe toujours le billet épinglé et, décontenancé, se demande pourquoi son fils cherche un livre sur l'histoire de la Rome antique.

Dossiers oubliés

Jeudi, 17 juin 1948

Derrière la porte de son bureau qui donne dans le couloir silencieux du Chefamt S, Stave feuillette son carnet, déchiffre ses gribouillis de la veille. Pas vraiment de quoi lui donner de l'avancement, tout ça.

Il lève le nez, étonné, quand on frappe à la porte. Kienle.

— Je me rappelle maintenant, s'écrie le photographe en entrant brusquement.

— Quoi ? Votre vrai nom ? Vous ne vous appelez pas Ansgar Kienle, mais bien Martin Bormann, et vous êtes le secrétaire porté disparu du Führer. Vous êtes venu vous rendre ?

— On devrait changer le nom de votre brigade et la baptiser Chefamt SS… pour « stupidités sordides », rétorque Kienle. C'est de cette femme que je me souviens, celle de la tête en bronze.

— Un portrait d'Anni Mewes, actrice de cinéma. Une œuvre de Toni Weber. Comme vous le voyez, l'enquête avance.

Le photographe hésite.

— Dans ce cas, ce que je voulais vous dire n'est peut-être plus aussi intéressant, marmonne-t-il. Bien qu'assez extraordinaire tout de même.

— Dites-moi tout.

— J'ai déjà vu cette tête dans un film.

— Rien d'étonnant : Mewes était actrice.

— Pas la femme. La tête en bronze. La sculpture. Je l'ai vue au cinéma, fin des années 1930, je pense. Je ne me rappelle pas dans quel film. Mais je sais que j'étais au cinéma, et que cette tête est apparue en gros plan dans une scène. Je me suis même dit que c'était dommage de ne plus voir ça qu'au cinéma et pas dans un musée.

Stave lève les yeux au plafond.

— Quel imbécile je fais! marmonne-t-il entre les dents.

Quand Weber lui a raconté cette histoire d'accessoire et de film de propagande, il a pensé à une de ces bandes minables tournées pour les actualités hebdomadaires. Une contribution au thème de propagande de l'« art dégénéré », des ricanements, quelques plans avant l'apparition de Goebbels ou du Führer. Pas un seul instant, il n'a pensé à un film de long métrage.

— Vous êtes le meilleur limier de la police criminelle de Hambourg.

— Je suis le seul, lui rappelle Kienle avec sérénité.

À présent, Stave comprend ce qu'il aurait dû demander à Toni Weber : que sait-il encore de ce film avec la tête en bronze? L'inspecteur principal était tellement obnubilé par une éventuelle relation entre l'artiste et Schramm qu'il n'a pas vraiment réfléchi aux autres informations que lui a fournies Toni Weber, même s'il les a notées dans son calepin.

Film, cinéma – pour Stave cela évoque Berlin, Babelsberg, la UFA, le rayonnement de la capitale. Fini tout ça, et depuis longtemps. La nouvelle capitale du cinéma s'appelle Hambourg – certes plus chiche que l'ancienne. Depuis 1945, des types comme Weber ont quitté la Spree pour l'Elbe, au large des Russes. Son ancien collègue Michel a déclaré que Weber travaillait de nouveau comme accessoiriste, mais avec Käutner, et à Hambourg. Il doit y avoir d'autres survivants de la UFA qui habitent ici. Si Käutner a produit et tourné un film à Hambourg, il a embauché des professionnels chevronnés. Qui sait : l'un d'entre eux a peut-être travaillé pour le film de propagande dans lequel apparaît cette tête en bronze. Peut-être même comme accessoiriste – et pourquoi pas celui qui a sélectionné la sculpture ? Stave quitte précipitamment son minuscule bureau. Il est sur le point d'annoncer à Erna Berg qu'il part sur une enquête – mais se souvient juste à temps qu'il n'a plus de secrétaire. Il allonge le pas en passant devant les portes fermées des bureaux et se rend au parc automobile.

— Il me faut une voiture, lance-t-il à un mécano.

L'homme hésite un instant.

— On en est tous là, on a tous besoin d'une voiture !

Il ne m'aurait pas répondu ça si j'étais encore aux Homicides, se dit l'inspecteur principal tout en ravalant son amertume.

— Il faut que je monte à Fuhlsbüttel, aux Ley-Hütten de la Langenhorner Chaussee.

— Chez cette racaille ? Une voiture de patrouille ne suffira pas, prenez quelques *schupos* avec vous.

— En plein jour ? Pourquoi ?

— Pour la bonne raison que je ne dispose que d'une Mercedes d'avant la guerre, dont je viens juste de retirer la radio pour la réparer. Vous ne pourrez joindre personne.

— Comme ça, personne ne me dérangera.

— Et si vous avez des problèmes ?

— J'ai mon arme de service, ment Stave.

En réalité, elle est dans son étui, pendue au portemanteau de son appartement.

— N'allez pas me faire des trous dans la tôle.

— Un de plus, un de moins, on ne remarquera rien dans votre carrosse rouillé.

Cinq minutes plus tard, Stave roule vers les quartiers nord de la ville au volant du véhicule noir et poussif.

Il évite les champs de ruines, serpente à travers Harvestehude et Eppendorf. Il croise parfois des groupes de badauds agglutinés sur des trottoirs, abrités sous des forêts de parapluies. Curieux, se dit-il. Il freine et remarque que les curieux sont rassemblés devant des devantures vides. Certains discutent entre eux, d'autres gesticulent, la plupart se contentant de fixer du regard les étagères vides des magasins. Il est temps que le jour J arrive, se dit-il, ces rassemblements risquent de se transformer en manifestations. Il pense aux billets de banque de la Goldbekplatz et comprend mieux les soucis de MacDonald.

Après un quart d'heure de route, la vieille Mercedes quitte la Alsterkrugchaussee et vire dans la Langenhorner Chaussee. Stave accélère : il a encore quelques kilomètres devant lui, mais la circulation est moins dense dans les quartiers nord. La Mercedès halète. Stave freine devant le lotissement des Ley-Hütten. Il se gare et ferme maladroitement les portières à clé. On ne sait jamais.

Les Ley-Hütten sont alignées par dizaines sur plusieurs rangées. Sous les auvents, les portes donnent toutes au nord, les fenêtres au sud – comme si les misérables logements en bois délavé tournaient le dos à la ville.

Des familles sinistrées qui ont tout perdu pendant les bombardements, biens et logements, maisons, ont emménagé là parce qu'elles n'avaient plus nulle part où aller. Les deux dernières années, beaucoup de gens sont partis vers de meilleurs hébergements. Ceux qui sont restés font partie de cette population qui n'a jamais eu de quoi vivre décemment. Des réfugiés de l'Est ont aussi échoué ici, des personnes déplacées, des prisonniers de guerre libérés, sans famille. Dans une ville encore à moitié ensevelie sous les décombres, le lotissement passe pour un quartier de miséreux. Stave se demande pourquoi un homme comme Weber, qui semble gagner correctement sa vie, n'a pas encore trouvé de meilleur logement.

Il est midi. L'inspecteur principal a faim, mais il est impatient. Il demande après Toni Weber à deux gamins à la chemise déchirée et en courtes culottes de cuir qui jouent aux Indiens et aux cow-boys.

— Vous avez une cigarette ? demande effrontément l'aîné qui a dix ans au plus.

Pour appuyer sa demande, le plus jeune essaie d'imiter le cri de guerre d'un Apache en tapotant sur sa bouche avec le plat de la main – à moins qu'il ne dissimule son insolence. L'inspecteur principal n'a pas envie de les sermonner et sans un mot il tire une John Player de la poche de son manteau.

— Il habite là-bas, derrière. C'est la cabane la plus mimi du coin.

Le jeune vaurien éclate d'un rire moqueur et désigne la bicoque la plus éloignée, à l'orée d'un petit bois. C'est la seule fraîchement peinte, le bois des murs en bleu, la porte et les embrasures de fenêtres en blanc. Elle est entourée d'un jardinet ; des roses grimpent à côté de la fenêtre, les fleurs luisent sous la grisaille de la bruine. Il y a pire comme logement, se dit Stave qui commence à comprendre pourquoi on peut avoir envie de rester là. Un petit havre bucolique. À condition d'avoir le temps, la force et le talent d'entretenir cette habitation fragile et de fermer les yeux devant la misère des cabanes voisines.

— Il a l'air mimi aussi, ce Weber, poursuit le gamin avec un sourire grimaçant.

Stave ignore la remarque et se dirige vers la baraque. La porte s'ouvre avant même qu'il frappe.

— Je vous ai vu venir, le salue Weber d'un air las et méfiant. Je viens juste de rentrer de Travemünde. En train. En retard, comme d'habitude.

Il lui fait signe d'entrer. Il est gêné de me voir sur le seuil de sa porte, se dit Stave. On ne peut pas lui en vouloir. Il écarte un lourd rideau antifroid et coupe-vent et pénètre dans une chambre propre étonnamment lumineuse. Une étagère en bois, un trou muré dans le sol pour garder au frais des saucisses et du fromage blanc, deux chaises toutes simples, une table, deux tréteaux et une vieille porte, sans doute arrachée aux décombres. Elle est encombrée d'une pile de feuilles de papier fin, des dessins au fusain. À droite, une cloison de minces planches rabotées ; une couverture en guise de porte ; derrière, une seconde pièce. Stave y distingue un lit étroit et une commode.

— Vous vivez seul ?

— Oui. Mon talent avec les femmes est moins développé que mon savoir-faire de dessinateur. Ce qui a ses avantages par les temps qui courent.

Quand l'inspecteur principal lève le sourcil et s'étonne de cette réponse, Weber hausse les épaules.

— Je vis seul dans vingt mètres carrés. Qui peut en dire autant de nos jours ? Ce lotissement vaut mieux que sa réputation. Les voisins sont d'honnêtes gens. La plupart sont discrets, si vous voyez ce que je veux dire. (Stave pense aux deux gamins, mais ne dit rien.) Et ces bicoques dureront longtemps, elles sont là pour des années, du provisoire qui dure. Ce sont les monuments les plus solides du Troisième Reich.

— On ne peut pas dire qu'elles ont été construites par des professionnels du bâtiment.

— Certes. Mais le travail a été fait correctement. Les ouvriers ont mis beaucoup de temps pour les terminer, car plus on travaillait ici, plus on retardait le retour en camp de concentration ! Vous saviez que même le fils du patron de chez Nivea a joué les charpentiers ici ? Pour autant que je sache, il n'était pas tout à fait aryen. L'important, c'est de bien entretenir ces baraques. À l'époque où elles ont été construites, le carton bitumé était déjà de si mauvaise qualité que les toits sont aussi étanches qu'un vieux mouchoir en papier. Pour être tranquille, il faut donc grimper sur le toit et en mettre de nouvelles couches. Mais vous n'êtes pas monté jusqu'ici pour des conseils de bricolage.

— J'en aurais pourtant bien besoin, marmonne Stave entre ses dents avec un hochement de tête significatif. Je viens pour cette tête en bronze.

L'artiste le regarde, étonné.

— Et pas pour les billets de banque ? J'avais l'impression que c'était ce qui vous préoccupait le plus.

— Possible. Mais j'ai encore une question à propos de cette sculpture. Vous m'avez dit que vous l'aviez vue pour la dernière fois dans un film, comme accessoire ? C'était à Berlin ?

— Bien entendu !

— Au cinéma ?

— Non, au boulot. En 1938, alors que j'étais sur un film, on en tournait un autre dans un studio voisin. Un de ces navets de propagande. C'est là que j'ai rapidement vu cette tête, dans les décors. On construisait la maison d'un Juif ou quelque chose comme ça. Ils ont sorti quelques œuvres d'art des réserves du ministère de la Propagande et les ont distribuées dans les décors. Une fois de plus, j'ai eu la trouille de ma vie parce que j'ai eu peur que quelqu'un reconnaisse mon œuvre et me dénonce. Mais personne n'y a fait attention, c'était un accessoire parmi d'autres. Après le tournage, tout a disparu, sans doute recasé dans les réserves.

— Ces réserves du ministère de la Propagande étaient sans doute à Berlin ?

— Oui, pour autant que je sache. Mais je n'ai pas posé de questions, évidemment.

— Mais après 1945, beaucoup de gens de cinéma ont quitté la capitale du Reich pour les bords de l'Elbe. Savez-vous si quelqu'un qui a travaillé sur ce film est à Hambourg ?

— Vous plaisantez ? (Weber ouvre de grands yeux, puis il secoue la tête.) Mais c'est vrai : vous ne pouvez pas savoir, vous n'êtes pas un ancien de la UFA. Le réalisateur du film vit à Hambourg et, d'après tout ce qu'on entend, il y vit très bien.

Stave retient son souffle.

— Son nom ?

— Veit Harlan.

L'inspecteur principal regarde par la fenêtre pour dissimuler sa surprise.

— Avec Leni Riefenstahl, le plus célèbre réalisateur du Troisième Reich, finit-il par marmonner.

— Le préféré de Goebbels. Le père du *Juif Süss*. Le mari de l'actrice Kristina Söderbaum. Il a senti le vent tourner au bon moment. En 1945, il réalise encore à Babelsberg, avec Wolfgang Liebeneiner, *Kolberg*, un film en couleurs pour inciter le peuple à tenir le coup et sauver le régime hitlérien du naufrage. Et du jour au lendemain, il disparaît de Berlin et refait surface à Hambourg. L'an passé, il a été blanchi par la *Spruchkammer*, le tribunal de dénazification : groupe V, simple sympathisant.

— Je me rappelle le scandale provoqué par cette décision. Il y a eu des articles dans la presse. Et quelques artistes ont quitté cette juridiction en signe de protestation.

— Ce qui n'a pas dû peiner beaucoup ce brave Veit Harlan. Il vit sur les bords de l'Alster. Il y en a qui retombent toujours sur leurs pattes.

— Il a tourné combien de films pendant le Troisième Reich ?

— Une douzaine, peut-être. Je ne sais pas exactement. Beaucoup, en tout cas.

— Vous pensez qu'il se rappellerait un accessoire ?

— On peut peut-être l'aider à retrouver la mémoire. J'aimerais bien savoir, par exemple, comment ce type a eu ma tête d'Anni Mewes. Mais un individu comme moi, repris de justice de surcroît, ne frappe pas aussi facilement à la porte d'un homme aussi célèbre, qui a encore de puissants protecteurs, pour lui poser des questions à propos d'un accessoire. Je n'aurais jamais pensé demander quelque chose à un policier, mais je vous serais très reconnaissant si, à l'occasion, vous pouviez repasser dans le coin pour me raconter votre entrevue avec le Maître. J'en profiterais pour vous tirer le portrait. (L'artiste désigne les dessins au fusain.) Un petit présent pour votre épouse.

Stave sent un pincement au cœur, mais s'efforce de ne pas tressaillir.

— Je connais une experte en art qui serait peut-être intéressée, réplique-t-il en se dirigeant vers la porte d'un pas pesant.

Il a la poignée en main quand il se retourne parce qu'il vient d'avoir une idée : le mort du Reimershof aurait-il amené la tête en bronze à Hambourg ?

— Parmi les collègues qui s'occupaient des accessoires à la UFA… il y avait aussi des Juifs ?

Weber le fixe un instant, décontenancé, puis renifle, méprisant.

— Des Juifs, sur le terrain de jeu préféré de Goebbels ? Un porteur d'étoile jaune n'aurait même pas eu le droit de balayer le sol des studios.

Stave opine. C'eût été trop simple, bien sûr.

Sur le capot de la voiture de patrouille un dessin à la craie : une femme aux énormes seins nus. Les deux chenapans ont disparu. L'inspecteur principal efface négligemment la caricature à l'aide de son mouchoir et regrette un instant que la radio de la vieille Mercedes ait été démontée : une simple question à l'hôtel de police et quelques minutes plus tard, il avait l'adresse de Veit Harlan. Il aurait pu s'y rendre, frapper à la porte – provoquer un scandale peut-être. Il pense aux paroles d'avertissement de Weber : le réalisateur a des soutiens de poids. Et il se rappelle que sa femme, Kristina Söderbaum, même si elle vit depuis des années en Allemagne, est toujours de nationalité suédoise. Les Britanniques font la loi à Hambourg, et ils ne seraient pas ravis que la citoyenne d'un pays neutre vienne se plaindre d'un fonctionnaire de la police criminelle allemande trop curieux. Il faut que j'assure mes arrières, se dit-il. MacDonald s'arrangera pour que je puisse bousculer Harlan sans risque. Il faut que je parle au lieutenant.

Mais Stave n'a pas envie de ramener la voiture au garage de la police. Il rendra visite à quelqu'un, auparavant. Sans s'être annoncé.

Non sans un malin plaisir, l'inspecteur principal bloque la montée qui mène à la villa de la Fährstrasse avec sa vétuste Mercedes de patrouille. Il colle son chapeau mouillé et son manteau dans les mains de la servante et va s'asseoir sans vergogne dans le salon, comme s'il était chez lui.

— Vous êtes un impertinent, le salue le Dr Schramm en respirant bruyamment quand il fait son entrée cinq minutes plus tard, vêtu d'une veste d'intérieur en soie sombre.

Stave le fixe. Quand a-t-il entendu un mot comme ça pour la dernière fois ? Quand a-t-il vu pour la dernière fois une veste d'intérieur ? Il a l'impression d'avoir marché à reculons dans un tunnel obscur et d'être revenu dans le monde d'avant la guerre.

— J'ai un nouvel indice, prétend-il. Au sujet de ces œuvres d'art dans votre immeuble de bureaux.

— Le Reimershof n'a jamais été mon immeuble de bureaux. J'y avais seulement loué quelques pièces.

L'inspecteur principal ignore l'objection.

— Ce nouvel indice nous conduit au cinéma. Du côté du réalisateur Veit Harlan. Je pensais que, comme ami des arts, vous pourriez…

— Je n'ai rien à voir avec ce type ! l'interrompt sèchement le Dr Schramm.

La main qui serre l'accoudoir du fauteuil tendu de tissu damassé est si crispée que les jointures ont blanchi.

— Vous le connaissez ?

— De nom, naturellement. Personnellement, non, bien que nous soyons presque voisins. Je me demande pourquoi les Anglais, non contents de ne pas l'inquiéter, vont jusqu'à l'autoriser à habiter un endroit si bien situé et si chic.

Stave fait comme s'il n'avait rien entendu.

— Comment vous dire : pendant un certain temps au moins, *Herr* Harlan a eu en sa possession l'un des objets du Reimershof. La tête de femme en bronze.

— Tant mieux pour lui, répond le banquier d'une voix chevrotante. Je vais vous confier quelque chose, *Herr Oberinspektor* : pendant les années où cet homme a tourné *Le Juif Süss*, j'ai toujours gardé mes employés juifs. Mon homme de confiance le plus proche, mon fondé de pouvoir, s'appelait Rosenthal. Ce nom sur ma liste de salariés a suffi pour que je reçoive la visite de certains individus en manteau de cuir noir. Mais même si Veit Harlan et moi nous nous intéressons au même genre d'art moderne, ce qui n'a pas fini de m'étonner, ce n'est pas une raison pour que je m'intéresse à lui. Ni hier, et aujourd'hui encore moins.

Stave reprend calmement son exposé.

— La sculpture en bronze de Toni Weber est saisie par les nazis à une date encore indéterminée, après 1933. Ils la cataloguent comme « art dégénéré » et l'exposent en 1937 dans cette exposition tristement célèbre. En 1938, Veit Harlan s'en sert comme accessoire dans l'un de ses films – un film qu'il tourne à Berlin. Au plus tard en 1943, on retrouve cette même œuvre dans un immeuble de bureaux de Hambourg. Comment a-t-elle atterri là ? Qui l'a entreposée dans ce local ? Quand je saurai cela, je saurai aussi à qui elle appartient. Je pourrai alors la rendre à son propriétaire légitime et l'affaire sera bouclée.

L'inspecteur principal se demande s'il ne devrait pas parler de cette photo de la famille Schramm avec le bronze – preuve que cette sculpture était déjà à Hambourg fin 1938, et donc dans cette villa où il est assis face au banquier. Tout indique que Schramm l'a cachée ensuite au Reimershof, dans une des pièces de son bureau privé, peut-être parce que les visites de la Gestapo devenaient si menaçantes qu'il avait dû prendre la décision de ne plus exposer d'« art dégénéré » dans sa villa. La tête d'Anni Mewes a ultérieurement été victime des bombardements en 1943. Il suffirait au banquier de confirmer cette histoire pour qu'on lui restitue sans doute cette tête en bronze et vraisemblablement aussi les autres œuvres – ce qui représente une fortune de quelques milliers de reichsmarks –, et plus aucun policier ne s'occuperait plus jamais de cette histoire.

Ne te fais pas d'illusions, se dit l'inspecteur principal. Pourquoi Toni Weber, le sculpteur de cette tête, n'a-t-il jamais échangé un mot avec Schramm ? Comment et pourquoi un bronze passerait-il des mains d'un réalisateur nazi dans celles d'un homme harcelé par le régime ? Et quel rapport avec le mort découvert dans les ruines non loin des œuvres ? Il y a quelque chose qui cloche dans cette histoire – et même si Schramm avouait que cette tête lui appartient vraiment, je ne le lâcherais pas, je reviendrais à la charge, je ne le laisserais pas tranquille. Et il le sait : il a eu souvent affaire à des flics obstinés de la pire espèce. Il ne dira rien.

— Il y a tellement d'affaires non élucidées, réplique Schramm, après 1945 et avant 1945. Je ne pense pas que votre énigme soit des plus importantes. Classez-la avec les autres dossiers et faites don des œuvres à la ville de Hambourg. Elles retrouveront leur place au musée, une place qu'elles n'auraient jamais dû quitter.

— Merci pour le conseil…

— Vous devriez le suivre, insiste le banquier.

Un conseil qui sonne comme une menace.

Stave se rend au poste de police 31 à Barmbek, situé à quelques centaines de mètres seulement de la villa du banquier. Des employés juifs, se dit-il. Schramm a travaillé avec des collaborateurs juifs, même après 1933. Enfin une information. Si son enquête était officielle, il étudierait les listes des employés, leurs dossiers, etc. Mais il va devoir biaiser.

Le poste de police de Barmbek est doté d'un téléphone. Il colle l'oreille à l'écouteur, manœuvre le disque du cadran et quelques minutes plus tard, il sait où se trouve MacDonald : au mess des officiers britanniques de Volksdorf. Le sergent à l'autre bout du fil lui parle en anglais – à haute et intelligible voix, en articulant comme pour un enfant sourd. Mais ce n'est que quand il a posé trois fois la même question que l'inspecteur principal comprend où se trouve ce mess : la villa d'Ohlendorff. Il a entendu parler de cette propriété avant la guerre, mais n'y est jamais allé. Il étudie le plan de la ville punaisé au mur et finit par découvrir les lieux tout en haut de la feuille.

— Il faut leur rendre cette justice, aux Britanniques, remarque un vieux *schupo* qui a observé Stave. Ils savent dénicher de belles villas, même un peu éloignées du centre.

— Vous connaissez cette maison ?

— Volksdorf faisait partie de mon ancien district. Les Ohlendorff y ont été pendant longtemps la famille la plus importante. Des petits princes : ils ont gagné leur argent en faisant du commerce, ils ont vendu de l'engrais du Pérou, du guano. De la merde d'oiseaux, quoi. Quand on voit avec quoi on peut faire autant d'argent, on est ébloui ! Et on est tout aussi étonné quand on voit comment on peut le perdre. Mais déjà avant 1933, tout avait commencé à partir à vau-l'eau, et pas seulement pour les affaires. Le fils s'intéressait plus à la musique qu'au commerce. Et en plus, il était franc-maçon. La Gestapo avait certainement un dossier sur lui. Et les *Tommies* ont donné le coup de grâce à la famille en réquisitionnant la villa.

— Il me faut combien de temps pour monter là-haut ?

— Volksdorf est presque intact, la voie est libre. Moins d'une demi-heure, à condition que votre vieille Mercedes tienne jusque-là.

— S'il le faut, on restera encore mille ans ensemble, marmonne Stave.

Il remercie le *schupo* d'un geste bienveillant tout en reprenant le combiné. Cette fois, le téléphone sonne au mess des officiers, et l'inspecteur principal fait appeler le lieutenant MacDonald.

— Je vous invite pour le lunch, mon vieux.

— Ça m'a tout l'air d'une offre que je ne peux pas décliner.

La villa de tradition néo-classique est une bâtisse de deux étages construite en 1929, un quadrilatère couleur saumon planté sur une levée de terre, dans un parc avec des arbres exotiques dont Stave ignore le nom. Au-dessus de l'entrée, qui rappelle le portail d'une église romane et à laquelle on accède par quelques marches, un arc en ogive aux tons clairs. Sur le côté, comme une sorte de chapelle, une annexe semi circulaire. Les murs sont nus, sans aucun ornement. À l'arrière, là où Stave va garer sa voiture de patrouille, on a ajouté une véranda vitrée qui ressemble à une salle de restaurant. Cette maison monumentale est sortie d'un cerveau nostalgique de la légèreté du Sud et bridé par la sobriété hanséatique. De l'argent de fiente d'oiseaux. Un goût architectural de merde. Alors que l'inspecteur principal traverse le parc, son regard est arrêté par quelques pierres tombales. Des membres de la famille, se dit-il. Il est vite détrompé en lisant les noms, les dates et les notices nécrologiques gravés dans la pierre : le cimetière des chiens des Ohlendorff.

Des policiers militaires britanniques, des domestiques allemands en livrée, le parfum suave des cigarettes, des glaçons qui tintinnabulent dans de lourds verres – le mess des officiers. Stave s'y sent comme dans un décor de film d'aventures exotiques, populaires avant 1939. MacDonald replie le *Manchester Guardian Weekly*. Il fait signe à un sergent de laisser passer le visiteur, puis il emmène l'inspecteur principal vers deux fauteuils profonds avec vue sur le parc. Confortables. Le parfum du vieux cuir et de l'encre d'imprimerie des journaux. Un serveur allemand, un homme maigre relativement âgé, pose devant lui un verre de limonade sur une table basse. Il évite de regarder Stave. Il me prend sans doute pour un mouchard, se dit ce dernier.

— Vous avez mis la main sur le faux-monnayeur ? lui chuchote le lieutenant, plein d'espoir.

— Non, mais j'ai beaucoup de questions.

MacDonald sourit mais ne réussit pas à cacher sa déception.

— Dommage. Cela dit, si cette affaire avait été simple, un amateur comme moi aurait pu la résoudre seul.

L'inspecteur principal, qui sait que son ami écossais travaille pour les services secrets de Sa Majesté, regarde par la fenêtre d'un air débonnaire quand il entend le mot « amateur ».

— J'ai mis quelques collègues sur l'affaire, confie Stave. Sans en dévoiler tous les détails, naturellement. Ils examinent soigneusement les agissements de leurs clients habituels, pour voir si l'un d'entre eux s'est intéressé à une presse typographique. Si Toni Weber a raison, ces billets ont été imprimés. Impossible de cacher une planche à billets dans un grenier, cela prend trop de place et c'est trop lourd. Il faut un entrepôt, un atelier ou un appartement avec une grande pièce. Mais les appartements sont rares. Les couleurs sont rares. Le papier est rare. Si quelqu'un a une aussi grosse machine chez lui, il se fera repérer tôt ou tard, et si quelqu'un imprime vraiment ces faux billets, ce n'est qu'une question de temps jusqu'à ce qu'on mette la main sur la presse.

— Mais il ne nous en reste probablement pas tant que ça.

Stave fixe son vis-à-vis.

— Qu'est-ce qui est plus urgent? Le jour J et la nouvelle monnaie? Ou votre mutation?

— Le jour J. Savez-vous que, le 15, la majorité des entreprises ont déjà versé la moitié de leur paie mensuelle aux employés? Et pourquoi? Parce qu'elles pensent qu'à la fin de ce mois, la nouvelle monnaie sera là. On stocke les marchandises. Les magasins sont plus vides que pendant l'hiver de famine de 1945, parce que les commerçants retiennent leurs produits en espérant en tirer un meilleur prix. Et personne ne veut plus de ces vieux reichsmarks poisseux dans son tiroir-caisse. Nous, les Alliés, nous sommes en quelque sorte prisonniers des Allemands : nous ne pouvons plus faire autrement que mettre cette nouvelle monnaie en circulation le plus vite possible. Nous ne contrôlons plus rien, il faut que nous trouvions une conclusion rapide à cette histoire.

— Avec des faux billets en vente au marché noir, ou pas?

— Si nous n'arrêtons pas le faussaire avant le jour J, eh bien, nous l'arrêterons après. Très peu de temps après.

— Possible aussi que cette fameuse presse typographique ne soit même pas cachée à Hambourg.

— Nous passons au peigne fin toute la zone britannique.

— Et si... (Stave hésite un instant) elle était chez les Russes? La zone soviétique commence à quelques kilomètres de Hambourg. Il est relativement facile de traverser l'Elbe avec quelques faux billets sans se faire prendre.

— Si c'est comme ça, nous bombarderons Moscou, réplique le lieutenant avec son flegme habituel, et Stave ne sait pas s'il plaisante ou pas.

Il a soudain la gorge sèche. Il boit sa limonade d'un trait.

— Le jour J est pour demain ?

— Vous brûlez, mais je n'ai malheureusement pas le droit de vous en dire davantage, répond MacDonald en se levant. Venez, j'ai fait réserver une table. Le lunch anglais vaut mieux que sa réputation. Vous me parlerez de votre autre affaire et, comme un jeune père cuit à point, je vous servirai des histoires sentimentales de ma fille.

Dix minutes plus tard, c'est un Stave indécis qui pique sa fourchette dans un morceau d'agneau à la menthe tout en racontant les aventures de la tête en bronze.

— Je voudrais des garanties avant de frapper à la porte de Veit Harlan, conclut-il.

— Je vais voir ça avec Londres, promet le lieutenant. D'après ce que je sais, les Suédois ne sont pas très fiers que Kristina Söderbaum soit citoyenne de leur pays. Moins on en parle dans les journaux du monde entier, mieux c'est. Si vous réussissez à faire cette visite de manière discrète, l'ambassadeur de Suède ne trouvera sans doute rien à redire.

— Vous viendriez avec moi ?

— Je demanderai aussi à mes supérieurs. J'ai bien entendu envie de faire la connaissance d'un type comme Veit Harlan, mais comme je viens de vous le dire, de la discrétion avant tout. Et il faut que j'attende les ordres.

De la poche de sa chemise, MacDonald tire une liasse de photos : des clichés chiffonnés aux bords défraîchis d'avoir été souvent triturés. Erna, souriante, un bébé dans les bras. Erna sur les bords de l'Alster. Un bébé sur une couverture. Erna, MacDonald et un grand landau sous des arbres, une photo peut-être prise avec un déclencheur automatique. Erna en robe d'été, qu'elle balance avec coquetterie.

— La petite Iris est un rayon de soleil, dit Stave. Et Erna est superbe.

En réalité, elle est encore un peu plus rondelette que dans son souvenir, les cheveux sont plus longs. Sur certaines photos, elle semble même avoir mis du rouge à lèvres, un maquillage encore rare chez les femmes allemandes. Potelée, l'air en pleine santé, pleine d'énergie. Et pourtant, il lui semble déceler quelque chose de triste dans le regard. Il pense à son fils, qu'elle ne peut pas emmener avec elle.

— Elle va aussi envoûter ma famille à Lockerbie, assure le lieutenant.

Mais il ne semble pas complètement persuadé de ce qu'il avance. Il sourit brièvement, fait une liasse des photos qu'il fourre dans sa poche. Il est sur le point d'ajouter quelque chose, mais il est interrompu par un chahut. Des cris, des cliquetis, le sol qui frémit. Stave et MacDonald se retournent. L'inspecteur principal porte machinalement la main à son aisselle, mais se rappelle au dernier moment qu'il est dans un mess britannique, qu'il n'y a aucun pouvoir et que, de toute façon, il n'a pas son arme sur lui. Il respire profondément.

Un jeune capitaine vient d'entrer dans le salon – bien dans sa selle. Il a passé la porte à deux vantaux sur son cheval, un étalon au poil trempé de sueur, et commence à se promener entre les tables. Il prend la pose d'une statue équestre vivante d'une taille menaçante dans cette pièce aux murs vitrés. Sous les hourras de ses camarades, on tend un verre de whisky au capitaine. Le cheval souffle nerveusement, s'ébroue. Il sent la sueur, il frappe le sol du sabot de sa patte arrière gauche.

— *Cheers!* crie le capitaine.

II lance le verre vide à ses camarades et tire délicatement sur les rênes. Il sort lentement, penché sur sa selle, la tête sur la crinière de l'étalon. Une scène qu'on dirait sortie d'un rêve surréaliste.

Acclamations et hurlements des camarades, des mots d'anglais que Stave ne comprend pas. Il jette un œil au vieux serveur qui fixe le sol des yeux. Les fers ont laissé de profondes marques sur le parquet ancien, un tas de crottin fume entre deux tables. L'inspecteur principal contemple le capitaine qui éperonne l'étalon et file au galop dans le parc. Il s'efforce de garder contenance.

— Le patronyme du capitaine est aussi long que le poignard d'apparat d'un officier. Vieille noblesse, grand sportif, rien d'extraordinaire, explique MacDonald.

— J'aurais encore une chose à vous demander. Et pour ça vous n'aurez certainement pas l'autorisation de vos supérieurs, dit Stave en changeant de sujet et en baissant la voix.

— Je marche…

— Mais vous ne savez même pas de quoi il s'agit.

— Si c'est quelque chose d'interdit, ce sera amusant. Il y a des camarades qui trottent à cheval dans des villas. Moi, j'adore faire des choses interdites, surtout avec un policier allemand.

— Je voudrais cambrioler chez un collègue.

MacDonald baisse sa fourchette.

— À l'hôtel de police ou chez lui ?

— À l'hôtel de police. De nuit, dans son bureau. (Stave s'éclaircit la voix.) J'ai déjà fait quelque chose de semblable l'an dernier. J'ai failli me faire prendre. Ce serait bien cette fois que quelqu'un fasse le guet.

— Ça ne ressemble pas à ce qu'un officier et un gentleman devraient faire, réplique le lieutenant en souriant. C'est pour quand ?

— Ce soir, minuit…

— Parfait. On rend une visite à qui ?

— À l'inspecteur principal Dönnecke, des Homicides.

MacDonald s'adosse à sa chaise.

— Cet homme n'est pas inconnu de mes services.

— On parle de relations avec la Gestapo, mais on n'a jamais encore réussi à prouver quoi que ce soit.

— Et vous voulez y mettre de l'ordre ?

— Non. Je veux simplement savoir ce que ce collègue a trouvé dans une enquête en cours. Et si c'est cette trouvaille qui l'a rendu si paresseux.

Stave met MacDonald au courant de sa troisième affaire, secrète celle-là.

— Primo, le banquier Schramm protégeait des Juifs. Il l'a déclaré lui-même et Ehrlich l'a confirmé. Il avait loué des bureaux au Reimershof. La question est : est-ce qu'un Juif aurait pu s'y cacher et y mourir sous les décombres ? Deuzio, une des œuvres d'art retrouvées au voisinage des restes de ce Juif mort a servi d'accessoire à Veit Harlan, un réalisateur qui a tourné des films de propagande. Or, ce Veit Harlan aurait sans doute été le dernier homme du Troisième Reich à fréquenter un Juif, même incidemment. Je pense donc que Dönnecke se trompe dans son rapport : le mort du Reimershof n'est pas la victime accidentelle d'un bombardement, mais son décès a un rapport avec ces œuvres. Et j'aimerais savoir si Dönnecke a appris quelque chose sur ce mort et s'il a… disons… gardé cette information pour lui. Ou s'il n'a même jamais eu l'intention de chercher quoi que ce soit, et si c'est le cas, pourquoi.

— Cela m'a l'air d'être une raison suffisante pour risquer sa carrière dans un cambriolage, répond MacDonald.

En fin d'après-midi, Stave est de retour à son bureau. Il a précisé à MacDonald l'emplacement de la fenêtre, à l'arrière de l'hôtel de police, où le lieutenant l'attendra. Stave passe de longues heures au cinquième étage. Wilhelm Bahr, le patron du Chefamt S, finira bien par s'en aller. Depuis longtemps, plus aucun autre collègue n'est au travail. Pas de portes qui claquent aux autres étages, pas d'éclats de voix ni de pas qui couinent sur le linoléum. L'imposante bâtisse est enveloppée dans un grand silence et dans les couloirs ne luit plus que l'éclairage de secours.

Lorsque l'inspecteur principal se risque à descendre prudemment l'escalier, il a l'impression de se déplacer dans un château ensorcelé et labyrinthique. Arrivé au dernier palier, il jette un coup d'œil discret dans le hall d'entrée : l'agent de service, un *schupo* d'un certain âge, feuillette un *Welt* défraîchi qu'il a déjà lu et relu. À côté de lui, vacillent les ampoules d'une vieille radio populaire qui remonte aux temps des nazis. La musique douce du programme de nuit du NWDR, la radio du Land de Rhénanie-du-Nord-Westphalie. L'homme ne l'entend pas. Bien.

Stave se glisse dans les toilettes. C'est à une de ces fenêtres qu'il a donné rendez-vous à MacDonald. Il entre dans un W.-C., pousse le loquet par sécurité et bascule la lucarne.

— Cela a été plus facile que je ne pensais, chuchote MacDonald qui fait un rétablissement et s'efforce de se glisser par l'étroite ouverture.

Il est en civil, pantalon sombre et vieille chemise, sombre elle aussi.

— Je devrais peut-être changer de métier.

— Si vous vous faites prendre, vous pourrez devenir détenu.

— Si l'on me piquait, comme soldat je me retrouverai dans un cimetière pour héros. C'est certainement la pire des alternatives. Des échanges de coups de feu, des cambriolages – plus je travaille avec vous, plus mon expérience criminelle s'étend.

— Par ici, tranche l'inspecteur principal d'une voix étouffée tout en refermant la petite fenêtre.

— Vous avez une lampe de poche ?

— Ce n'est pas la première fois que je me livre à ce genre d'exercice, rappelle Stave. On monte au sixième, murmure-t-il.

Il allume la petite lampe torche et un cercle jaune danse sur les murs de la salle d'eau.

Le bureau de Dönnecke n'est pas fermé à clé. Il sent le tabac froid et la sueur. Sur le plateau de travail, des dossiers et des piles de documents qui frôlent le déséquilibre, quelques portes et tiroirs d'armoire entrouverts – le bureau d'un homme certain que personne d'autre que lui n'y mettra les pieds.

MacDonald embrasse brièvement les lieux du regard.

— Je vous laisse à ce désordre, murmure-t-il. Je ne sais même pas quoi chercher.

— Moi non plus, avoue Stave. Mettez-vous au fond du couloir, vous pourrez surveiller la cage d'escalier et vous aurez un œil sur cette porte. Si l'agent de service faisait une ronde, prévenez-moi.

L'inspecteur principal furète avec précaution dans les piles de papiers, en prenant garde qu'elles ne s'écroulent pas. La majorité des dossiers sont des affaires classées depuis longtemps. Où sont les documents qui concernent les enquêtes actuelles ? Enfin, presque cachée entre deux hautes piles, une chemise en carton verte, peu épaisse, avec une étiquette tapée à la machine et collée de travers : « Mort inconnu, Reimershof, 11 juin 1948. »

Il s'empare du mince classeur, s'assied, le feuillette rapidement : les photos de Kienle. Un très court procès-verbal de l'interrogatoire des *Trümmerfrauen*, mené par un jeune policier des jours après la découverte du cadavre et des œuvres d'art. Le rapport d'autopsie de Czrisini – avec le renseignement sur l'étoile jaune dont les restes ont été découverts par le légiste. Aucune notice d'accompagnement, pas de relance de l'enquête après ce fait nouveau, en tout cas rien dans le dossier. L'inspecteur principal se demande si son collègue a même lu le rapport du légiste. Aucune nouvelle audition de témoins. Pas même une demande au service de recherche des disparus de la Croix-Rouge. En revanche un bref rapport de clôture signé Dönnecke. Conclusion : « Rien n'indique un suicide ou un meurtre. Il s'agit sans doute d'une victime des bombardements de 1943. Non identifié. Prénom : Rolf (cf. annexe). »

L'inspecteur principal sourcille. Quelque chose cloche. Il feuillette les annexes. Une note manuscrite, sans doute d'un subordonné de Dönnecke, avec une photo de police : des lambeaux, de cuir vraisemblablement, découverts sous le cadavre quand on l'a déplacé. Les restes d'un portefeuille peut-être, que l'eau de pluie et les sécrétions de la dépouille ont ramolli puis altéré. Mais aucune pièce de monnaie, ni clé ni photo. Un bout de papier cependant, du carton grisâtre, probablement un morceau d'une carte d'adhérent à une association, une carte de bibliothèque ou quelque chose qui y ressemble. L'encre délavée est à moitié effacée, un seul mot lisible : « Rolf ». Le prénom du propriétaire de la carte ? Ou de celui qui l'a établie ? Tout compte fait, le seul indice, même très vague, à faire le lien entre un mort et un nom.

Le cœur de Stave se met à taper en désordre. C'est exactement pour éprouver ce genre d'émotions qu'il a passé autant d'années aux Homicides : cette vieille fièvre du chasseur. Il ne voit pourtant rien qui pourrait l'enthousiasmer dans ces papiers. Des mots simples, aucun soupçon, aucune hypothèse. Si un collaborateur de Dönnecke n'avait pas repéré ce fragment de carton avec ce nom et ne l'avait ajouté au dossier, Dönnecke aurait même tout ignoré, se dit Stave.

Il referme la chemise. Qu'est-ce qu'il s'était imaginé ?

Plus par déception que parce qu'il espère encore découvrir quelque chose, il ouvre le tiroir central du bureau : des lunettes, deux cigares, quelques crayons mâchonnés – et une unique feuille de papier, une page arrachée à un carnet de notes, couverte de l'écriture raide et pédante de Dönnecke, un titre souligné de deux traits : « Memo Stave ».

L'inspecteur principal se laisse aller contre le dossier de la chaise, respire profondément. Sa main tremble soudain. Il se rappelle les rumeurs selon lesquelles Dönnecke aurait eu des accointances avec la Gestapo, dont l'administration centrale était à Hambourg. Au Stadthaus certes, où Dönnecke n'a jamais travaillé, mais sait-on jamais.

« St. enquête aussi sur cette affaire d'œuvres d'art », lit Stave. Ce type a un dossier sur moi, comprend-il, interloqué. Il reprend au début : « St. pas membre du parti, élément douteux, politiquement suspect. Contacts avec les Anglais. Vulnérable depuis le décès de sa femme en 1943, labilité aggravée depuis sa blessure par balle. A quitté les Homicides, n'est plus qu'au Chefamt S. St. enquête sur les œuvres d'art jusque chez Schramm ! Le dossier de Schramm à la Gestapo, disparu ? Brûlé ? Faire des recherches. Si St. créait des problèmes, faire pression. Fils rentré de camp de prisonniers ? Ou adultère ? (A.v.G. alias A.v.V.) »

Stave a envie de vomir, il est pris de vertige. Il est évident que Dönnecke se sent en danger à cause de cette enquête. Une histoire quelconque avec la tête en bronze et la Gestapo, à laquelle Schramm est mêlé, qu'il ne faut pas que j'apprenne. Et au cas où je l'apprendrais, ce type s'en prendrait à Karl. Ou bien... Il ferme les yeux de lassitude. « Adultère », et ce « A.v.G. alias A.v.V. ». Anna. Ce type a appris que nous avions une liaison. Il sait que je suis veuf. « Adultère », ça ne peut signifier qu'une chose : Anna est mariée. Et en plus, c'est ce Dönnecke qui lui ouvre les yeux ! Ce maudit « G ».

Il a envie de mettre le bureau sens dessus dessous, de s'enfuir sans la moindre précaution, de se précipiter dans la nuit, d'enfoncer la porte de Dönnecke et... Reprends-toi. Il reste assis sur la chaise du bureau de Dönnecke, pétrifié, et tente de reprendre son souffle. Anna est mariée. L'émotion qu'il éprouve dépasse de loin le simple fait de constater que quelqu'un a fourré le nez dans sa vie privée. Immobile, il ne quitte pas des yeux la fenêtre du bureau où coulent de fines traînées de pluie qui brillent comme des diamants dans la lueur d'un lampadaire.

Des diamants – ce qui ramène Stave en arrière. L'été passé, il a observé Anna en train d'acheter – ou de désengager ? – un bijou chez un joaillier des Colonnades. Une vieille alliance. Je suis un imbécile, se dit-il, un imbécile, un imbécile. Dönnecke a raison : labile. Il se ressaisit.

Soudain, la porte du bureau s'ouvre.

— Vous avez trouvé quelque chose ?

Dans la lumière jaunâtre de la lampe de poche de l'inspecteur principal, MacDonald ressemble à un spectre inquiet.

— Plus que je ne peux en supporter.

— L'affaire est dans le sac ?

— Non. Ce ne sont que quelques pièces de puzzle qui nous donneront peut-être une partie du tableau. Le mort du Reimershof se prénommait vraisemblablement Rolf. Il y a peut-être un dossier Schramm à la Gestapo, dont Dönnecke ne voudrait surtout pas que j'aie connaissance. C'est peut-être pour ça qu'il bâcle son enquête.

— Notre aventure de ce soir n'aura donc pas été inutile.

— Elle a été plus utile que je le pensais.

Il y a des choses qu'on ne peut pas confier à d'autres, même à son meilleur ami. Stave se lève. Il préférerait n'avoir jamais mis les pieds dans le bureau de Dönnecke.

— Allons-nous-en, avant qu'on nous surprenne.

La mémoire de la Gestapo

Vendredi, 18 juin 1948

Le soleil n'est pas encore levé que Stave est déjà de retour à l'hôtel de police. Il n'a même pas essayé de dormir. L'appartement avait des relents d'humidité et de moisi, bien qu'il ait laissé les fenêtres ouvertes pendant des heures. Il espère que tout cela finira par sécher. Il a réfléchi, bien des idées l'ont embarqué dans une impasse, et il a eu peur d'en affronter d'autres. Grelottant de froid, il a fini par échouer devant la table de la cuisine et il a écrit deux lettres sur un papier moite. Une pour Anna. L'autre pour un ancien agent de la Gestapo. Anna. Il faut qu'il la revoie, qu'il lui parle, qu'il aborde son passé avec elle. Il ne lui a rien écrit des mouchardages de Dönnecke et encore moins de ce qu'il a découvert. Pas un mot non plus de l'alliance. Rien sur ce « G ». Il l'a seulement priée de le rencontrer dans le seul restaurant qu'il connaisse à proximité de son appartement de la Röperstrasse : « Déjeunons ensemble demain à midi dans la Sellmers Kellerwirtschaft », le caveau Chez Sellmer. Il aurait aimé ajouter : « Appelle-moi au bureau, si tu peux. » Mais il a peur de lui parler sans l'avoir en face de lui, les yeux dans les yeux. Il a donc conclu sa lettre ainsi : « Si tu ne m'appelles pas, cela voudra dire que tu viens. »

Il a glissé sa lettre sous la porte de l'appartement en sous-sol d'Anna. Il était seul dans sa rue. Il était tôt, avant même que le couvre-feu soit levé. Des bancs de brume montaient de l'Elbe. L'humidité luisait sur les murs des immeubles. La fenêtre de l'appartement était fermée et sombre. J'espère qu'elle dort, s'est-il dit. Surtout que cette obscurité ne signifie pas qu'elle est ailleurs.

La seconde lettre est une demande de rendez-vous à déjeuner – un déjeuner dont il ne songe absolument pas à régler la note. Durant les années brunes, Stave a évité comme la peste les hommes de la Gestapo – ce qui n'a pas été simple : deux cents collègues, au bas mot, travaillaient directement pour elle dans les bureaux de l'hôtel de police. On ne parlait que peu de ce qui se passait à la centrale de la Gestapo, qui avait son siège au Stadthaus. Le cas échéant à voix feutrée, le plus souvent pas du tout. Dès avril 1933, le premier détenu dont Stave avait entendu parler y avait disparu, assassiné. L'ouvrier des chantiers navals Gustav Schönherr avait été torturé et, suite à cet « interrogatoire poussé », il était « tombé de la fenêtre » du troisième étage, en plein jour. Il s'était chuchoté, au-delà du petit cercle des collègues, que l'un ou l'autre gestapiste l'avait aidé dans sa chute mortelle. Toute la ville en parlait, était au courant. Et tout avait été fait pour que tout le monde le sache : plus on craignait la Gestapo, plus ses « enquêtes » se déroulaient sans problèmes.

Au cours de l'automne 1938, le 10 novembre, au lendemain de la Nuit de Cristal, un homme de la Gestapo avait fait irruption dans le bureau de Stave. L'inspecteur principal n'avait jamais su pourquoi : ce Philip Greiner était tellement soûl qu'il pouvait à peine tenir debout et aligner deux mots. Il était en larmes et s'était souillé. C'est le moment qu'avait choisi un officier SS de haut rang pour rappliquer à son secrétariat. Il était dans une colère noire : pendant la nuit, des inconnus avaient tailladé les pneus de sa Mercedes. Stave avait réussi à traîner le gestapiste titubant dans une pièce attenante et avait pris ensuite la déposition du SS toujours aussi agité. S'il l'avait vu, il aurait déchargé sa haine sur le SS. Depuis ce temps, Greiner devait un service à Stave et l'inspecteur principal n'avait encore jamais eu l'occasion de le solliciter.

Comme tous les hommes de la Gestapo, Greiner avait été licencié par les Britanniques en 1945. Stave l'avait perdu de vue, mais il n'a eu aucun mal à retrouver son adresse : à la brigade de la police criminelle, il y a encore suffisamment de collègues pour jouer aux cartes, le soir autour d'une table. Il a donc brièvement écrit à Greiner qu'il avait besoin d'informations sur Dönnecke et le Dr Schramm, et il l'a convoqué au restaurant de la maison du passeur de Winterhude – une grande salle, avec beaucoup de coins et de recoins, suffisamment éloignée de l'hôtel de police pour ne pas courir le risque d'être reconnu par un collègue.

Il a demandé à Ruge de remettre sa lettre en mains propres. « Et pas un mot ! À personne ! » Dönnecke ne devait absolument pas se douter que Stave voulait prendre langue avec l'ex-gestapiste. Le jeune brigadier, qui a perdu l'habitude de claquer les talons, s'est contenté d'opiner avec un sourire complice.

— Et si Greiner refuse votre lettre ?

— Vous lui direz que je viendrai le voir personnellement pour lui rappeler un certain jour de novembre 1938.

La sonnerie du téléphone tire l'inspecteur principal de sa rêverie. Depuis des jours, aucun téléphone n'a résonné à l'étage du Chefamt S.

MacDonald. La liaison est mauvaise, alors que l'appel est local.

— Dites-moi, mon vieux, on peut se voir à midi au garage du Holstenhofweg ? Impossible avant pour moi. Je vais récupérer la Jeep. Repoussons de quelques jours notre visite à votre ponte du cinéma, d'ici là j'aurai l'autorisation.

— Je viens avec plaisir, si dans la foulée vous m'emmenez à Winterhude.

— Dans une autre vie, j'ai été chauffeur de taxi. Rendez-vous à onze heures et demie.

L'inspecteur principal regarde par la fenêtre. La Philharmonie est prise dans un voile de brouillard, comme enveloppée dans de fines bandes de gaze souillées. Le bureau sent le désinfectant. Stave est absorbé dans ses pensées. Anna. MacDonald est un agent secret britannique. Et tout à coup il se demande si le lieutenant ne saurait pas des choses sur Anna von Veckinhausen. Si elle a éveillé l'attention d'un Dönnecke, pourquoi pas celle d'un agent anglais ? Les Britanniques ont peut-être même un dossier sur elle. Mais est-ce que je veux vraiment le savoir ? se demande-t-il.

Ne te fais pas d'illusions, se sermonne-t-il. Il est évident qu'il ne sera pas tranquille tant qu'il ne connaîtra pas toute cette histoire. Flic un jour, flic toujours. Je vais demander à MacDonald, se convainc-t-il. Il jette un coup d'œil à l'horloge murale, calcule le temps qu'il lui faudra pour aller au garage, et soudain il craint ce rendez-vous avec le lieutenant.

Pour ne pas ressasser ces pensées, il s'efforce de s'occuper de son autre enquête. La fausse monnaie. Si le lieutenant lui rend un service à propos d'Anna, il faudra bien qu'il lui renvoie l'ascenseur.

Sans s'en être rendu compte, il a toujours le combiné en main. Il feuillette ses notes de la main gauche et appelle un numéro. Celui de la banque centrale de Hambourg.

Quelques minutes plus tard, il a Flasch au bout du fil.

— Je n'ai vraiment pas le temps, *Herr Oberinspektor*.

Flasch a l'air encore plus tendu que d'habitude.

Ça commence bien, se dit Stave. En fait, il n'a qu'une seule envie : se caler au fond de sa chaise et lui poser fermement des questions précises. Mais il aime bien son voisin ; on dirait qu'il ne cesse de lutter pour survivre avec sa famille. Il adopte donc un ton bienveillant et répond à l'objection de Flasch par une question :

— Le jour J approche ?

— Impossible de le nier plus longtemps, effectivement.

— Et depuis ce matin, vous avez donc vraiment beaucoup à faire ?

— J'ai passé la nuit ici avec quelques collègues.

— La distribution ne va pas tarder, alors. Nous y sommes.

— Pour ridicule que cela puisse paraître, *Herr Oberinspektor*, je n'ai pas le droit de vous dire quoi que ce soit. Le règlement, c'est le règlement.

— Ces nouveaux billets, ils auront quelle couleur ?

Silence à l'autre bout du fil.

— Je ne sais vraiment pas si… le règlement…

— Des couleurs. Je ne vous demande que des couleurs, *Herr* Flasch.

— Bleu, rose saumon. Et toutes les nuances de vert. Vert-jaune, vert clair, turquoise. Pourquoi cette question ?

— Imprimés sur des presses à billets typographiques ?

— Naturellement. Mais ça…

— En Allemagne ?

Nouveau silence. Stave croit entendre la respiration oppressée de son interlocuteur se mêler au bruissement de la ligne.

— Non, les billets ont été imprimés dans un pays allié. Je ne peux…

— Mais on pourrait aussi les imprimer ici ?

— Pas encore, en tout cas. Il y a bien des presses à Francfort, à la banque centrale. Partiellement détruites pendant les bombardements, ce qui ne va pas beaucoup vous surprendre. Si on les réparait et qu'elles soient en état de marche, oui. Mais ça va encore prendre du temps.

L'inspecteur principal se redresse, étonné et attentif.

— Vous me dites qu'à l'heure où je vous parle, dans aucune des quatre zones d'occupation, il n'y a une imprimerie capable de fabriquer les nouveaux billets ? Et une privée ?

Flasch rit bruyamment.

— Ça, ce serait interdit. Mais même si vous le vouliez, ce serait impossible. Trop compliqué, trop sophistiqué, trop coûteux. Les vieux billets de reichsmarks, oui, on les a encore imprimés à Francfort. Mais les nouveaux, impossible sur le sol allemand.

— Je ne veux pas vous déranger plus longtemps, répond Stave et il raccroche.

Cette histoire de petites coupures de la Goldbekplatz devient de plus en plus mystérieuse. Weber lui a déjà dit qu'il était compliqué d'imprimer ces faux billets. Et Flasch a été encore plus clair : si compliqué que personne ne pourrait le faire, nulle part sur le sol allemand. Pas étonnant que le Chefamt S n'ait trouvé aucune presse au cours de ses recherches dans les quatre zones. Si personne n'est capable d'imprimer ces billets, conclut l'inspecteur principal, cela ne signifie qu'une chose : ils ont été imprimés à l'étranger. Voyons ce qu'en dira MacDonald.

Il sursaute quand son supérieur ouvre la porte sans avoir frappé. La peau flasque qui pend sur les joues de Bahr est encore plus rouge. Il respire difficilement.

— Stave, vous êtes sans doute le seul à ne pas avoir écouté la radio !

— « Depuis ce matin 5 h 45, nous ripostons par des tirs », comme au 1er septembre 1939, quand Hitler a envahi la Pologne ?

— Gardez vos plaisanteries pour vous, elles me rendent nerveux. C'est officiel : nous allons avoir une nouvelle monnaie. Le maire Brauer vient de le déclarer. Depuis ce matin, la radio annonçait un discours important. Vous n'êtes vraiment au courant de rien ?

— Je travaille, rétorque brièvement l'inspecteur principal. C'est pour quand ?

— Après-demain.

Stave respire profondément. Pas étonnant que Flasch ait travaillé toute la nuit.

— Ils vont distribuer l'argent un dimanche ? Je croyais que le maire nous donnerait plus de temps pour nous acclimater. Le temps de prendre des dispositions.

— Ils ne veulent donner aucune chance aux spéculateurs. En plus, tous les magasins sont en train de baisser le rideau. C'est le chaos dans les gares, tout le monde veut rentrer chez soi. Vous aussi, vous avez congé. Aujourd'hui, pour une fois, le marché noir ne nous intéresse pas.

— Ça va se passer comment ?

— Brauer a annoncé que les Alliés allaient distribuer de nouveaux billets. Des marks allemands. Il va d'abord falloir s'habituer à ce nom. Dimanche matin, partout en ville, il y aura des centrales d'échange. Tout Allemand touchera une prime de quarante marks par personne. Et en août, il y en aura vingt de plus.

— On ne peut pas dire que ce soit une fortune.

— Vous avez économisé beaucoup d'argent ? Mis de côté quelques billets ?

Durant ces dernières années, l'inspecteur principal a dépensé presque tout son maigre salaire en café et en cigarettes, avec lesquels il est allé à la gare centrale pour essayer d'obtenir des informations sur son fils disparu en Russie. Depuis que Karl est rentré, de temps en temps, il l'a soutenu financièrement.

— Je suis pour ainsi dire fauché.

— Mes meilleurs vœux. C'est la seule stratégie. Ce que vous avez en banque sera dévalué dans la proportion de dix pour un. Et si vous avez du liquide, l'avenir est encore plus sombre : pour un billet de cent reichsmarks, vous aurez cinq marks allemands. Une chose est sûre : nous ne risquons pas de nous enrichir.

Stave ferme les yeux et pense à Toni Weber. Il a gagné trois mille reichsmarks pour son travail à Travemünde. Un travail de quelques semaines. Après-demain, dimanche, il aura cent cinquante marks allemands en poche. Combien connaîtront le même sort ? Combien gagneront encore quelques pfennigs en travaillant ? Et combien de trafiquants, de contrebandiers et de commerçants clandestins vont céder à la panique ? Ils n'ont évidemment jamais déposé leurs gains à la banque. Les voilà donc avec des cartons pleins de billets qui ne vaudront tout d'un coup plus que le vingtième du chiffre imprimé dessus. Et plus aucune chance de les échanger ou de les dépenser d'ici à dimanche prochain.

— Ça va s'affoler au marché noir, marmonne-t-il, aujourd'hui et demain.

— Ou au contraire, ce sera le calme plat, réplique Bahr. Personne ne sait ce qui arrivera au lendemain du jour J. Ce n'est pas parce qu'on aura une monnaie nouvelle qu'on pourra acheter plus. Possible que le marché noir soit en pleine activité lundi. Si vous voulez mon avis, les Alliés se comportent comme des joueurs de roulette qui misent tout sur un seul numéro. Si ça marche, on pourra se caler tranquillement au fond de sa chaise. Et si ça ne marche pas, on aura un problème.

Stave a une idée.

— Ils distribueront aussi des pfennigs ?

— Vous avez de drôles de questions. Je crois que Brauer a annoncé que les anciennes pièces de un et deux pfennigs resteront en circulation. Aucun intérêt de les retirer. Et en plus, ils ont aussi imprimé des billets de pfennigs.

L'inspecteur principal bondit de sa chaise.

— Quoi, ils vont aussi distribuer des petites coupures !

— Des billets de cinq et de dix. Mais je ne sais vraiment pas quelle tête ils auront.

— Bleu et vert avec un motif en losange, répond Stave, tout à coup impatient. Il faut absolument que je parle aux Britanniques.

Il quitte l'hôtel de police en même temps que des dizaines de collègues. Des abeilles atteintes de frénésie qui abandonnent la ruche après le décès de la reine, se dit l'inspecteur principal. Il joue des coudes dans un tramway bondé. Des passants partout sur les trottoirs, des employés, des femmes au foyer, des enfants, des mutilés de guerre. Tous se précipitent dans tous les sens en allongeant le pas. Un joueur d'orgue de Barbarie, cerné par une foule indifférente qui le bouscule comme une vague déferlante. Des vitrines vides. Des rideaux de fer tirés. Des portes de magasins condamnées. Des écriteaux manuscrits derrière des vitres maculées de traînées de pluie : « Fermé pour cause de transformation », « Inventaire ». Stave se demande si un magasin sera même ouvert lundi. Ou si ce jour J ne sera qu'un immense désastre, le coup de grâce pour une économie chancelante.

Il lui faut presque un quart d'heure pour traverser la salle des pas perdus de la gare centrale. Des bousculades aux accès, sur les quais, sur les ponts en fer qui enjambent les voies. Des montagnes de valises. Des cris et des enfants qui braillent. Le sifflement aigu de vieilles locomotives. La nervosité de milliers de personnes.

Peu après le marché de Wandsbek, à moins de deux kilomètres de son but, des *schupos* barrent la Ahrensburger Strasse. L'inspecteur principal exhibe sa carte de police.

— Désolé, lui annonce un jeune brigadier couvert de sueur. On a trouvé une bombe dans un immeuble, juste au pied du mur. Personne ne passe avant que les pompiers aient fini leur travail. Faites le tour.

Il pointe le doigt vers les villas de Marienthal et s'apprête à lui indiquer le chemin, quand Stave l'interrompt.

— Inutile, je suis du coin.

L'inspecteur principal tourne les talons. Des arbres, des jardinets soignés, deux Opel garées le long du trottoir. Mais même ici l'inquiétude est tangible, derrière les rideaux des fenêtres des villas qui bougent alors que la pluie tombe pourtant à la verticale et qu'il n'y a pas de vent. La peur à cause de cette monnaie qui va disparaître dimanche, remplacée par une autre, inconnue. Comme ce drôle de silence qui précède une émeute.

Stave parvient à la voie de chemin de fer, longe les rails vers la sortie de la ville et peut enfin marcher plus vite. Dans la Jenfelder Strasse, il traverse un passage à niveau. Quoiqu'il soit à trois cents mètres à peine de son appartement, il ne vient presque jamais par ici. Et pourquoi donc ? Des baraques en planches qui tombent en ruine, restes d'une fabrique disparue depuis longtemps. Derrière une clôture, une herbe très verte à hauteur de hanches, des arbres aux longues branches, un portail en fer. L'inspecteur principal veut presser le pas quand il tombe en arrêt : des pierres tombales, la plupart de guingois et à moitié enfouies dans le sol spongieux. Un endroit qu'il n'avait encore jamais remarqué. Il s'approche. Des inscriptions en hébreu. Un très vieux cimetière juif.

Comment a-t-il pu survivre à toutes ces tempêtes ? Il est probablement si vieux et si anonyme que même les nazis l'ont oublié dans leur fureur. Pas de profanation, pas de bombe mais, pour autant qu'il puisse en juger à travers le portail, plus d'enterrement depuis des années, personne pour s'occuper des tombes abandonnées, absolument personne. Il pense à la nouvelle monnaie et au jour J, à la nervosité de la population et aux morts juifs oubliés – et il se sent ridicule et coupable à la fois. Il poursuit son chemin en hâte, il ne lui reste que quelques dizaines de mètres à parcourir.

Le numéro 49 du Holstenhofweg est un garage, un bâtiment sale mais intact sur la gauche de la rue, dans un quartier qui n'a presque pas changé, avec des entrepôts, des petites fabriques et une imprimerie. Deux Jeeps et un camion des Britanniques sont garés sur le parking. Un autre véhicule est à l'intérieur, sur un pont élévateur sous lequel quelques soldats aux combinaisons maculées de graisse et d'huile de vidange s'entretiennent en riant.

— Bienvenue chez Rolls-Royce, revu et corrigé par notre *Army*! l'interpelle MacDonald, qui quitte l'abri de l'auvent et balance d'une pichenette une John Player à moitié fumée qui va se noyer dans une flaque en sifflant. Nous avons dû donner congé à nos mécanos allemands. Ils étaient trop inquiets. Nos recrues vont être obligées de terminer le boulot toutes seules et je crains que nous nous retrouvions bientôt à cheval.

— C'est votre Jeep, sur le pont ?

— Non, heureusement. C'est celle d'un colonel. La mienne est dans la cour. Ils l'ont terminée juste avant que le maire ne fasse son speech et que les mécanos commencent à avoir des fourmillements dans les mains.

— Moi aussi, la main m'a démangé – mais pour d'autres raisons. (Et l'inspecteur principal élève la voix.) Vous avez toujours su, n'est-ce pas, que les billets de la Goldbekplatz n'étaient pas des faux billets de banque mais des vrais, des neufs. Ils sortent d'une imprimerie alliée. De la monnaie papier livrée dans des caisses, sous haute surveillance, à la banque centrale de Hambourg. Je le sais : j'y étais. Des billets qui seront distribués dimanche prochain. Des billets dont certains ne sont pas tombés dans de bonnes mains – et qui se sont soudain mis à papillonner sur le marché noir de la Goldbekplatz quelques heures après que les camions sont repartis à vide.

— J'ai tout de suite dit à mes supérieurs que vous alliez découvrir leur provenance.

Stave ne sait pas s'il doit s'indigner de ce qu'il entend ou rire de l'enquête grotesque qu'il a dû diligenter.

— Vous m'avez mené par le bout du nez ! Cette histoire de faux billets et de faussaire est totalement inventée. J'aurais pu m'économiser la visite au taudis de l'unijambiste tout comme la balade à Travemünde !

— Mais la Baltique est si belle ! (Le lieutenant lève les mains en signe d'excuse.) On m'a interdit de dire quoi que ce soit, même à des amis, ordre d'en haut. Vous ne pouvez pas vous imaginer l'état de notre quartier général quand ces fausses coupures sont apparues : nous faisons venir la nouvelle monnaie d'Amérique, sous le sceau du secret le plus absolu et avec les plus extrêmes mesures de sécurité – et on en retrouve à Hambourg, sur la Goldbekplatz ! Et qui plus est, pendant que nous sommes encore en train d'empiler les billets dans les coffres, à l'abri des murs de la banque.

— Il y a eu une fuite quelque part.

— Et même très près de la source. Heureusement, elle n'a lâché que quelques gouttes.

— Tout compte fait, cela n'a plus grande importance maintenant qu'on mette la main sur le coupable. Dimanche prochain, ces billets seront dans toutes les mains et ce ne sont pas quelques petites coupures de cinq et dix pfennigs qui vont saper la confiance dans la nouvelle monnaie.

— À partir de dimanche, si les quelques gouttes de cette fuite se transforment en rivière puis en fleuve, on ne remarquera plus rien non plus. Chaque Allemand touchera une somme de quarante marks. Que risque-t-il d'arriver si quatre cents marks se déversent tout d'un coup sur la Goldbekplatz ? Ou quatre mille ?

— Les nouveaux billets auraient la même valeur que les anciens.

— Mais je veux quand même qu'on arrête ce type.

— Et moi qui n'ai cessé de chercher un faux monnayeur, une presse typographique ou un faussaire ! Alors que le coupable est peut-être un policier militaire britannique !

— Même en civil, un Britannique se ferait remarquer sur le marché noir de la Goldbekplatz, comme un Sherman sur le parking des courses d'Ascot. Notre homme est un Allemand.

— Admettons que nous ayons affaire à un ressortissant allemand. Et alors ?

— Vous suspectez quelqu'un ?

Stave secoue la tête.

— Non, pas encore.

— Mais une piste, vous avez une piste ? Vous ne voulez rien me dire ?

— Impossible. Ordre d'en haut.

MacDonald le regarde un instant, stupéfié, puis il s'esclaffe bruyamment et lui tape sur l'épaule…

— Bien fait pour moi. Vous me tiendrez tout de même au courant ?

— De toute façon, sans vous je suis perdu, lui rappelle l'inspecteur principal.

— C'est vrai. Veit Harlan. Votre autre affaire. Eh bien ! vous avez l'autorisation d'aller l'interroger demain. Ou plus exactement : nous avons l'autorisation d'aller l'interroger. Il faut la présence d'un Britannique. *Frau* Söderbaum a insisté.

— Ce qui signifie que Veit Harlan et sa femme savent que j'ai l'intention de les interroger ?

— Impossible de faire autrement. Mais ils ne se doutent pas de ce qu'un inspecteur de la police criminelle de Hambourg peut bien leur vouloir. Je pense que ça les rend nerveux.

— Avec le passé de Harlan, je le serais aussi.

Quelques minutes plus tard, la Jeep cahote sur les chaussées rafistolées, direction Winterhude. Stave remarque pour la première fois que beaucoup de ruines sont protégées par des toits plats provisoires.

— Les choses bougent, lui crie un MacDonald rigolard qui n'a pas manqué de suivre son regard. Et maintenant, ajoute-t-il en s'esclaffant, la nouvelle monnaie – dans dix ans les Allemands seront prêts à remettre ça.

— Cette fois, pour changer, nous serons peut-être du bon côté et nous nous battrons ensemble.

— Oui, contre Uncle Joe. *The Road to Moscow.* Les camarades de l'US Army aimeraient bien la prendre, à condition, si j'ai bien compris, d'échanger leurs scouts navajos contre quelques-uns de vos lansquenets – ils ont cet avantage de connaître le chemin.

— En avant ! En Russie ! Aller et… retour.

Stave pense à son fils. Le front russe lui a coûté ses plus belles années. Dans dix ans, calcule-t-il, Karl aura tout juste trente ans. Assez jeune pour participer encore au prochain massacre. Cela ne s'arrêtera donc jamais ? Il s'ébroue.

— Je voudrais vous demander encore quelque chose. Quelque chose de personnel, commence-t-il.

Le lieutenant est concentré sur la rue vide d'une ville en ruines qu'il scrute à travers le pare-brise sale et mouillé comme s'il était pris dans la circulation de Piccadilly Circus.

— Si ce n'est pas pour me demander comment récupérer Erna, je suis prêt à répondre à toutes vos questions.

— Il est effectivement question d'une femme. Anna von Veckinhausen.

L'inspecteur principal retient son souffle après avoir prononcé ce nom. Il n'a jamais parlé d'elle au lieutenant, il ne sait même pas si le Britannique se doute de leur relation passée.

— Votre amie, constate MacDonald sans hésiter.

— C'est une histoire compliquée.

— N'importe quelle histoire honnête avec une femme est compliquée.

— Est-ce qu'Anna est… (Stave hésite) connue des Britanniques ? poursuit-il d'une voix blanche.

MacDonald se permet un sourire juvénile.

— Ne vous faites aucun souci : toute la garnison sait que cette dame vend des antiquités à nos officiers. Et même la plus idiote des recrues se doute d'où viennent ses trésors, et sait aussi qu'il vaut mieux la laisser tranquille sous peine de gros ennuis avec quelques colonels ou capitaines amateurs d'art.

— Je pensais plutôt aux relations familiales de *Frau* von Veckinhausen.

Le lieutenant lui lance un rapide coup d'œil inquisiteur.

— Vous faites vraiment allusion à un problème privé, pas à une enquête genre détective ?

Le cœur de Stave s'arrête un instant de battre.

— Oui mais… une enquête de ce genre pourrait-elle m'intéresser ? Je veux dire comme policier ?

— Malheureusement oui. Bien que ce soit plutôt l'affaire de mes camarades de l'Intelligence Service. (Le Britannique passe une vitesse, un geste brutal, presque de colère. Comme s'il haïssait ce qu'il va dire.) La dame en question, réfugiée de l'Est, a repris son nom de jeune fille après être arrivée à Hambourg. Ce qui, d'un point de vue strictement légal, est strictement illégal. Car pour ce faire, il faut d'abord passer devant un tribunal… pour divorcer.

— Qui est son mari ?

Stave remarque qu'il s'exprime avec la voix d'un homme qui a eu le souffle coupé par un violent coup de poing dans l'estomac.

— Klaus von Gudow. Et c'est là qu'interviennent mes camarades. Nous aimerions beaucoup interroger ce Klaus von

Gudow. Nous aimerions encore plus le traduire en justice. Et plus encore, le pendre.

Stave a la tête qui tourne.

— Un criminel de guerre ?

— Sur la liste des criminels de guerre recherchés, son nom ne figure certes pas dans la première colonne, mais il n'en est pas très loin. Le deuxième cercle du régime nazi. Les types qui ont permis à la machine de tourner.

— La machine ? Quelle machine ?

— L'assassinat des Juifs d'Europe.

Stave ferme les yeux.

— Vous pouvez tout me dire. Je prendrai sur moi, marmonne-t-il.

— Je suis désolé, mon vieux. J'aimerais bien vous épargner tout ça. Mais comme vous avez abordé le sujet…

— J'ai vu par hasard le vieux sac à main d'Anna, avec ses initiales : A. v. G. Et je me suis posé des questions.

Stave ne dit pas au lieutenant qu'elle a récupéré une alliance chez un joaillier. Il ne lui parle pas non plus des notes de Dönnecke.

— Klaus von Gudow, poursuit le lieutenant d'une voix neutre, est un hobereau de l'est de l'Elbe. On le dirait sorti d'un livre d'images. Des arrière-grands-parents membres des mêmes associations étudiantes que Bismarck et qui se sont battus au sabre. Le père était un ami personnel de Hindenburg. Gudow est un juriste de profession qui a été reçu à ses examens avec les félicitations du jury. Il a fait ensuite une carrière diplomatique exceptionnelle. Il avait la bonne carte du bon parti.

— Avant 1933 ?

— Bien avant. En tout cas, sa carrière l'a conduit au ministère des Affaires étrangères de la Wilhelmstrasse : conseiller de légation et directeur de l'administration D III. Qu'on appelait en interne le « Judenreferat », la section juive de la Gestapo.

— Mais il a réussi à vous échapper en 1945 ?

— Hélas, oui. Disparu lors des combats autour de Berlin. Des rumeurs ont couru à propos d'un Klaus von Gudow en Autriche. En Italie. En Argentine. Au Paraguay. Sans jamais aucune preuve. Quand sa femme est arrivée à Hambourg, les collègues ont trouvé ça intéressant, évidemment. L'époux de la dame se cache peut-être à Hambourg. Nous l'avons observée un certain temps. Rien. Ajoutons à cela qu'elle a changé de nom, et nous ne sommes pas loin de penser qu'elle veut complètement oublier Klaus von Gudow.

Stave se rappelle cette alliance désengagée, un geste qui ne ressemble pas vraiment à une volonté d'oubli.

— Est-ce qu'Anna von Veckinhausen… (il hésite) a quelque chose à voir avec les agissements criminels de son mari ?

— Elle n'a pas été poursuivie. Elle n'occupait aucune fonction dans le Troisième Reich, n'y a joué aucun rôle, n'avait même pas sa carte au parti. Elle était maîtresse de maison. Hôtesse d'un salon très recherché à Berlin, si je me souviens bien. Très cultivée. Vous savez, la moitié des personnes dont le nom est couché sur nos listes de recherches sont des cogneurs, des sadiques et autres cinglés. Des déchets humains qui ont fait carrière dans la SA et qui ont pu donner libre cours plus tard à leurs bas instincts dans un camp de concentration, un ghetto ou un camp d'extermination. L'autre moitié, en revanche, vient d'un tout autre monde : des pères de famille irréprochables, attentionnés, des époux aimants. Chants de Noël sous le sapin et vacances au frais au bord de la Baltique. Des hommes que vous aimeriez avoir comme voisins, collègues, amis même. Inutile d'être soi-même un nazi pour vivre en paix avec ces hommes. À condition toutefois de n'être ni communiste, ni juif… Nous sommes arrivés.

MacDonald freine devant le restaurant. Stave n'a même pas prêté attention au chemin parcouru. Il se sent perclus. Il extrait maladroitement ses jambes de l'habitacle, s'appuie à la carrosserie.

— J'aurais préféré vous raconter des histoires plus agréables. Mais pardonnez-moi de me mêler de ce qui ne me regarde pas : après cet affreux bouleversement (le lieutenant montre d'un geste vague les ruines qui les entourent), on a droit à une seconde chance dans la vie. (Il fait une pause et touche la visière de sa casquette en signe d'au revoir.) N'oubliez pas notre rendez-vous chez Veit Harlan, demain.

Il démarre sur les chapeaux de roue.

Une seconde chance, se dit Stave. Il aimerait bien réfléchir à toute cette histoire. Mais le temps lui manque. Il relève le col de son manteau : comme d'une éponge qu'on presse, de grosses gouttes de pluie tombent des tristes marronniers alignés en bordure du trottoir. Il franchit les dix pas qui le séparent de la porte du restaurant. Il a déjà repéré Philip Greiner à travers la vitre : il est installé dans le coin le plus obscur de la salle, un œil sur la porte. L'ancien gestapiste l'a reconnu aussi et lui adresse un signe de tête nerveux. Un homme à la petite trentaine, svelte, les cheveux blonds sévèrement coiffés en arrière, l'œil limpide, un léger tremblement sous la paupière gauche. L'inspecteur principal s'efforce de ne pas fixer son regard sur lui.

— C'est bien que vous soyez à l'heure, dit-il en prenant place.

Aucun des deux ne tend la main à l'autre.

— Pour vous, peut-être, rétorque Greiner. (Il extrait une John Player de son paquet, en tapote un bout sur la table et l'allume maladroitement.) Pour moi, c'est aussi agréable qu'un rendez-vous chez le dentiste, murmure-t-il à travers le nuage de fumée bleue qui sort de ses lèvres fines, blêmissantes.

Stave ne peut s'empêcher de penser aux ruines fumantes des bombardements. Reste calme, se sermonne-t-il. Il a repéré un mince porte-documents noir discrètement appuyé contre le pied gauche de Greiner. C'est bon signe.

— On va manger quelque chose, propose l'inspecteur principal. Au moins, ça sera différent d'une visite chez le dentiste.

Il fait signe au garçon. Comme la plupart des denrées alimentaires sont rationnées, il est quasiment impossible, trois ans après la fin de la guerre, de commander un repas. En toute légalité s'entend ; mais on a inventé entre-temps une nouvelle combine, dont Stave a horreur, comme il déteste tout ce qui est combine, avec laquelle on peut contourner toutes ces sages prescriptions. Il compte pourtant s'en servir parce qu'il pense que l'homme de la Gestapo parlera plus facilement le ventre plein.

— J'ai oublié ma carte d'alimentation, annonce-t-il au serveur avec un sourire désolé, et il a honte.

Celui-ci opine, compréhensif.

— Je pourrais vous prêter la mienne, répond-il. Contre trente reichsmarks.

Le regard de Greiner va de l'inspecteur principal au serveur et il se rappelle soudain qu'il a lui aussi a oublié ses tickets de rationnement. Le serveur disparaît avec la commande – une salade de pommes de terre avec un morceau de pain – et soixante reichsmarks en poche.

— Vous m'étonnez, constate Greiner.

— J'ai faim, rétorque Stave, cette fois sans mentir.

À une table voisine, on débouche discrètement une bouteille de vin du Rhin, et d'un coin de la salle leur parvient un parfum séduisant de moka.

— Il y en a pour des centaines de reichsmarks dans cette salle, grommelle Greiner, morose.

— La semaine prochaine, avec ces chiffons de papier, vous ne pourrez même plus vous allumer vos cigarettes !

— Même pour ça, je n'en toucherai pas assez.

— Vous avez été très affecté par la fin de la guerre ?

— Qui voudrait de moi ? Mon ancien travail me colle à la peau comme si j'avais la gale. Et en plus, je risque une condamnation. Alors que je n'ai fait que mon devoir.

— Qui vous a inculpé ?

— Le procureur Ehrlich. Un Juif, tout un symbole !

Pauvre type, se dit Stave sans ressentir une once de pitié.

— Vous vous en tirerez peut-être à bon compte. Vous ne seriez pas le seul à atterrir en douceur.

Ce disant, il aperçoit un homme mince engoncé dans un long manteau en laine ; il porte un foulard et un chapeau. Le regard est sévère. Salut exagéré, courbettes du serveur, une place libre à une table bien en vue avec plusieurs messieurs distingués. Cliquètement de verres, on trinque. Carl Vincent Krogmann, négociant, national-socialiste – et jusqu'en mai 1945, maire de Hambourg. Il sourit jovialement à la ronde.

Greiner le toise, blanc de rage. Ses lèvres tremblent, la paupière frémit.

— Tout droit sorti du camp d'internement de Bielefeld, avec dix mille reichsmarks d'amende, chuchote Stave. Il ne risque plus grand-chose.

— On pend les lampistes et les gros gueuletonnent, répond Greiner sur le même ton.

Il fusille Krogmann d'un regard haineux. Stave se demande comment on devait se sentir, mal assis dans une cellule de la Gestapo au Stadthaus, en attendant que la porte s'ouvre à la volée et qu'on se retrouve face à ce visage vindicatif.

— Parfois, même les gros trébuchent, dit l'inspecteur principal en se forçant à un sourire sardonique.

Le gestapiste opine, prend sa serviette et la claque bruyamment sur la table.

— Bien. Qu'est-ce que vous voulez savoir ?

— Vous avez le dossier Alfred Schramm ?

Greiner secoue la tête d'un air ironique.

— Vous avez des questions bien naïves.

— Il ne faut jamais perdre espoir.

L'inspecteur principal est au clair, il sait qu'en avril 1945, la Gestapo, après que les Britanniques eurent pris Lünebourg, a détruit des témoignages au Stadthaus, à la prison de Fuhlbüttel, au camp de concentration de Neuengamme ; les gestapistes ont brûlé des documents, exécuté des détenus. Pas de preuves, pas de témoins. C'est certainement une des raisons pour lesquelles, malgré tous les efforts du procureur Ehrlich, l'homme assis en face de lui se promène encore en liberté.

Greiner lui présente une fiche en carton gris.

— Une fiche matricule, murmure-t-il en souriant d'un air nostalgique. On en avait deux millions : Juifs, communistes, homosexuels, témoins de Jehovah, voleurs, récidivistes, francs-maçons, faiseuses d'anges... On les fichait tous. Ennemis du Reich. Défaitistes. Il suffisait d'avoir eu affaire une fois avec la Gestapo, n'importe où dans le Reich, et votre nom était immortalisé dans le fichier. Les gens ont toujours cru que nos indicateurs étaient omniprésents. Ou que nous tabassions les détenus pour obtenir des informations.

— Et vous ne l'avez pas fait ?

— Si. Mais pour ça il faut d'abord en avoir un, non ? Et ça... (Greiner caresse avec amour la fiche en carton) c'était notre mémoire. Des noms, des noms, des noms. Ne sommes-nous pas restés tous des chasseurs et des collectionneurs, comme nos ancêtres des cavernes ? Le chasseur est un héros. Mais le collectionneur est un homme prévoyant, il anticipe les difficultés à venir et les administre. Nous avons brûlé des tas de dossiers détaillés sous le nez des *Tommies*. Mais ces fiches, certaines en tout cas, je les ai gardées. Pour plus tard. On ne sait jamais ce qui peut arriver.

Stave se demande s'il existe aussi quelque part un bout de carton gris avec son nom péniblement calligraphié au recto. Il prend la fiche des mains réticentes de Greiner.

— Schramm, Alfred, Dr, lit-il, suivi de l'adresse qu'il connaît. Banquier, non membre du parti. Contacts avec l'étranger.

Des notes selon lesquelles Schramm est suspect de faire passer clandestinement de l'argent à l'étranger et qu'il « soutient » des Juifs. Une liste de plusieurs interrogatoires et de perquisitions à domicile. Pas un mot d'une quelconque sentence. Aucune remarque concernant l'« art dégénéré ». Pas de nom d'éventuel complice, d'aide ou de collaborateur. Cela eût été trop beau si j'avais trouvé quelque chose sur des œuvres expressionnistes dans des fiches de la Gestapo, se dit l'inspecteur principal, ou si j'avais trouvé le prénom Rolf.

— C'est vous qui étiez chargé de surveiller Schramm ?

Greiner secoue la tête.

— Je n'ai jamais eu affaire à lui. Je n'ai gardé cette fiche que parce que Schramm est resté un homme influent. On ne sait jamais…

Stave retourne la fiche. Les noms des policiers responsables de l'établissement de cette fiche matricule. Deux noms presque illisibles, qui ne lui évoquent rien. Et tout en bas : « Cäsar Dönnecke, K.z.b.V. »

L'acronyme de *Kommando zur besonderen Verwendung*, Commando pour des opérations spéciales – une unité créée par les sections d'assaut de la SA, redoutée dans tous les services et qui avait son siège au Stadthaus.

— Dönnecke s'y est bien pris, grommelle Greiner, qui a suivi le regard de Stave. Il n'est jamais passé à la Gestapo, il est gentiment resté à la police criminelle et les *Tommies* ne l'ont pas inquiété.

— Je sais, murmure Stave, l'air sombre.

Il se doute soudain de pourquoi Dönnecke a voulu refermer si rapidement la boîte de Pandore de l'affaire du mort inconnu du Reimershof. Il craignait que quelqu'un tombe sur le nom de Schramm et fasse le lien entre Schramm et lui. Schramm a de nouveau beaucoup de pouvoir. Si le banquier apprenait que l'un de ceux qui l'ont harcelé était toujours membre de la police criminelle et continuait même à mettre son nez dans ses vieilles histoires, il remuerait ciel et terre pour le détruire.

— Et pourtant Dönnecke a travaillé avec nous au K.z.b.V., poursuit Greiner, impassible, parce que la colère rentrée de Stave lui a échappé. Une brute. En 1945 encore, il a transféré au Stadthaus deux ouvriers qui avaient trouvé des cartes d'alimentation dans une usine bombardée et les avaient fourguées. Des SA de la première heure pourtant, mais ça ne leur a servi à rien.

Il passe la tête dans un nœud coulant imaginaire.

Stave empoche la fiche. Sans même demander la permission. Lorsque le serveur apporte la salade de pommes de terre, Greiner se frotte le bout des doigts, embarrassé, attend qu'il soit reparti, regarde alentour, puis se penche par-dessus la table avec un air de confidence.

— Quand le SS-Sonderführer Kurt Heissmeyer, un chef SS chargé de diriger des opérations spéciales, un médecin qui se livrait à des expériences sur la tuberculose avec des détenus du camp de concentration de Neuengamme, a senti le plancher lui brûler les pieds au printemps 1945, il a fait transférer à Hambourg, dans les caves d'une école du Bullenhuser Damm, vingt enfants juifs, des garçons et des filles de cinq à douze ans, qu'il avait infectés avec le virus. On leur a donné de la morphine, et ils ont été pendus l'un après l'autre dans la chaufferie pendant qu'ils étaient inconscients. Et devinez qui faisait partie de ce commando ?

Stave ne quitte pas des yeux sa salade de pommes de terre, puis il regarde par la fenêtre. Il a l'impression d'avoir avalé de l'acide.

— Des preuves ? halète-t-il.

— Je pourrais en trouver. Vous avez quelque chose contre le collègue Dönnecke ?

— On ne sait jamais ce qui peut arriver, marmonne-t-il.

Si je me fâche ou que je m'en vais sans autre forme de procès, ce type ne me confiera plus jamais rien, se dit-il, et j'aurai peut-être encore besoin de lui. Il s'efforce d'avaler la première bouchée de sa pitance poisseuse.

— Dans le temps, à l'époque du Führer, pour trente reichsmarks, on pouvait aller à la plage, assure Greiner, et une salade comme ça, on ne l'aurait même pas servie à un Juif.

Mais il engloutit tout de même son repas à toute vitesse.

— Les temps changent, réplique Stave et il aimerait être à mille lieues de là.

Un mari disparu

Samedi, 19 juin 1948

Stave est content qu'il pleuve pendant la nuit : les gouttes qui viennent s'écraser sur les vitres tempèrent le silence pesant de son appartement. La moitié vide de son lit. La chambre qu'il a préparée pour Karl, mais où son fils n'a pas mis les pieds depuis un an, pour ne rien dire du fait qu'il n'y a plus jamais dormi. La méchante cuisine, d'où l'odeur du vrai café et du pain frais a depuis longtemps disparu.

Il aurait bien aimé lire pour tromper ses inquiétudes, mais il doit économiser l'électricité et sa dernière bougie a brûlé il y a des semaines. Et c'est ainsi qu'il est allongé sur son lit, écoute la pluie et suit le fil de ses pensées.

Je ne comprends rien à rien, se dit-il. Je ne comprends rien à mon travail, je ne comprends pas celle que j'aime, je ne comprends pas mon fils. Dönnecke a beau être un salaud et un assassin d'enfants, il a raison : je suis nul.

Il saute du lit, tâtonne dans le noir jusqu'au salon, à travers la fenêtre duquel brille depuis quelques semaines la lumière du premier lampadaire réparé, et il commence à faire des étirements, puis des pompes jusqu'à ce que ses bras soient agités de tremblements et qu'il s'affale sur le linoléum avec un bruit sourd. Il enchaîne avec des flexions des genoux. La sueur lui voile la vue, il a la bouche pleine d'un goût métallique. Il n'a gardé que son caleçon. Son cœur bat à tout rompre. Il en compte à haute voix les battements, entre les soupirs douloureux d'une respiration tourmentée. Il finit par se planter sur la jambe gauche et, bras tendus, essaie péniblement de garder l'équilibre. Puis il se dresse sur la pointe des pieds, se laisse redescendre, les talons à quelques centimètres du sol. Il remonte, redescend. Son cou-de-pied estropié lui fait mal à chaque mouvement, comme si on lui cognait dessus à coups de marteau.

Il n'est pas encore cinq heures quand une lueur grise apparaît enfin aux carreaux. Stave est debout dans son appartement, le corps entièrement couvert de sueur. La cicatrice de sa poitrine est douloureuse. Il tangue jusque dans la salle d'eau, vomit d'épuisement dans la cuvette des W.-C. et avec ses dernières forces enjambe le bord de la vieille baignoire émaillée. Il n'y a pas d'eau chaude, mais cela n'a aucune importance. Il s'allonge sous le jet d'eau froide, auquel la rouille donne des reflets rougeâtres, se frotte la peau au savon de ménage, s'oblige de nouveau à supporter le jet d'eau froide.

Allongé sur le carrelage entre la baignoire et la cuvette des toilettes, il tremble de tous ses membres, les mains et les pieds bleuis, trop faible pour atteindre la serviette pendue à un crochet. Mais pendant un temps, il est envahi par une espèce de soulagement, presque de bonheur : enfin il a la tête vide, l'esprit entièrement rendu à la douleur et à l'épuisement.

Bien plus tard, assis à la table de sa cuisine, il serre dans ses mains une tasse fumante d'ersatz de café. Il a tartiné une tranche de pain grisâtre et humide avec du succédané de miel, une masse visqueuse qui hésite entre le blanc et le jaune, au goût proche de la colle à papier peint tiédasse, dont elle a d'ailleurs l'aspect. Il a l'impression d'avoir réintégré son corps après une longue absence, à la fois méfiant et agréablement surpris, comme s'il rentrait chez lui après un grand voyage autour du monde.

Quand il entend qu'on frappe énergiquement à sa porte – il n'est pas encore huit heures du matin, son visiteur pense sans doute qu'il faut le réveiller –, Stave se lève prestement, plein d'espoir, bien que tous ses muscles soient envahis d'une légère douleur, que sa poitrine lui fasse mal et que son cou-de-pied gauche soit enflé.

Le brigadier Ruge.

— Vous êtes déjà levé? s'écrie celui-ci en le regardant, si bien que Stave comprend que l'eau froide n'a pas entièrement gommé toutes les traces de son entraînement nocturne.

Je dois avoir l'air de quelqu'un qui a pris une bonne raclée, se dit-il en s'efforçant de sourire.

— Gymnastique matinale, explique-t-il. Vous avez du neuf? ajoute-t-il d'un air engageant.

— Rien que des ordres. (Le jeune *schupo* lève les mains en signe d'excuse.) Cuddel Breuer nous a envoyés prévenir tous les policiers de la brigade criminelle : demain, il y aura une opération spéciale. Tous les fonctionnaires sont priés d'être présents à l'hôtel de police.

— Opération spéciale? On se croirait revenus au temps du moustachu.

— On ne nous en a pas dit plus. On n'est que des *schupos*. Mais on sait tout de même de quoi il s'agit. (Il se penche vers Stave, regarde autour de lui pour voir si aucune porte palière n'est entrebâillée, puis chuchote :) Le mark allemand, la distribution. Quoi d'autre! (Il élève de nouveau la voix, rectifie la position.) Il faut que j'y aille. J'ai encore des dizaines de policiers à informer. Vous étiez le premier sur ma liste.

— Je prends ça pour un compliment?

— Cuddel Breuer a dit qu'il fallait d'abord sonner chez les collègues qui vivent seuls. Les pères de famille ont encore le droit de dormir un peu, réplique Ruge avec désinvolture en mettant la main à son shako.

Stave enfile sa meilleure chemise, son meilleur pantalon, endosse son manteau léger, trop délicat en réalité pour cette pluie incessante, mais plus élégant que ce qui lui reste dans son armoire. Deux rendez-vous importants. Il empoche le bout de papier avec les coordonnées du propriétaire de la bicyclette, enveloppe la machine à écrire dans plusieurs épaisseurs de papier d'emballage et une nappe en lambeaux dont il ne s'est jamais servi.

Il n'est pas neuf heures quand il referme sa porte derrière lui. De l'appartement de Flasch, de la musique sourd d'un gramophone. Du jazz qui s'insinue jusque dans l'entrée de l'immeuble. Un plaisir qui lui aurait naguère valu la visite du gardien de l'immeuble mis en place par le parti, voire de la Gestapo. Puis deux enfants se mettent à crier en même temps, les hurlements de deux mioches qui s'ennuient, que la pluie cantonne dans leur appartement et qui se sentent trahis de ne pouvoir chahuter comme tous les samedis. L'inspecteur principal sourit, souhaite à son voisin de garder courage pour cette journée, relève le col de son manteau et descend d'un bon pas la Ahrensburger Strasse.

Il n'en a pas pour longtemps. Il traverse le Eichtalpark à l'herbe aussi verte que du gazon anglais, ses allées boueuses désertées à l'exception de deux mères qui poussent dans l'air humide leurs landaus sur lesquels elles ont jeté une pèlerine. La Oskarstrasse est plus un passage qu'une vraie rue, épargné par les bombardements alliés. Stave jette un regard sur des villas de la Gründerzeit, crépi clair et embrasures de fenêtre en pierre encore plus claires, toits intacts, jardinets soignés. Un coup d'œil sur l'offre d'échange entre-temps détrempée et il sait qu'il doit se tenir à gauche : un alignement de minuscules constructions, comme des maisons de poupée accolées – dans une ville bombardée, où de modestes habitations ont tôt fait de se transformer en un bastion de dignité préservée.

Il ne trouve pas de sonnette, frappe à la porte du numéro 7, en espérant qu'il n'a pas traîné en vain sa lourde Olympia. Il attend quelques minutes qui lui semblent une éternité. Un homme en robe de chambre s'encadre enfin dans la porte, précédé d'un nuage d'air confiné, où se mêlent de la fumée de cigarette et une haleine qui pue la bière de la veille.

Stave se présente ainsi que sa demande, se retient de sortir sa carte de police. Mieux vaut s'en abstenir pour ce genre d'affaires. Même si elles ne sont pas officiellement interdites, inutile de s'afficher.

L'homme se présente :

— Schindler.

Stave lui donne trente ans. Célibataire, regard dur. Je n'aimerais pas l'avoir comme voisin, celui-là, se dit-il.

— C'est peut-être pas vraiment le moment idéal pour conclure une affaire, poursuit Schindler, manifestement pas gêné que son visiteur reste debout sous la pluie tandis qu'il est au sec dans son entrée.

— Vous voulez que je revienne plus tard ?

— Non. Je veux dire, si peu de temps avant la nouvelle monnaie. Quand j'ai épinglé mon annonce, je ne pouvais pas me douter… Je ne sais pas si je dois vraiment échanger la bicyclette maintenant. Les temps sont bien incertains.

— Les choses s'améliorent, répond Stave.

Il s'efforce de ne pas donner un accent suppliant à sa voix. Ne m'envoie pas promener. Le sans-gêne paye, se dit-il, et il pénètre dans l'entrée sombre sans y être invité. Avant même que Schindler ait pu protester, il arrache vivement nappe et papier, dévoile la machine à écrire.

— Impeccable. De la fabrication d'avant la guerre.

L'homme regarde l'Olympia et se passe la langue sur les lèvres. Je le tiens, exulte l'inspecteur principal en voyant la convoitise briller dans les yeux de son vis-à-vis. Mais il reste vigilant : elle ressemble à quoi, cette bicyclette ? Cela pourrait bien être une mauvaise affaire.

Schindler hésite quelque temps, comme s'il calculait dans sa tête.

— Bien, finit-il par marmonner. Ne bougez pas. Je vais chercher le vélo. Il est dans ma remise.

Il disparaît dans le couloir sombre et silencieux. Peu après, il revient avec une vieille bicyclette de ville laquée noire. La selle est abîmée, le caoutchouc des pneus craquelé, il n'y a plus de poignées de protection au guidon en acier, pas de phare, un frein à mâchoire sur la rouc avant.

— Elle a encore tous ses rayons, c'est l'essentiel, marmonne Schindler, guère convaincu de ce qu'il avance.

Stave se penche sur le cadre. Il découvre un petit écusson ovale avec une marque de fabrique. Une gazelle bondissante et, en dessous, « n°10 Heeren Rijwiel ».

— Un souvenir d'Amsterdam, explique Schindler impavide. J'y étais soldat. Faut bien rentabiliser. Mais maintenant j'ai un problème de genou.

— Je la prends, éructe Stave avant que le bonhomme change d'avis – et avant qu'il ait des scrupules à échanger son Olympia d'origine inconnue contre le butin d'un pillage.

Cinq minutes plus tard, Stave se sent étonnamment jeune. Bien que la pluie traverse ses vêtements et s'insinue sur ses épaules et ses cuisses, que chaque muscle soit encore douloureux après sa gymnastique nocturne, que la rouille ait soudé deux maillons de la chaîne et qu'elle chasse à chaque coup de pédale, que la jante de la roue avant soit voilée, que le guidon tremblote dans ses mains et qu'il craigne à tout instant que les vieux pneus éclatent, il est euphorique et roule avec entrain sur les pavés, contourne des tas de briques, des cratères de bombes et des ronciers qui prolifèrent sur l'asphalte crevassé. Libre ! Il ressent le bonheur enfantin d'être enfin seul. Un petit triomphe, un petit pas vers une vie normale. Enfin, ne pas penser continuellement à dissimuler sa claudication ! Des chemins sans fin sur lesquels hier encore il comptait ses pas et finissait par y renoncer après quelques centaines de mètres. Il file, nez au vent, louvoie parfois maladroitement comme un gamin de cinq ans, parce que cela fait très longtemps qu'il n'a pas fait de vélo.

Plus il approche du centre-ville, plus les rues sont animées. Il sursaute quand une voiture le double pour la première fois. D'autres bicyclettes. Quelqu'un joue furieusement d'une sonnette sans qu'il comprenne pourquoi. Des piétons qui errent des deux côtes de la rue, énervés. De petits groupes aux carrefours, avec des hommes qui gesticulent. Des bribes de conversation lui parviennent : « Jour J », « Nouveau mark ». Et toujours ces vitrines vides, ces magasins au rideau baissé. Rien aux devantures, pas d'étiquettes de prix, pas de paires de chaussures ni d'ampoules électriques, nulle pelote de laine. Des étagères nues comme le dos de la main, comme si la malheureuse ville avait subi une mise à sac définitive durant la nuit. Heureusement qu'il fait si mauvais, se dit Stave, cela tempère l'instinct grégaire des gens qui se rassemblent pour manifester dans les rues.

Il ne sera pas en retard au restaurant du port. Aucune raison de se presser. Un sentiment tout nouveau. Les rues d'Altona s'inclinent vers l'Elbe et Stave prend même le temps de descendre de sa nouvelle acquisition. Il ne manquerait plus qu'il passe par-dessus le guidon en freinant et se retrouve le nez en sang sur les pavés.

Il est midi. Tout est tranquille dans le port de pêche : les bateaux accostent de nuit et vendent leur pêche jusqu'au lever du jour. Les derniers employés fatigués, vêtus d'un long tablier en caoutchouc, chassent au jet d'eau les têtes et les viscères de poissons. Assiégés par des chats affamés, ils les évacuent des halles qui longent les quais et les précipitent dans les bouches d'égout.

Stave s'arrête devant l'entrée minable du caveau de Sellmer. Et il se rend compte qu'il n'a ni cadenas ni chaîne pour protéger sa précieuse conquête. Il regarde autour de lui, désemparé, hausse les épaules, prend le vélo à l'épaule et entre dans le restaurant.

Tandis qu'un serveur hors de lui se précipite à sa rencontre, il dépose son fardeau et lui brandit sa carte de police sous le nez.

— Police ! Où est-ce que je peux ranger mon vélo ?

Le malheureux est trop étonné pour ne pas obtempérer.

— Par ici.

Un corridor sombre longe la cuisine. L'inspecteur principal appuie sa bicyclette contre un mur taché d'humidité, salue gravement le garçon d'une inclinaison de la tête, comme s'il l'avait aidé à capturer un meurtrier, et pénètre dans la salle.

— Tu n'es pas le premier à mettre ton vélo au vestiaire et à garder ton manteau, lui lance Anna en guise de salutation.

Elle est assise à une petite table au fond de la salle, près d'une fenêtre aux vitres graisseuses qui donne sur l'Elbe. Elle porte une robe grise de la teinte du fleuve, ses cheveux noirs sont retenus par un ruban de couleur ivoire qui laisse cependant échapper une mèche qui lui retombe sur le visage et avec laquelle elle ne cesse de jouer, l'air songeur. Stave se retient de la lui écarter délicatement de la joue. Sur le dossier de la chaise à côté d'elle, un manteau clair, qui dégoutte encore sur le sol.

— Tu as bonne mine, lui dit-elle. (Elle sourit, et il en a le cœur serré.) Merci pour cette invitation. Tu connais ce restaurant ?

— J'y suis venu une seule fois. Avec MacDonald, précise-t-il rapidement, qu'elle n'aille pas penser qu'il vient avec une autre femme. Absurde.

— Qu'est-ce que tu me conseilles ?

— La plie ne risque pas de te tuer.

Il appelle un serveur et passe la commande. De nouveau cette combine avec la carte d'alimentation « oubliée ». Pourquoi pas ? Stave aurait même donné son vélo pour être assis dans ce caveau en face d'Anna. Et il a peur de ce dont il veut lui parler.

— Comment as-tu trouvé cette bicyclette ?

Il raconte, avec plus de détails que nécessaire, heureux de ne pas avoir à aborder immédiatement la raison de sa présence. Le poisson. Trop cuit comme la dernière fois, les pommes de terre en bouillie, cette mayonnaise qui ressemble à de la barbotine de fromage blanc jaunâtre. Ils s'évitent, parlent de ce qu'ils ont dans leurs assiettes. Mais elles sont bientôt vides, et Stave commande deux ersatz de café.

— Bon, finit par demander Anna d'un air scrutateur, qu'est-ce que tu as sur le cœur ?

Stave se sent démasqué. Ne te mets surtout pas à bafouiller, se sermonne-t-il.

— Je voulais te revoir.

— Cela me fait plaisir. (Elle sourit, puis prend un air grave.) Je ne vais pas prétendre te connaître jusqu'au moindre recoin de ton âme, poursuit-elle d'une voix étouffée, mais nous… (elle cherche ses mots) nous avons un bout d'histoire en commun. Et ton regard n'est pas celui d'un ancien amant. Il ressemble à celui que tu avais le jour où nous nous sommes rencontrés pour la première fois. À celui du policier dans une salle d'interrogatoire.

— Même là, j'étais amoureux.

— Mais tu voulais me faire avouer quelque chose.

Il se lance.

— En fait, et depuis que je te connais, je ne veux savoir qu'une seule chose : est-ce que tu es libre ?

Les mots ont franchi ses lèvres avec peine, comme s'il hoquetait ou suivait des yeux les ricochets d'une pierre sur l'eau d'un lac. Il retient son souffle. J'espère ne pas l'embarrasser, se dit-il.

Anna regarde par la fenêtre. Le ciel tendu de pluie est gris comme le fleuve, l'averse tombe si drue que sur l'autre rive de l'Elbe les grands docks de Blohm & Voss ressemblent à des lavis dans la grisaille. Au loin, on entend la sirène plaintive d'une corne de brume. Et Stave prend enfin conscience des odeurs dégoûtantes du caveau : ça pue le vieux poisson, l'huile rance, le tabac froid.

— Le problème, c'est que tu veux absolument connaître mon histoire et que moi, je veux absolument l'oublier.

Stave ne peut s'empêcher de penser à Margarethe, qui a péri dans les flammes de leur immeuble en feu lors d'un bombardement alors qu'il était en mission en ville. À ses cauchemars de flammes et de grande chaleur. À Karl qui, volontaire de la Wehrmacht à dix-sept ans, l'avait agoni d'injures avant de quitter la maison pour aller combattre devant Berlin où il a failli mourir. À ses recherches sans fin sur les quais de la gare centrale et dans les fichiers de l'Office de recherche des disparus. À sa joie et sa frayeur le jour où Karl l'a attendu devant sa porte. À la détresse dans laquelle il se débat depuis lors.

— Je ne sais pas si tu as envie de me raconter ton histoire, réplique-t-il avec difficulté, mais je suis certain d'une chose : peu importe que tu veuilles oublier ton histoire, ton histoire ne t'oubliera pas.

— Je suis mariée, lui confie-t-elle. (Stave essaie de lire sur son visage et n'arrive pas à savoir si elle le défie ou si elle l'implore. Les deux peut-être.) Mais ça, tu le sais sans doute déjà. C'est ton métier.

— Klaus von Gudow, marmonne-t-il. Diplomate. Je ne le sais pas depuis longtemps. Le hasard.

— Et c'est à ce hasard que je dois cette invitation à déjeuner ?

— Il faut que je sache tout maintenant. Ou je vais devenir fou, avoue Stave, et il se rend compte de sa voix tourmentée.

Sur ces entrefaites, le restaurant est presque vide.

Elle se penche soudain sur la table et lui donne un baiser sur la joue.

— Aussi loin que je m'en souvienne, c'est le plus beau compliment qu'un homme m'a jamais fait. (Anna met la main dans la poche de son manteau et en tire une alliance en or qu'elle pose sur la table.) Mon histoire ne m'a pas oubliée, comme tu vois. (Elle jette un coup d'œil par la fenêtre.) J'avais dix-huit ans quand je l'ai épousé. Je n'étais même pas majeure. Mon mari a dix ans de plus que moi. Déjà enfants, nous savions que nous nous marierions, et nos familles le savaient aussi, ce qui est encore plus important, tu t'en doutes.

— Parce que je suis un roturier, et que je peux me marier sans tenir compte des problèmes de dynastie ?

— Ne te moque pas. Parce que tu ne connais pas de famille vieille comme Mathusalem et donc très douée pour exercer une pression amicale sur tous ses membres, surtout sur les femmes. (Elle soupire.) Mais je ne peux pas prétendre que j'aie été très malheureuse. Mon mari était diplomate, nous sommes venus à Berlin. De l'est de l'Elbe dans la grande ville ! Il y a pire pour une jeune fille. Nous habitions non loin de la Friedrichstrasse. J'ai aménagé notre appartement tandis que Klaus faisait carrière.

— Une carrière très brune.

Anna le regarde avec beaucoup de sérieux, presque en colère. Elle se protège la poitrine du bras, ce geste familier que Stave connaît si bien.

— Même si cela paraît absurde aujourd'hui, pour ne pas dire lamentable : je n'en savais rien. Mon mari était diplomate, il avait fait des études de droit. J'étais fière de lui et de son titre, mais je n'ai rien deviné de son travail, je ne m'en suis d'ailleurs jamais préoccupée. Il allait au ministère tous les matins et il rentrait tous les soirs, comme tous nos amis, comme tous nos voisins.

Stave, qui n'a jamais adhéré au NSDAP et qui a été mis au placard en avril 1933, était resté spectateur en novembre 1938 pendant la Nuit de Cristal, se contentant de regarder la synagogue en flammes. Après les tragiques bombardements de 1943, il avait entre autres reçu l'ordre de surveiller des détenus de camps de concentration transférés à Hambourg pour déblayer les ruines au péril de leur vie. Et il n'avait pas réussi à empêcher son propre fils de devenir un membre enthousiaste des Jeunesses hitlériennes.

— J'en connais à qui on peut en reprocher bien plus qu'à toi, marmonne-t-il.

— À l'automne 1943, j'ai quitté Berlin, poursuit Anna. Klaus a insisté. Les bombardements se multipliaient, il a pensé que je serais plus en sécurité au domaine. (Elle le regarde avec des yeux tristes.) Pour échapper aux bombes américaines, j'ai failli tomber dans les bras de l'Armée rouge. J'ai pu m'enfuir au dernier moment, mais tu connais cet épisode de ma vie.

— Et ton mari est resté à Berlin ?

Stave pense tout à coup que son propre fils s'est peut-être battu aux côtés du mari d'Anna.

— Jusqu'au bout. J'ai cru qu'il y était mort en mai 1945. Du moins, c'est ce qu'un de ses collègues du ministère des Affaires étrangères a prétendu. Klaus von Gudow : officiellement déclaré disparu, destin énigmatique, pas de sépulture connue.

— Un destin tragique, ou très pratique, quand on a travaillé au Judenreferat du ministère des Affaires étrangères et qu'on sait que les Alliés vous recherchent et vous réservent une place sur l'échafaud.

— Peu après mon arrivée à Hambourg, j'ai effectivement reçu la visite d'un officier britannique relativement âgé. Très poli, très discret. Sans doute un camarade de ton ami MacDonald. J'ai d'abord pensé qu'il était intéressé par mes antiquités. (Elle a un rire sans joie.) En réalité, il s'intéressait aux vieilles choses humaines. Ce n'est que quand j'ai compris ses questions que j'ai pris la mesure de la responsabilité de Klaus. Je me suis sentie… (elle lutte pour trouver le mot juste.) salie, trahie, déshonorée. J'étais là, plus infâme que la femelle d'un prédateur, bras ballants devant cet officier courtois. J'étais même pire qu'une femme de prédateur. J'étais l'épouse d'un assassin, doublée d'une femme très naïve. Jusqu'à aujourd'hui, je ne sais si cet officier a eu pitié de moi ou s'il m'a méprisée pour ma naïveté. Quoi qu'il en soit, il m'a demandé où était mon mari. Je croyais être veuve et cette question m'a beaucoup surprise. D'un autre côté, tout comme je n'avais jamais été au courant de rien, j'ignorais tout. En tout cas, le Britannique n'a jamais reparu. J'ai repris mon nom de jeune fille et j'ai voulu oublier cette histoire, mon mari, son travail, tout ce temps passé à Berlin, tout enfin.

— Mais l'histoire ne t'a pas oubliée.

Anna opine, soucieuse.

— Un jour, quelqu'un a glissé un billet sous ma porte, peu de temps après que j'ai eu trouvé à me loger Röperstrasse. Je n'ai jamais su qui c'était. C'était une lettre qui venait d'un monastère italien. De mon mari. Il s'y cache, jusqu'à ce qu'il puisse embarquer sur un paquebot. Direction l'Argentine.

— Comment a-t-il réussi à passer d'une ville assiégée, encerclée et harcelée par l'Armée rouge, à un monastère italien ?

— Il n'a pas écrit un mot à ce sujet. Il n'a fait allusion qu'à des « aides » qui m'ont paru suspectes, qui me protégeraient moi aussi, si je voulais. Qui me feraient passer en Italie. Et qui achèteraient un billet de train pour une femme à qui ils avaient procuré un nouveau nom, un nouveau passeport, des nouveaux papiers, des documents sur lesquels ma photo était déjà collée.

Stave retient son souffle.

— Et tu comptes partir ?

Elle s'esclaffe, secoue la tête, lui prend fugacement la main.

— Mais il y a des mois que j'ai trouvé cette lettre ! À un moment où j'aimais déjà quelqu'un d'autre. Un homme que sa propre histoire a rattrapé aussi, à vrai dire.

— Un homme qui t'a épiée comme un mouchard et qui t'a vue désengager une alliance chez un joaillier des Colonnades, avoue-t-il.

Anna prend l'anneau, comme s'il risquait à tout moment de lui exploser au nez.

— Jamais je ne me serais enfuie en Argentine avec Klaus. Même si je ne t'avais pas connu. Avec tout ce que je sais à présent sur lui, je ne veux plus jamais le revoir. Rien que l'idée me donne des nausées. Mais quand j'ai reçu cette lettre, j'ai eu peur : j'avais dit à cet officier britannique que je tenais Klaus pour mort. J'avais repris mon nom de jeune fille, et on me connaissait sous ce nom à Hambourg. Que se passerait-il si Klaus était arrêté, sur le bateau ou en Argentine ? S'il avait laissé des traces à Hambourg, qu'on le traque, et moi avec ?

Stave ferme les yeux.

— Quel imbécile je fais, murmure-t-il.

Anna secoue la tête, étonnée.

— J'avais mis mon alliance au clou depuis longtemps. Mais son prénom y est gravé. Le mien aussi. Ainsi que la date de notre mariage. Qu'aurait pensé un homme comme le lieutenant MacDonald s'il était tombé sur cette alliance ? Ou un procureur comme Ehrlich ? J'étais tellement effrayée à cette idée que j'ai raclé tous mes fonds de tiroir pour réunir la somme et j'ai racheté cette alliance. Et ainsi effacé toutes les traces.

— Pourquoi n'es-tu pas tout simplement allée chez les Britanniques avec ta lettre ? Ou pourquoi ne m'en as-tu pas parlé ?

— Toi aussi, tu es policier, non ? Je suis tombée amoureuse de toi, mais je te connaissais à peine. Et puis, plus tu voulais en savoir sur moi, plus je me sentais harcelée. Nous venions juste de nous rencontrer. J'avais peur de t'avouer que j'étais mariée. Et avec un criminel recherché, en plus ! Tu aurais peut-être rompu. Puis ton fils est rentré de captivité et les choses sont devenues encore plus compliquées entre nous. Trop compliquées. Je ne voulais plus avoir affaire avec Klaus. Je voulais taire mon passé. Je voulais vivre ici et maintenant. *Carpe diem.*

— Une idée bien naïve.

— Aussi naïve que mon ancienne vie à Berlin. J'aimerais savoir ce que je peux faire.

— Je crois que j'ai une idée, marmonne Stave.

Dix minutes plus tard, ils marchent entre les docks. La pluie s'est changée en un brouillard qui les enveloppe. Des relents de poisson suintent des murs en briques. Stave passe le dernier entrepôt avec Anna et ils parviennent au quai. Les têtes des pavés brillent, polies par les semelles des milliers de débardeurs qui, la nuit, font la navette des bateaux aux docks avec des caisses pleines de poissons. Mais il n'y a personne à cette heure de l'après-midi.

— Tu permets ?

Il lui tend la main.

Elle hésite, longtemps, puis fait glisser l'alliance dans sa paume.

Stave referme la main et avant même de réfléchir, avant que de nouveaux doutes les assaillent, il jette l'anneau au loin. Un reflet doré sur l'eau grise de l'Elbe, des petits cercles concentriques, pas un bruit. Anna respire profondément. Il s'attendait presque à ce qu'elle pleure ou s'appuie sur son épaule, mais elle se tient là, le regard fixe, très droite, muette.

— Allons-nous-en, finit-elle par proposer, soulagée.

Stave se sent léger, libéré, à tel point qu'il aurait presque besoin d'une main secourable pour le soutenir.

Ils montent en silence le chemin qui les mène à la Röperstrasse. Anna marche à sa droite et Stave pousse son vélo. Il est maladroit, craint de l'endommager dans un nid-de-poule ou une ornière. La misérable porte d'entrée de l'immeuble. Anna se bat avec la serrure rouillée, réussit enfin à l'ouvrir.

Stave, soudain pris de panique à l'idée qu'elle pourrait disparaître à jamais derrière cette porte, lui prend la main.

— On se reverra ?

Anna sourit et lui dépose un baiser sur la joue.

— Accorde-moi quelques jours, le temps de m'habituer à ma nouvelle histoire.

Un après-midi libre

Stave et MacDonald sont annoncés pour le soir chez Veit Harlan. L'inspecteur principal traîne longtemps dans la Röperstrasse, jusqu'à ce qu'il perçoive un mouvement derrière les rideaux de l'appartement du deuxième étage. Quelqu'un l'observe. Il enfourche sa bicyclette et s'en va sans savoir où aller, troublé mais heureux. Retourner à l'hôtel de police ? Longer les longs couloirs vides, feuilleter des dossiers qui ne lui livrent aucun secret ? Laisser s'écouler les heures, assis dans son appartement vide ?

Sans même s'en rendre compte, il tourne à gauche dans la rue Palmaille. Quelques minutes plus tard, il pédale déjà dans la Reeperbahn, triste et abandonnée sous la pluie. Il traverse le Heiliggeistfeld direction nord, longe les imposants blocs des bunkers, plus noirs que gris parce que l'humidité des jours passés s'est incrustée dans le béton. Planten un Blomen. Les allées du parc couvertes de boue, aux ornières si profondes que son guidon tressaute. La gare de Dammtor et, derrière, l'université.

Stave veut parler à un professeur qui pourra peut-être lui apprendre quelque chose sur Toni Weber. Il ne s'avoue pas l'autre raison qu'il a de se rendre à l'université, un espoir si ténu qu'il n'ose même pas y penser de peur qu'il s'évanouisse.

Il est obligé de descendre de vélo devant la pelouse qui borde les bâtiments de la faculté. Deux hommes relativement âgés mènent une paire de bœufs attelés à une lourde charrue en fer. « Des pommes de terre pour messieurs les étudiants », lui lance un des hommes qui a remarqué son regard étonné. Le lourd parfum de la terre qu'on retourne. Quand donc a-t-il senti pour la dernière fois cette odeur bucolique ? Il passe l'épaule dans le cadre de la lourde bicyclette hollandaise et entre dans le bâtiment principal. Un pavillon rococo oblong avec des colonnades claires, du béton gris, strié, qui date d'avant la Première Guerre mondiale, au temps où le béton se cachait derrière une fausse antiquité. L'inspecteur principal, qui n'a jamais fait d'études, se sent tout petit et exclu.

Une inscription brille au-dessus du portail : « Recherche-Science-Formation ». Quelques années en arrière, Stave aurait trouvé cela pompeux, mais à présent, vu les ruines et la charrue devant l'escalier, il pense que c'est une promesse très sérieuse.

L'intérieur est sombre et livré aux courants d'air, une odeur de vieux livres et de poussière de ciment vient à sa rencontre. Il abandonne son vélo à un portier dont il ignore les protestations. Des étudiants le frôlent en passant, se bousculent tandis qu'il essaie de s'orienter : des garçons et des filles, vêtus de vestes en laine élimées et de pantalons dépenaillés, certains avec des porte-documents ou des cahiers à la main, d'autres avec des cartables. De nombreux étudiants sont amputés, à l'un il manque un bras, à l'autre une jambe. Il croise aussi des borgnes. Il entend des conversations feutrées, sérieuses, mais pas un rire. Personne ne le regarde. Un monastère, se dit Stave, habité par des moines fanatiques et ambitieux.

Quelqu'un lui indique enfin l'amphithéâtre qu'il cherche. Le professeur Christian Kitt y donne un cours magistral : « Tendances des arts plastiques du XXe siècle. » L'inspecteur principal se glisse dans la salle. Sur l'estrade se tient un homme maigre plutôt âgé, cheveux noirs, moustache grise, lunettes aux branches en étain. Avant 1933, il aurait sans doute montré des reproductions grand format pour illustrer son cours, ou projeté des diapositives, mais il ne peut que tenir à bout de bras un catalogue en partie déchiré. Stave a du mal à reconnaître une image, ce qui n'est pas très grave parce qu'il a aussi du mal à comprendre ce que dit le professeur, qui emploie des mots qu'il n'a encore jamais entendus, et même après une demi-heure, il ne sait toujours pas de quoi il est question, tandis que la trentaine d'étudiants prend fiévreusement des notes – beaucoup sur de vieilles factures ou au verso de formulaires imprimés parce qu'ils ne peuvent pas se payer de cahiers. Stave se demande s'il a eu une bonne idée de venir questionner ce professeur.

Il attend quand même la fin du cours, laisse les étudiants sortir de l'amphithéâtre, ignore leurs regards curieux et étonnés et se présente au chercheur.

— J'aurais aimé avoir quelques renseignements sur des artistes contemporains et leurs collectionneurs.

— Depuis 1933, la police s'intéresse à l'art contemporain ! rétorque Kitt sur un ton qui n'est pas inamical, l'œil intéressé.

Un exilé, qui n'est rentré qu'après 1945, se dit Stave.

— Que savez-vous de Toni Weber ?

— À part le nom, pas grand-chose.

— Mais vous êtes un expert !

Kitt soupire et le gratifie de ce regard que les érudits réservent aux béotiens. L'inspecteur principal aimerait lui passer les menottes.

— Vous savez ce qui est resté de l'art contemporain ? Je veux dire, dans l'esprit des étudiants. Rien. Pire : moins que rien. Des idées totalement fausses, des idées perverses. Est-ce que nous avons encore des livres pour faire des recherches ? Des six cent mille volumes de notre bibliothèque universitaire, les deux tiers n'ont pas survécu aux bombardements, et le dernier représente ce que les nazis n'ont pas détruit. Ils ont commencé à brûler des livres dix ans avant que les aviateurs anglais et américains ne s'y mettent, eux aussi. Si quelqu'un veut étudier l'art contemporain aujourd'hui, faire des recherches universitaires, il faut qu'il rattrape tout ce retard qui nous sépare de 1933. Qu'il commence par les maîtres : Munch, Van Gogh, Klee, Picasso, Matisse, Dix, Kokoschka, je pourrais vous en citer des dizaines d'autres. C'est seulement quand nous aurons inventorié leurs œuvres, et il y en a pour des décennies, que nous pourrons nous occuper des talents mineurs.

— Selon vous, Weber est un artiste mineur ?

— Une tribu est faite de beaucoup d'Indiens, mais de peu de chefs. Inutile de travailler sur la population indienne quand on ne connaît même pas les chefs.

Stave se rappelle la fresque dans la villa du trafiquant de la mer Baltique et se demande ce qu'en dirait le professeur Kitt.

— Est-ce que cela vaut la peine de faire des recherches sur des collectionneurs d'art ? demande-t-il sans grand espoir.

La réponse fuse.

— Encore moins.

— Le Dr Alfred Schramm, par exemple ?

— Ah ! grommelle l'érudit en clappant de la langue comme si Stave avait évoqué un souper fin. Un mécène, celui-là. Un ami de l'institut Warburg.

— Vous le connaissez ?

— Comme ça. J'ai travaillé comme scientifique à l'institut et Schramm y passait de temps en temps. Il soutenait nos travaux. Par la parole. Et… (Kitt s'éclaircit la voix.) matériellement aussi. Mais en ce temps-là, je n'étais pas assez connu pour que le Dr Schramm me remarque. Et ensuite, j'ai quitté l'Allemagne pendant des années.

— Connaissez-vous un collègue susceptible de m'en dire plus sur Schramm ?

— J'en connais plusieurs, mais pas à Hambourg. Les collaborateurs de l'institut Warburg, les plus compétents en tout cas, ceux qui s'intéressaient vraiment à l'art qui passionnait aussi Schramm, sont partis à l'étranger après 1933. La plupart d'entre eux enseignent aujourd'hui à Oxford ou quelque part en Amérique. De plus, Schramm ne venait pas très souvent à l'institut et presque jamais à la faculté. Il avait placé des gens qui travaillaient pour lui. (Kitt se racle la gorge.) Le Dr Schramm inscrivait certains de ses collaborateurs comme étudiants libres à la fac de philosophie, afin qu'ils assistent à des cours d'histoire de l'art et d'esthétique. Des employés de la banque ou des gens comme ça. (Kitt n'arrive pas à cacher complètement son mépris.) Et il désirait aussi qu'ils le conseillent en matière d'art. Ou peut-être voulait-il s'entourer d'employés qui ne s'y connaissaient pas seulement en bilans et crédits, mais soient aussi capables de suivre une conversation intelligente. Toujours est-il qu'il y avait constamment un ou deux messieurs de la banque dans l'amphi où nous nous trouvons actuellement. Les enseignants ne voyaient pas cela d'un bon œil, mais Schramm était un mécène et il était difficile de le contrarier.

— Est-ce qu'il envoyait aussi des Juifs ? demande Stave, pris d'une idée subite.

Le professeur le regarde longuement comme s'il avait prononcé le nom d'un parent gênant.

— Probablement. Il y a toujours eu des rumeurs au sujet d'une sorte de lien d'amitié entre le Dr Schramm et des Juifs. Et à partir du printemps 1933, certains de ses collaborateurs ne venaient déjà plus à l'université. Ce qui permet de tirer certaines conclusions, je suppose.

— Vous avez des noms ?

— Mais ils n'étaient qu'étudiants libres ! s'écrie le professeur Kitt, comme si cela expliquait tout.

— Merci, marmonne Stave et il se dirige vers la sortie.

Le mort inconnu à l'étoile jaune du Reimershof serait-il un des collaborateurs artistiques de Schramm ? Quelqu'un qui travaillait à la banque, mais que son patron envoyait suivre des cours à la fac ? Qui, après 1933, serait devenu une sorte de gardien qui veillait sur des trésors interdits ? Mais au cas où cette hypothèse tiendrait, pourquoi Schramm ne dit-il rien ? Pourquoi nie-t-il tout ? Parvenu à la porte de l'amphi, l'inspecteur principal se retourne.

— Les noms des étudiants libres sont-ils consignés sur un registre ?

Kitt, qui est en train de fourrer maladroitement ses documents dans sa serviette, lève un sourcil irrité.

— Les anciens registres des étudiants ont été réduits en cendres lors d'un bombardement.

Stave descend l'escalier de la fac, bicyclette à l'épaule, quand il aperçoit Karl. C'est exactement la rencontre qu'il espérait. Cet espoir qui l'avait aussi poussé à se rendre à la fac. Son fils. Combien y a-t-il d'étudiants qui travaillent de nouveau dans ces murs ? Quatre mille ? Cinq mille ? Pas si improbable que cela de tomber sur un visage connu. Et il a effectivement cette chance.

Karl le regarde, étonné. Il protège un cahier sous un manteau en loques teinté de la Wehrmacht. Un jeune homme monte l'escalier à côté de lui. Il s'appuie sur des béquilles. Il a une jambe en moins.

— Tu viens enquêter ici ? lui demande son fils.

— C'est le hasard qui veut ça, répond-il en espérant que son mensonge ne sera pas découvert.

Son cœur bat plus vite. Tandis qu'il rend compte en quelques mots de sa rencontre avec le professeur Kitt, ses pensées ne cessent de le tourmenter : Karl est à la fac ! Il n'ose pas lui demander ce qu'il étudie.

— Et ce clou ? demande Karl. Tu l'as trouvé ici ?

— Un troc avantageux.

Stave se met à lui raconter comment il a acquis sa bicyclette.

— Pardonne-moi, l'interrompt Karl en désignant son voisin. Je te présente Manfred Loos, un condisciple.

Condisciple ! Son fils est donc inscrit à la fac ! Stave serre la main du jeune homme au visage émacié, qui a adroitement fait passer une béquille de la main droite à la gauche. Plus âgé que Karl, se dit l'inspecteur principal.

— Manfred fait du saut en hauteur.

Stave regarde les deux garçons en se demandant si son fils se moque de lui. Loos sourit.

— Avant la guerre, je faisais de l'athlétisme, explique-t-il. En 1943, un éclat d'obus de la défense aérienne m'a arraché le bas de la jambe. Mais j'ai continué à m'entraîner. J'arrive à passer 1,78 mètre.

— Il est donc à seulement dix-sept centimètres du record d'Allemagne, complète Karl.

Stave remarque que son fils a l'air plus sportif : sa peau est hâlée, il se tient plus droit, ses doigts ne sont plus jaunes de nicotine. Se sont-ils connus sur un terrain de sport ? Finalement, que sait-il de la vie de Karl ? Il se sent plus léger. Même cette crainte qui ne le quitte pas, qu'on s'aperçoive de sa claudication, lui semble tout à coup ridicule. Un mètre soixante-dix-huit, sur une seule jambe ! L'inspecteur principal se demande comment il fait. Il se reprend.

— Et qu'est-ce que tu étudies ?

Possible que Loos trouve bizarre que le propre père de Karl ne le sache pas, mais cela lui est égal.

— Histoire et philosophie, répond vite Karl avec beaucoup de fierté dans la voix.

Stave comprend que son fils attendait cette question. Il se rend compte qu'il a bien fait de la poser. Qu'il a passé un genre de test, qu'une porte s'est ouverte.

— Deux matières importantes, réplique-t-il, plein de vénération, parce qu'il ne trouve rien de plus intelligent à dire.

— On peut en apprendre beaucoup dans l'Antiquité et chez les anciens philosophes, dit Karl incidemment, mais Stave sent qu'il le dit avec beaucoup de sérieux.

Loos s'éclaircit la voix, replace les béquilles sous ses aisselles.

— La conférence commence dans cinq minutes.

Karl opine.

— Une introduction au bouddhisme.

Stave, un instant auparavant ravi, s'alarme.

— Une secte ? demande-t-il, effaré.

Les deux garçons se moquent gentiment de lui.

— Le moine birman Bhikkhu U. Thunanda est à Hambourg, père, un grand savant bouddhiste de Rangoon. Il fait le tour du monde pour faire connaître ses idées. Il va exposer sa pensée, c'est la seule conférence qu'il tiendra à Hambourg. Je veux l'écouter. Car je serai philosophe, pas bouddhiste.

Il donne une tape encourageante sur l'épaule de Stave et monte les marches quatre à quatre. Loos le suit plus lentement, appuyé sur ses béquilles.

Stave ne bouge pas, les yeux rivés sur l'attelage de bœufs qui a presque fini de labourer toute la pelouse. Il contemple la gare de Dammtor, lève les yeux au ciel où passent des nuages bas. Cette petite tape sur l'épaule. Il ne se rappelle pas quand son fils l'a touché de manière si amicale.

Un réalisateur au chômage

Stave a presque l'impression de faire une excursion, comme avant la guerre. Il a un peu de temps devant lui et se dirige donc vers Harvestehude, un quartier réquisitionné par les Britanniques : des maisons de la Gründerzeit, des rues entretenues, le calme. S'il ne pleuvait pas, l'inspecteur principal aurait même osé un sprint, mais il ne fait pas confiance aux freins de sa Gazelle. Quand il était écolier, ils appelaient ce genre de freins des « décrotteurs de merde », parce que les caoutchoucs raclaient la boue des pneus qu'ils serraient dans leur mâchoire – et, malheureusement, râpaient aussi leur profil, raison pour laquelle il ne veut pas prendre de risques.

La pointe nord de l'Alster extérieure, en forme de L, et les rues qui longent les rives sont zone interdite britannique. Il fait demi-tour et quelques minutes plus tard il est de retour à l'Esplanade 6, un imposant bâtiment gris-rouge le long d'une allée très élégante : le siège de l'administration civile des Britanniques.

L'inspecteur principal se sent un peu minable et ridicule : tandis que d'une main il agrippe le guidon de sa bicyclette, de l'autre il présente sa carte de police au poste de l'entrée. Mais le jeune MP lit son nom sans même lever le sourcil, saisit un gros combiné noir, y chuchote quelques mots d'anglais.

MacDonald arrive peu après.

— Vous voilà armé pour le prochain blitzkrieg ! s'écrie-il devant le vélo de Stave.

L'inspecteur principal n'apprécie pas vraiment la plaisanterie, surtout devant l'entrée de l'administration anglaise.

— Un troc avantageux, grommelle-t-il.

— Pour ça, mon vieux, je ne suis pas compétent. Nous n'avons pas de vélos dans notre *Army*. Vous voulez que je me pose sur le porte-bagages et qu'on fasse le tour de l'Alster ? Ce réalisateur nazi va ouvrir de grands yeux. Ça lui donnera peut-être l'idée de son prochain film.

— Une comédie, certainement. Mais je préfère votre Jeep.

— C'est bien ce que je pensais. Vous voulez laisser votre vélo ici ?

— Vous lisez dans mes pensées.

MacDonald échange quelques mots avec le planton et le jeune soldat va ranger la Gazelle au foyer, en prenant le guidon du bout des doigts comme s'il craignait d'attraper une maladie contagieuse.

— On pourrait aussi y aller à pied. Mais il pleut et surtout, on aura l'air plus sérieux en Jeep.

— À condition qu'on ne tombe pas en panne.

Le lieutenant met le moteur en route et descend la rue à une allure très modérée. Ils prennent à gauche, puis remontent l'Alster. La surface de l'eau grise est agitée par les rafales de pluie, froissée comme un drap de lit.

Le lieutenant regarde son passager.

— Savez-vous pourquoi j'ai eu si rapidement l'autorisation de mes supérieurs de rendre visite à Veit Harlan ?

— Vous avez des amateurs de cinéma à l'état-major de l'armée britannique.

— Nous avons même des ministres qui aimeraient voir ce type au bout d'une corde. À leurs yeux, il est pire que bien des SS.

— Et pourquoi ne l'avez-vous pas pendu ? Parce que sa femme est suédoise ?

Le jeune Écossais soupire.

— Il y a tellement de poissons dans cette eau brune et glauque, explique-t-il. Nous ne nous occupons que des plus gros. Ou, pour filer la métaphore, des requins. Les vrais assassins de masse. Les principaux responsables. On laisse les autres aux Allemands.

— Merci, grommelle Stave.

Outre Leni Riefenstahl, Veit Harlan était le réalisateur préféré d'Hitler : films d'aventures, épopées, grandes vedettes et grand monde. L'inspecteur principal a vu son *Münchhausen* avec Margarethe. Il se rappelle qu'ils n'ont pas cessé de rire et que des heures plus tard, en rentrant à la maison, durant le dîner et même au lit, ils se racontaient encore des scènes du film.

Puis ce fut *Le Juif Süss*, bien après que la guerre eut éclaté. Le Juif sournois, qui harcèle l'innocente femme blonde, la viole, la pousse au suicide. Kristina Söderbaum. Les gens se moquent d'elle, la surnomment « la noyée préférée du Reich », parce que dans ce film comme dans beaucoup d'autres, elle choisit le suicide. Très belle, très pure, toujours un peu naïve. Stave se demande ce que Veit Harlan a dû ressentir en tournant cette scène : sa propre femme, violée. Sa femme qui choisit de se suicider. Le film a été un succès. Goebbels a organisé des projections pour les SS et les gardiens de camps de concentration dans le but d'exciter leur haine des Juifs. Ses collègues en avaient parlé un certain temps à l'hôtel de police, à la pause de midi, le soir devant une bière, une envie de meurtre dans le regard. Stave s'était tu : il n'avait jamais vu le film, mais n'avait jamais osé l'avouer.

Après 1945, Veit Harlan s'était naturellement retrouvé devant la commission de dénazification. Les experts avaient classé des milliers de Hambourgeois dans plusieurs catégories : 1- Criminels de guerre ; 2- Criminels ; 3- Petits criminels ; 4- Membres du NSDAP ; 5- Aucune charge retenue. Veit Harlan avait été classé quelques mois plus tôt dans la catégorie 5. Blanchi, un « certificat Persil » de première classe.

L'inspecteur principal se rappelle les protestations devant le tribunal, les manifestes dans le *Zeit*, les manifestations devant toutes les salles de cinéma où se rendaient Veit Harlan et sa femme. Une nouvelle procédure est en route à présent contre Harlan devant le tribunal du Land de Hambourg. Chef d'accusation : « Complicité de crime contre l'humanité », parce que *Le Juif Süss* a exacerbé les violences antisémites. Fin du procès : *sine die*.

MacDonald tourne autour du Rondeel, un étang circulaire au bout de l'Alster, entouré de villas, but de promenade de beaucoup de couples d'amoureux qui y viennent en barque et dont certains se cachent sous les épais rideaux des branches de saules pleureurs. Les gens de la mondaine en plaisantent et y patrouillent à l'occasion. Dans sa jeunesse, Stave aurait bien aimé y faire un tour en barque avec Margarethe, mais il avait peur de susciter les ricanements des collègues.

La Scheffelstrasse, étroite, bourgeoise, avec vue sur le lac. De vieux chênes au tronc noueux et des hêtres. Une rue si isolée que le bruissement de la pluie et du vent prend des accents surréalistes. Sur la droite, une villa de deux étages, étroite mais élégante, avec un escalier d'accès raide. Impossible de ne pas la voir : un drapeau suédois alourdi par la pluie pend à un mât. Lorsque MacDonald coupe le moteur, Stave respire le parfum de la prospérité : l'odeur de terre humide, des roses, l'haleine suave de l'eau tiède du lac. Il pense à Karl, envoyé à dix-sept ans et pour deux ans dans les glaces de Workouta. Il pense aussi que des hommes comme Harlan n'ont pas été obligés d'abandonner le confort de leur villa, ne serait-ce qu'une seule journée.

Ce n'est qu'un témoin, se sermonne-t-il, vas-y doucement. Un simple témoin.

Devant la lourde porte en bois, s'entassent des piles de lettres et de cadeaux avec des timbres suédois, britanniques, américains, suisses. Il y a aussi plusieurs couronnes de fleurs, sans nom ni inscription, mais avec des rubans noirs.

— Il semble que nous n'ayons pas choisi le meilleur moment pour une visite, murmure le lieutenant en appuyant sur le bouton de la sonnette.

— Harlan est peut-être mort, suggère l'inspecteur principal.

— Cela vous ferait plaisir, ou cela vous chagrinerait parce que vous ne pourriez plus l'interroger ?

— Disons que je préférerais l'interroger sur son lit de mort.

Le Britannique n'a pas l'occasion de répondre, la porte s'ouvre et une femme blonde se tient devant eux ; lèvres sensuelles, nez en trompette, yeux bleu clair. Kristina Söderbaum.

Stave attendait une servante ou un domestique et il est face à l'actrice de cinéma, l'œil rond, désarçonné, comme face à une fée descendue parmi les mortels. MacDonald a repris ses esprits plus vite, il porte une main désinvolte à la visière de sa casquette, se présente ainsi que son compagnon, montre les paquets et les couronnes mortuaires.

— Vous avez du courrier.

— C'est comme ça tous les jours. (La voix que Stave reconnaît pour l'avoir entendue au cinéma. Un peu plus suave, même.) Je vais enlever ça tout de suite.

— Vous avez un deuil ?

— Non. Les lettres et les paquets viennent d'amis de mon mari. Ou quelquefois de spectateurs qui se souviennent de moi. Les couronnes sont déposées par des personnes qui aimeraient nous voir morts. Je ne sais même plus où les mettre. Nous pouvons difficilement les laisser obstruer le seuil de notre porte.

Kristina Söderbaum soupire, regarde les deux hommes comme si elle se rappelait soudain le but de leur visite et les prie d'entrer, la mine encore plus triste.

— Nous ne resterons pas longtemps, lui dit MacDonald d'une voix apaisante.

Stave donne un coup de coude discret au lieutenant. Il ne manquerait plus que celui-ci éprouve des sentiments pour une vedette de cinéma.

— Nous avons quelques questions à poser à votre mari, complète-t-il prudemment.

— Je suis sûre que ses réponses vous satisferont : nous avons acquis une certaine expérience des interrogatoires.

Une pièce claire. Table, chaises, aux murs des aquarelles.

— En fait, nous sommes les hôtes d'amis suédois qui voyagent la plupart du temps, explique Kristina Söderbaum.

— Il est vrai qu'on ne peut pas dire que la vie à Hambourg soit très agréable en ce moment, remarque aimablement MacDonald.

L'actrice lui envoie un regard irrité, ne sachant si c'est amabilité ou raillerie.

— Mon mari ne va pas tarder. Il lit une histoire au petit.

Stave se rappelle vaguement avoir lu quelque chose à propos de la naissance d'un second fils chez les Harlan. Après la guerre, la vie continue. Il sent monter sa colère.

Quelques minutes plus tard, une porte s'ouvre et l'inspecteur principal a l'impression pour la deuxième fois d'être en face d'une légende vivante : Veit Harlan. Légèrement empâté, des cheveux bouclés d'artiste, à présent poivre et sel – il approche de la cinquantaine –, la barbiche souvent raillée qu'il portait au temps des nazis a été soigneusement taillée, les yeux sont vifs et attentifs derrière ses lunettes à monture sombre. Un homme qui prend toute la place où qu'il soit.

— Vous êtes venus pour le procès ?

Une voix habituée à donner des ordres.

— Votre procès ne concerne pas la police criminelle, réplique Stave.

— Heureux de vous l'entendre dire. (Harlan se laisse tomber sur une chaise qui grince un peu.) J'aimerais retravailler. Ma femme a un contrat, ajoute-t-il avec un signe de tête amical à Kristina Söderbaum.

— Je joue dans une pièce américaine à suspense, explique-t-elle, *Gaslight*, « Hantise », de Patrick Hamilton, à l'Auslese, une nouvelle troupe. C'est rafraîchissant de remonter sur les planches.

— Moi aussi, je déborde d'énergie, reprend Veit Harlan. D'idées. Ça serait bien qu'il y ait de nouveaux films dans ce pays, dans la situation où nous sommes, poursuit Harlan. Mais on m'interdit de travailler.

— Il y a encore des gens qui se rappellent vos films, glisse l'inspecteur principal.

Harlan agite la main droite comme pour chasser une mouche.

— Je n'avais pas le choix. Impossible de refuser. Vous n'avez jamais eu affaire à Goebbels, messieurs ? La manière dont il apparaissait au studio, dont il griffonnait dans les scénarios de tournage, ergotait même pendant le montage ? Et puis, toujours ces menaces ! Si tu ne files pas droit…

— Vous allez avoir l'occasion de témoigner de tout ça au tribunal.

— Des Juifs parties civiles ! Je n'en connais pas un seul ! Vous savez qu'aucun Juif n'est jamais venu se plaindre à moi directement ?

— Il n'en reste plus beaucoup non plus, rétorque MacDonald à voix basse.

Le réalisateur lui lance un bref coup d'œil.

— Que me voulez-vous ? demande-t-il prudemment.

Stave tire de la poche de son manteau la photographie de la tête de femme en bronze.

— Vous reconnaissez cette tête ?

Harlan le regarde, sourit.

— Anni Mewes. Assez bonne actrice. Avant mon époque. Elle a joué dans des films muets. Sa voix n'était pas assez bonne pour le parlant. On aurait dit celle d'une aide-cuisinière.

— Mais elle a tout de même eu un rôle dans un de vos films, sous forme de sculpture.

— Comme tête en bronze ? Oui… je me rappelle maintenant. J'avais besoin d'accessoires pour ce film. 1938. Art contemporain. Je n'y connais pas grand-chose. Il a fallu que je choisisse des objets dans les dépôts du ministère de la Propagande. Goebbels y tenait absolument. En personne. J'y suis donc allé et j'ai désigné quelques sculptures. Celle-là, celle-là, celle-là. Et soudain, j'ai reconnu cette tête. Je l'avais vue une fois, des années auparavant, mais Mewes, je ne l'avais plus jamais rencontrée nulle part. J'ai donc pris aussi ce bronze et je l'ai placé de sorte qu'on le voie bien dans quelques plans. Un petit hommage à une artiste. En réalité, un acte de résistance.

Stave regarde ses mains et constate qu'il serre tellement les poings que les jointures ont blanchi. Il essaie de se détendre.

— Et ensuite ?

— Quoi, ensuite ?

— Après le tournage. Qu'est-ce qu'elles sont devenues, ces œuvres ?

— Elles sont reparties au dépôt.

L'inspecteur principal se fend d'un sourire patelin.

— Étonnant qu'un réalisateur comme vous, qui s'est occupé de tant d'accessoires pour tant de films, se souvienne de l'un d'entre eux, qu'il a placé quelque part à l'arrière-plan de quelques scènes d'un film qui remonte à dix ans.

Harlan hésite, jette un coup d'œil fugace à sa femme.

— La tête de Mewes n'est pas retournée au dépôt, c'est pour ça que je m'en souviens. Quelqu'un voulait l'acheter.

L'inspecteur principal se penche en avant, retient son souffle.

— Qui ?

— Ça, je ne m'en souviens pas.

— Moi, si. (Kristina Söderbaum sourit.) À l'époque, ce genre de choses était interdit. Mais je pense qu'aujourd'hui on peut en parler ouvertement. Lors du dernier jour de tournage, nous avons eu la visite d'un homme très discret qui a posé des questions sur les œuvres d'art qui servaient d'accessoires. C'était une démarche très inhabituelle. Je ne sais pas comment il en avait entendu parler. Il voulait en acheter quelques-unes, et payer en liquide. Mais la majorité d'entre elles étaient déjà reparties. Nous avions encore besoin de cette tête pour la dernière scène, ce qui explique qu'elle était encore là. Ce monsieur nous en a offert un bon prix. Apparemment, personne n'a rien remarqué au ministère. Cela n'intéressait manifestement pas Goebbels et ses sbires, ils s'en moquaient sans doute complètement.

Elle rougit.

— Qui était cet homme ? Qui a acheté cette tête ?

— Un certain *Herr* Rosenthal. Un Juif. (Elle éructe presque le dernier mot.)

— C'est bien ce que je vous disais : je n'ai rien à me reprocher, intervient Harlan, presque triomphant. Maintenant, je m'en souviens aussi.

— Rosenthal ? Il a bien dit s'appeler Rosenthal ? A-t-il dit pourquoi il achetait, qui il était ? Un collectionneur ? Un galeriste ?

— On était dans les années 1930, explique le réalisateur, impatient. À cette date, les Juifs n'avaient plus le droit d'être ni collectionneur ni galeriste.

— Alors qui était cet homme ?

— Nous ne lui avons rien demandé.

— Et cela ne vous a pas étonné que quelqu'un débarque au studio pour acheter en toute discrétion une œuvre d'« art dégénéré » ? Un Juif, de surcroît ?

— Les derniers jours de tournage sont toujours particulièrement mouvementés. On a bien d'autres chats à fouetter. Ce jour-là, j'avais aussi rendez-vous au ministère de la Propagande. Cette proposition d'achat me gênait. Je lui ai dit : « D'accord, allons-y, mais ne traînez pas ici, disparaissez. » Ce qu'il a fait.

— Vous avez un contrat de vente ? Un reçu ?

— Vous viviez sur quelle planète à cette époque-là ? Sur la lune ? À l'étranger ? En 1938, on ne vendait pas à un Juif une œuvre d'art dégénérée, donc interdite, et encore moins contre un reçu.

Stave se tait et se rappelle ce que le professeur Kitt lui a confié : ces collaborateurs de Schramm, dont certains étaient juifs, que le banquier envoyait à l'université. Des spécialistes qui travaillaient pour lui. Le banquier n'a-t-il pas lui-même évoqué quelqu'un du nom de Rosenthal ?

— Schramm, le nom vous dit quelque chose ?

— Jamais entendu.

Kristina Söderbaum secoue la tête, elle aussi.

Quasiment un voisin, se dit l'inspecteur principal, qui vit à quelques centaines de mètres. Impossible qu'ils n'en aient pas entendu parler. D'un autre côté, Harlan et sa femme n'habitent ici que depuis la fin de la guerre et ils ne sortent certainement pas très souvent.

— Toni Weber ? demande-t-il.

— Quelqu'un de la profession ? Je crois que j'ai déjà entendu ce nom. Quoique ce soit un nom très courant.

Stave ignore Harlan. Il regarde Kristina Söderbaum. Naïve, vulnérable, exactement comme dans ses films. Si je l'aborde trop brutalement, elle va se jeter dans l'Alster, se dit-il.

— Vous pouvez m'en dire plus sur ce Rosenthal ?

— Il avait quarante ou cinquante ans. Svelte. Un peu nerveux. (Elle réfléchit.) Allitération ! s'écrie-t-elle tout à coup.

Son prénom, je me rappelle son prénom quand il s'est présenté : Rolf. Rolf Rosenthal. Et il boitait. Il avait un pied bot, comme Goebbels, mais il avait l'air plus élégant. Mais ça n'a certainement pas grande importance.

Elle rougit à nouveau.

— Si, grommelle Stave, envahi par une bouffée de reconnaissance involontaire envers Kristina Söderbaum. Si, c'est très important pour moi.

— Alors, satisfait ? demande MacDonald lorsqu'ils sont installés dans la Jeep.

— J'ai résolu un problème, mais je m'en suis mis deux autres sur les bras, répond Stave prudemment.

— On dirait une opération digne de celles de notre *Army*.

L'inspecteur principal lui parle des collaborateurs envoyés à l'université pour suivre des cours d'histoire de l'art.

— Tout colle : je peux reconstituer l'histoire du mort inconnu et de la tête en bronze. Toni Weber sculpte le portrait d'une actrice des années 1920. Les nazis dégradent la tête, la classent dans la catégorie « art dégénéré », et elle disparaît dans un dépôt du ministère de la Propagande, avec des milliers d'autres œuvres. On la tire de l'oubli quand on a besoin d'accessoires pour un film que Veit Harlan tourne en 1938. Avant qu'elle retourne à sa place, arrive Rolf Rosenthal qui achète ce bronze, ce qui est illégal selon les lois en vigueur sous le Troisième Reich, mais l'affaire a dû rapporter gros à Harlan. Il s'est servi gratuitement chez Goebbels et a peut-être touché quelques centaines, voire quelques milliers de reichsmarks, sous le manteau, bien entendu exonéré d'impôts. Or, qui est ce Rolf Rosenthal ? Nous savons que le banquier Schramm a aussi envoyé des Juifs à la fac, même après 1933. Schramm a cité incidemment ce nom quand je l'ai interrogé. Il l'a présenté comme étant son fondé de pouvoir. Certes, le nom est commun, mais la coïncidence est étrange, non ? On a relevé sur le mort que nous avons trouvé non loin de la tête en bronze des restes d'étoffe, ce qui restait d'une étoile juive. Ce mort avait en outre un papier sur lui, altéré certes, avec le prénom Rolf, et ce Rolf a un pied estropié. Et mieux encore, on peut voir cette sculpture d'Anni Mewes dans la villa de Schramm, sur une photo prise quelques semaines après le tournage du film. Il n'y a qu'une conclusion à tirer…

— Rolf Rosenthal a été envoyé au studio par le collectionneur d'art Schramm, complète MacDonald. Il achète ces œuvres maudites, sans que son nom apparaisse. Comme le banquier est déjà en grande délicatesse avec la Gestapo, il peut rester discrètement dans l'ombre.

L'inspecteur principal a un sourire las.

— Pourquoi Schramm nie-t-il les faits ? Pourquoi prétend-il ne pas connaître cette tête en bronze ? Pourquoi n'a-t-il pas un mot pour notre mort ? En 1938, il a commis un acte illégal. Aujourd'hui, on considère cela comme une action méritoire : fidélité envers un collaborateur juif, intervention dans le but de sauver une œuvre d'« art dégénéré ». Je ne comprends pas pourquoi il nie tout ça. Sans compter qu'il renonce à une œuvre qu'il a certainement achetée pour une somme rondelette.

— Schramm a aussi les moyens de renoncer à de l'argent.

— Vous connaissez un banquier qui se sépare volontairement d'un seul pfennig ? Il doit avoir une excellente raison. Rolf Rosenthal n'est peut-être pas mort sous les bombes. Cette étrange blessure à la tête, comme un coup qui aurait été asséné sur le dessus du crâne. Et ces éraflures sous les semelles, à des endroits insolites. Pour moi, c'est une énigme.

— Mais vous semblez quand même content de vous.

— Il m'est effectivement arrivé de me sentir plus mal, avoue l'inspecteur principal.

Peu de temps après, juché sur sa bicyclette, Stave évite les nids-de-poule et les ornières de l'Esplanade et du Gorch-Fock-Wall. Il n'a pédalé que sur quelques centaines de mètres que déjà le pantalon lui colle aux cuisses et l'humidité s'infiltre dans ses chaussures. Il faut que je me trouve une pèlerine, se dit-il et il se demande ce qu'il pourrait encore troquer pour une cape imperméable avant le jour J. Et s'il y aura même encore des centrales d'échange après le jour J. Il se fait doubler par un camion, un modèle asthmathique d'avant la guerre, qui n'avance guère plus vite que lui. Des nuages bleus dégorgent du pot d'échappement et flottent comme un brouillard tenace dans l'air chargé de pluie. Odeur d'essence et d'huile de graissage. La Karl-Muck-Platz. S'il continuait tout droit, il se retrouverait directement dans le foyer de l'hôtel de police et pourrait se régaler des regards des collègues. Mais il vire à droite, en direction du parquet.

— Il me revient que vous rendez visite à d'importantes personnalités, le salue le procureur Ehrlich.

L'œil est railleur derrière les grosses lunettes d'écaille, mais Stave remarque qu'ils sont rougis par la fatigue de lire des dossiers.

— Une expédition archéologique dans les ruines d'une antique grandeur de la UFA.

— Et vous avez découvert un trésor ?

— J'ai enfin identifié une momie avec un pied bot.

L'inspecteur principal rend compte de l'interrogatoire d'Harlan et de Söderbaum, ainsi que des conclusions qu'il en a tirées.

— Dommage que vous ne soyez plus aux Homicides, Stave, remarque Ehrlich. Nous allons bientôt avoir un autre rendez-vous, tous les deux. Probablement en juillet. Le tribunal vous convoquera comme témoin.

— Ce matelot du *Tirpiz* qui m'a tiré dessus, marmonne Stave.

— Et qui a sa famille sur la conscience. Il a avoué. Mais vous savez comment va la justice : nous entendrons tout de même les témoignages les plus importants, et il se pourrait qu'ils soient un peu embarrassants pour la police criminelle.

Stave ferme les yeux.

— Le passage à tabac. J'en ai entendu parler. Je n'ai rien vu ; à ce moment-là, j'avais déjà d'autres soucis. (Il porte la main à sa poitrine.) Possible que l'avocat appelle Dönnecke à la barre ?

— Cela ne servira pas beaucoup au matelot. Il finira la tête sur le billot.

— Même les vrais coupables finissent quelquefois comme ça, conclut Stave, sarcastique.

Il est l'heure pour lui de s'en aller, mais il n'est absolument pas pressé de se lever de sa chaise inconfortable. Et Ehrlich n'a pas l'air d'avoir de rendez-vous urgent.

— C'est vous qui avez engagé les poursuites contre Harlan ?

— Pour incitation à la haine raciale ? Non, un collègue. Il fait ça très bien, mais je le plains.

— Parce qu'il n'a aucune chance d'aboutir ?

— Ça m'en a tout l'air. En soi, des films abjects ne sont pas un crime, en tout cas pas directement. Et en outre, Harlan allègue que Goebbels l'a obligé à les tourner.

— Tous les anciens pontes nazis disent ça et se dédouanent sur la hiérarchie.

— Et c'est comme ça qu'ils passent presque tous à travers les mailles du filet. Celui qui n'a pas appuyé personnellement sur la détente ou qui n'a pas lui-même ouvert le robinet du gaz, donc pour qui il est impossible de prouver qu'il a du sang sur les mains, n'a pas trop de souci à se faire. Avant 1945, il y a toujours un supérieur pour avoir donné l'ordre. (Le procureur boit une gorgée de son thé.) Jusqu'à présent, trois cent mille Hambourgeois sont passés devant la commission de dénazification, et ils s'en sont presque tous tirés, blanchis avec un

« certificat Persil » en poche. Et s'il arrive que quelqu'un ne soit pas disculpé, il a encore d'autres moyens à disposition pour s'en tirer. Un subtil accident de voiture par exemple.

Stave opine. Karl Kaufmann, membre fondateur du parti nazi en 1922, ancien chef de district, *Gauleiter* puis gouverneur régional de Hambourg, en fait le seul homme fort de la région durant les années brunes, a été blessé dans un très banal accident de la route, ce qui a suffi pour qu'il obtienne une ordonnance de non-lieu : « santé déficiente ». L'inspecteur principal songe aussi à l'ancien maire Krogmann, qu'il a vu il y a peu au restaurant. À l'ancien agent de la Gestapo Greiner qui se promène en toute liberté. Au mari d'Anna, le diplomate du Judenreferat, qui se cache dans un monastère, en transit vers l'Amérique du Sud.

— Tous les nazis ne s'en tirent pas si facilement, avance Stave avec prudence. Ceux qui ont travaillé dans un ministère sont poursuivis.

— Vous voulez dire au ministère des Affaires étrangères, par exemple ? demande Ehrlich avec un fin sourire. Je savais que vous tomberiez sur cette piste un jour ou l'autre.

— Klaus von Gudow.

— Un homme du passé.

— Depuis quand êtes-vous au courant ?

— Après que j'ai rencontré *Frau* Anna von Veckinhausen pour la première fois et qu'elle m'a séduit par la finesse de ses expertises artistiques. J'ai recueilli certaines informations.

— Discrètement ?

— Très discrètement, chez des amis britanniques. Aucun service allemand.

— Anna est-elle au courant de votre enquête ?

— Non.

— Vous recherchez son mari ?

— Oui.

— Vous vous servez d'elle comme appât ?
— Je m'en suis servi, mais cela n'a rien donné.
Stave fixe Ehrlich.
— Le contrat que vous avez passé avec Anna, afin de retrouver vos œuvres d'art volées, n'était donc qu'un prétexte ? murmure-t-il.
Le procureur secoue énergiquement la tête.
— Appelons cela une agréable demande subsidiaire. Et *Frau* von Veckinhausen a d'ailleurs obtenu des succès. (Il désigne la gravure de Barlach.) Elle a déjà mis la main sur quelques œuvres.
— Mais en réalité, vous lui avez confié ce travail pour la garder à l'œil.
— Au cas où son mari prendrait contact avec elle, oui.
L'inspecteur principal songe à l'alliance du joaillier et se demande si son vis-à-vis est au courant.
— Klaus von Gudow se cache quelque part en Italie, poursuit Ehrlich. Pour l'instant. Vous avez déjà entendu parler de la *Rattenlinie*, « la route des rats » ? Des itinéraires pour fuir l'Allemagne en passant par l'Autriche pour aboutir en Italie. Une route organisée par d'anciens camarades du parti et par l'un ou l'autre ecclésiastique très compréhensif envers la cause. Il y aurait même des évêques pour qui les six millions de Juifs assassinés ne sont pas un péché, mais une sorte de punition divine.
— Anna n'avait plus aucun lien avec son mari.
— C'est ce que j'ai malheureusement constaté aussi. Pas de lettres. Pas de voyages. Pas de rencontres secrètes. Elle s'est détachée de son mari. Une nouvelle vie. Un nouvel amour.
Les yeux agrandis derrière ses verres en cul-de-bouteille, il guette soigneusement une réaction de Stave.
— Et maintenant ? demande Stave qui ose à peine respirer.
— J'ai transmis la recherche de Klaus von Gudow au parquet de Francfort-sur-le-Main. Comme je pars du fait que cet

homme ne demeurera pas en Italie, mais qu'il a des idées de voyage pour l'Amérique du Sud, les autorités de la zone américaine auront plus de facilités pour coopérer avec les transalpines. Ils réussiront peut-être à mettre la main dessus quand même, avant qu'il disparaisse en Argentine ou au Paraguay.

— En Argentine. Anna est au courant de tout cela ?

— Absolument pas.

Stave ferme les yeux. Il a l'impression qu'on lui retire des épaules un sac à dos plein de galets.

— Bonne chance, lui chuchote Ehrlich en se levant. Avec *Frau* von Veckinhausen.

— Je vais faire mon possible pour ne pas gâcher cette chance, répond-il en tendant la main au procureur.

Stave renonce à retourner à l'hôtel de police. Il n'y a certainement plus personne dans la boutique et encore moins à l'étage du Chefamt S. Le jour J est pour demain. L'inspecteur principal se demande si tout aura changé lundi.

Il appuie sur les pédales, se penche sur le guidon et lutte contre le vent du nord. Arrivé devant le 93 de la Ahrensburger Strasse, il prend son vélo à l'épaule. Flasch l'observe depuis son appartement du rez-de-chaussée ; décontenancé par ce qu'il voit, il lui adresse un signe de la main qui ne dit pas clairement s'il admire l'inspecteur principal ou s'il a pitié de lui. Stave lui rend son salut et pousse la lourde porte d'entrée. Quatre étages à grimper. Peu importe. S'il veut encore se servir de sa bicyclette demain, il faut bien qu'il la traîne jusqu'à son appartement – sa porte de cave n'est qu'un grossier assemblage de planches clouées et mal jointes.

Il est à bout de souffle quand il parvient enfin à son palier. Le cou-de-pied gauche lui fait mal, l'épaule lui brûle à cause du frottement de la barre du cadre, dans sa poitrine fraîchement cicatrisée, les élancements le tourmentent. Il fouille maladroitement dans sa poche à la recherche de sa clé, quand soudain la porte s'ouvre.

Karl.

— Si tu veux, je peux t'essorer.

— Ce n'est que de la pluie, marmonne Stave qui ne veut pas avouer sa fatigue devant son fils. (Il repose son vélo et le pousse dans le couloir.) Je me change en vitesse. Tu restes un peu ?

Il a à peine osé poser la question.

— On verra. Tu as de quoi dans ton garde-manger ? J'ai échangé quelques salades et des carottes au jardin. Et j'ai apporté les premières cerises aigres.

— Il me reste des pommes de terre, du pain, de la graisse et de l'ersatz de café, crie-t-il depuis la salle d'eau.

— Tu crois qu'on aura bientôt quelque chose de plus à se mettre sous la dent ? lui demande Karl une demi-heure plus tard, alors qu'ils sont assis dans la cuisine devant deux assiettes d'où émane un parfum prometteur.

— La situation ne peut que s'améliorer.

— C'est ce qu'on disait déjà après les bombardements. Et ce que disaient les camarades pendant les combats devant Berlin. Et au camp de Workouta. « Ça ne peut que s'améliorer. » Toujours la même antienne. Et toujours inexact. Ça allait toujours de pire en pire.

Stave ne veut pas décourager son fils. Il vient juste d'avoir vingt ans, se dit-il, s'il n'est pas optimiste à son âge, qui le sera ?

— La nouvelle monnaie aura de la valeur, répond-il en s'efforçant d'avoir l'air convaincu.

Karl rit, s'arrête brusquement et secoue la tête.

— Le fameux jour J ! Il ne se passera peut-être absolument rien.

— L'initiative ne vient pas que des Britanniques. Les Américains y participent. En fait, c'est eux, les patrons. Et si c'est eux qui organisent tout ça, ça marchera.

— En tout cas, leur organisation des bombardements était excellente !

— Celle des colis de secours aussi. Sans eux, on déplorerait quelques morts de faim de plus.

Son fils secoue la tête d'un air songeur.

— J'aimerais croire à un avenir meilleur, grommelle-t-il. Tu y crois, toi ?

Stave aimerait répondre « oui », mais il veut rester honnête.

— J'espère que l'avenir sera meilleur, réplique-il prudemment. J'y travaille. Je veux dire, à ce que les choses aillent mieux. Sinon, qu'est-ce qu'il me resterait ?

— À sauter par la fenêtre.

— Si tu croyais vraiment que l'avenir est sans espoir, tu n'aurais pas survécu deux ans à Workouta.

Karl lui lance un regard surpris, puis sourit, reconnaissant, et fait claquer ses doigts.

— Là, tu m'as eu. Il y a du vrai dans ce que tu dis.

— Et maintenant, te voilà étudiant, laisse échapper Stave, fier de son fils.

— En histoire ancienne. Il faut bien prendre les choses par la racine. Je veux dire pour de bon, être radical.

— En remontant deux mille ans en arrière ?

Karl hausse les épaules.

— Il doit bien y avoir une raison à tout ce bazar. C'est peut-être la faute des Romains qui ont conquis et dominé toute l'Europe ? Ou du christianisme ? En tout cas, les nazis n'ont pas été les premiers à avoir l'idée d'envahir tout le continent. Et pas les premiers non plus à tuer tous les Juifs qui leur tombaient sous la main. Ça remonte à plus loin.

— Quel intérêt d'aller rechercher les causes dans le passé ?

— Pour éviter que ce genre de choses se reproduisent.

Stave s'adosse à sa chaise, sincèrement étonné. Il n'a jamais envisagé les choses de cette manière. Pour lui l'histoire n'était que le monde d'hier, pas celui de demain. Apparemment, Karl est tout de même optimiste, se dit-il.

— En réalité, je me suis invité chez toi pour dîner parce que tu as un poste de radio, lui confie son fils en jetant un œil sur sa montre.

D'où peut-il bien avoir cette montre ? se demande son père. Il a dû l'échanger contre du tabac.

— Le maire doit bientôt prendre la parole. J'ai pensé que ça pourrait être intéressant.

Stave se lève et tourne le bouton du vieil appareil. Il espère qu'il lui reste encore assez d'électricité dans son contingent mensuel pour entendre le discours en entier. Par sécurité, il dévisse l'ampoule encore intacte du plafonnier. La lueur jaune et blafarde des lampes du poste de radio estompe les formes. Des crachotis et des chuintements, le temps pour le poste de chauffer. Puis une voix. Ils tendent l'oreille. Le maire Brauer. Calme, pondéré, rassurant.

— « Dans les années à venir, le peuple allemand sera pauvre et ne pourra se permettre aucun luxe. Mais il n'est pas dégradant d'être pauvre et, avant tout, la pauvreté ne nous fait pas peur parce que tous les Allemands et Allemandes honnêtes recevront à nouveau de la monnaie décente en échange de leur travail, avec laquelle ils pourront acheter quelque chose, économiser aussi, ce que nous allons tous devoir faire. »

— Ce n'est pas le même genre de discours que celui d'Adolf, commente Karl quand l'émission est terminée.

— De la monnaie décente, ça sonne bien.

— Mais il a dit aussi qu'on resterait pauvres longtemps.

— En tout cas, il ne raconte pas d'histoires.

Karl regarde par la fenêtre. Des traînées de pluie, la rue sombre.

— Qu'est-ce que tu t'achèterais en premier ? Je veux dire, après le jour J. À condition que cette histoire de monnaie décente ne soit pas qu'une belle histoire. Qu'est-ce que tu t'achèterais avec ton prochain salaire ?

Stave réfléchit longtemps.

— Des chaussures. Des chaussures d'homme correctes. En cuir, confortables, semelles épaisses. Des chaussures avec lesquelles on peut traverser toute la ville à pied. Et avec lesquelles on n'a plus l'air d'un clodo. Et toi ?

— Des livres. Des livres américains. Des livres anglais. Des livres français. Peut-être même des soviétiques. J'ai l'impression d'avoir passé toute une vie dans un camp de prisonniers russe. Il faut que j'apprenne à penser par moi-même.

J'espère que cette nouvelle monnaie sera un succès, se dit Stave. Il faut que quelque chose remarche dans ce pays. Des chaussures. Des livres. Pas un mauvais départ pour des temps nouveaux.

Karl se frotte les yeux.

— Je suis fatigué. Je peux rester cette nuit ? La petite chambre est libre ?

— Qui veux-tu qui l'occupe ? répond Stave qui n'arrive pas à croire à son bonheur.

Le mark allemand

Dimanche, 20 juin 1948

Comme toujours et sans la sonnerie du réveil, Stave se lève à quatre heures du matin. Si la veille il a décidé de se réveiller à une heure donnée, il est debout à l'heure. Il se glisse dans la cuisine pour ne pas réveiller Karl. Jour J. Lumière grisâtre, pluie, il fait bien trop froid pour un début d'été. Il gratte au couteau des moisissures du pain gris et les jette dans la poubelle, prend un tiers de la miche restante et avale son petit déjeuner avec un peu d'eau du robinet. Il perdrait trop de temps s'il voulait allumer son fourneau de fortune. Il trouvera peut-être un ersatz de café en route.

L'inspecteur principal s'engage dans la cage d'escalier sombre, bicyclette à l'épaule. Tout est silencieux. Une seule lumière filtre sous une porte : celle de Flasch. Stave se demande brièvement comment son voisin parviendra à la banque centrale.

Tandis qu'il pédale dans une Ahrensburger Strasse vide, il a l'impression que la ville prend une profonde inspiration avant de se jeter la tête la première… Dans quoi ? Dans quelle aventure ? Pour entrer dans une nouvelle époque ? Ou vivre une énorme déception ?

Il arrive à la place de l'hôtel de ville quelques minutes avant cinq heures et demie, gare sa bicyclette contre une voiture de patrouille. Des *schupos* ont pris position devant la banque, des policiers militaires britanniques font les cent pas devant le portail. Des camions sont stationnés dans les deux rues adjacentes, moteurs tournants. Un homme armé a pris place à côté de chaque chauffeur.

— C'est pour aujourd'hui ! lui crie le brigadier Ruge.

— Reprenez votre place, lui intime un *schupo* bourru et fatigué.

Ruge fait la grimace mais obéit. Stave rejoint quelques inspecteurs de la police criminelle qui font cercle autour de Cuddel Breuer.

— Les enfants, proclame le patron de la brigade, tout doit bien se passer. Dans cette baraque, il y a six cent mille marks. Six cent mille marks allemands qui valent tellement de reichsmarks que vous ne pourriez même pas en écrire le montant sur une seule feuille. Les collègues en uniforme et les Britanniques vont distribuer tout ça aux mille trois cents centrales de change de la ville. Notre travail consiste à sécuriser ces transports. Ensuite, vous serez libre d'aller à votre centrale pour y chercher votre argent. Et demain, nous serons tous des flics riches.

Le premier camion s'avance et s'arrête devant le portail. Ce ne sont plus des caisses, constate Stave. Ils ont fourré l'argent dans des sacs plombés. En quelques instants, la surface de chargement du véhicule est remplie. Au suivant ! Et au prochain ! Il n'y a personne sur la place de l'hôtel de ville, aucun mouvement suspect dans aucune des rues voisines, pas un bruit, excepté le tambourinement de la pluie sur les ailes de son chapeau. L'inspecteur principal reconnaît Flasch. Il fait partie des employés qui courent à côté des sacs pour les protéger sous de grands parapluies. Son voisin l'aperçoit et soulève le sien pour le saluer. Stave répond d'un geste de la main.

Après que le dernier camion est parti en cahotant sur le Alter Wall, c'est au tour de quelques voitures de la poste. On les bourre de sacs de billets. Puis ce sont des autobus. Les coffres vont bien finir par être vides, se dit Stave, stoïque sous la pluie. À six heures et demie, le dernier véhicule quitte la place.

— Terminé ! On remballe, les enfants ! s'écrie Cuddel Breuer. Maintenant vous pouvez aller chercher votre argent !

Tandis que la plupart des collègues filent en vitesse, Stave court vers la banque. Il présente sa carte de police à un MP et passe le portail. Il arrête le premier employé qui croise son chemin, tire les deux billets de cinq et dix pfennigs de sa poche de manteau.

— Ce sont les nouvelles coupures ? demande-t-il à l'homme, qui écarquille les yeux.

— D'où sortez-vous ça ? balbutie-t-il.

Deux minutes plus tard, l'inspecteur principal est de retour sur la place. Il observe un petit groupe de *schupos* qui assurent encore la sécurité du bâtiment. Les hommes ont rabattu la visière de leur shako bas sur le front dans le vain espoir de mieux se protéger de la pluie. Ruge. Il s'approche de lui, se contente de lui murmurer, pour qu'aucun de ses collègues ne l'entende :

— Vous auriez envie d'une petite virée cet après-midi ?

— Pendant mon temps libre ?

— Oui. Et venez en civil.

— On se retrouve où ?

— Goldbekplatz. À quatre heures.

L'inspecteur principal porte la main au bord de son chapeau et s'en va.

Le jeune *schupo* lui emboîte le pas et chuchote, plein d'espoir :

— On va résoudre l'affaire ?

— Je vous en fiche mon billet. Vous pouvez parier votre premier mark allemand.

Stave rentre et gare son vélo. L'appartement est vide. Karl est adulte, ne te fais pas de souci, se dit-il. Il se précipite à son point de distribution des bons d'alimentation pour y chercher sa nouvelle monnaie.

Une longue queue sur le trottoir, trois cents mètres, sinon plus. Des silhouettes sous des capes luisantes de pluie, des chapeaux, des parapluies. Les volutes bleues des cigarettes dans l'air frais. L'odeur de vieilles chaussures usées et de corps sales. Partout des murmures, comme un grésillement d'électricité dans l'air. Une tension, comme avant la première d'un film ou dans la salle d'attente d'un dentiste. L'inspecteur principal ne saisit que quelques bribes : « Mark allemand », « Casseroles neuves », « Ça ne donnera rien », « Et une fois de plus, ça va nuire aux petits », « Biffetons de Ricains », « Une époque nouvelle », « Des bas en Nylon ».

La file progresse lentement. Combien d'années j'ai perdues dans des files d'attente ! se dit Stave. Cela s'arrêtera-t-il un jour ? Il regarde alentour, mine de rien. Œil de flic. Puis il se détend un peu. Il ne semble pas qu'une émeute soit prête à éclater. Pas de cris, pas de bousculades. Tout le monde attend stoïquement sous la pluie, résigné à son sort. Il aurait aimé boire un ersatz de café chaud.

Il parvient à l'entrée une bonne heure plus tard. Une affiche au mur : « Avis pour la réforme monétaire ». Personne ne lit les deux lignes d'explication qui suivent. En avant ! Comme si chacun craignait que la porte lui claque au nez et qu'il ne puisse plus toucher son argent. Bousculades, atmosphère empestée, voix étouffées.

Il présente sa carte de police de la zone britannique à un contrôleur fatigué, y ajoute sa carte de rationnement valide.

— Avancez ! grommelle le cerbère en faisant signe au suivant.

Sans justificatif d'identité, pas de nouvelle monnaie. Nous allons arrêter plus de clandestins que pendant une grande rafle, se dit Stave.

Plusieurs tables côte à côte dans une pièce, comme une barrière qui la sépare en deux. À chacune des tables, quatre employés de la ville ; derrière eux, contre le mur, des policiers allemands et britanniques. Sur chaque table des cartons avec des lettres majuscules manuscrites. L'inspecteur principal se met devant la file d'attente « S – Z ».

Il réussit à jeter un coup d'œil sur la table en lorgnant par-dessus le foulard de la femme qui le précède : des boîtes en carton, des tampons, un gros téléphone noir, des liasses de vieux billets de reichsmarks, usés, en lambeaux. Ils ressemblent à des chiffons à côté des tas de coupures neuves, vertes, bleues et brunes, soigneusement empilées et qui ont l'air fraîchement repassées. Son cœur bat plus vite tout à coup et il regarde sa montre.

— Vos papiers.

Un employé de la ville aux yeux clairs, chauve et en sueur, lève les yeux vers lui. Stave présente à nouveau ses papiers, excité comme un écolier avant un examen. Le chauve contrôle les documents, l'homme assis à côté de lui note quelque chose sur une liste, cherche la carte à son nom dans la boîte à fiches.

— Chef de famille ?

Comme Stave écarquille les yeux sans comprendre, l'employé soupire profondément.

— Vous ne savez pas lire ? Les chefs de famille ont le droit de toucher l'argent pour tous les membres de leur famille. Qu'en est-il pour vous ?

Il pense à Karl, qui s'est inscrit à sa propre adresse et qui, espère-t-il, attend comme lui devant un employé d'une centrale de change.

— Je ne change que pour moi.

Il semble entendre l'aveu d'un échec.

— Alors voici vos quarante marks allemands.

L'employé a dit tout cela machinalement, il a répété cent fois la même chose ces dernières heures. Stave peine à le comprendre.

— En échange, vous nous donnez quarante reichsmarks. Dans deux mois, on vous en donnera vingt de plus contre vingt reichsmarks. On n'échange pas les pièces et les petites coupures jusqu'à un reichsmark. Ils restent valides, mais ne gardent qu'un dixième de leur valeur nominale. Vous avez compris ?

L'inspecteur principal opine, abasourdi, et fait glisser sa liasse de reichsmarks sur la table. Ce sont les meilleurs billets qu'il a trouvés dans son portefeuille. Le troisième employé les compte rapidement, les dépose sur la pile des vieux billets. Le quatrième lui remet une petite liasse neuve dans la main.

— Signez là, s'il vous plaît. Au suivant !

Stave fait un pas de côté. Décontenancé, il s'appuie à la table, contemple les billets qu'il serre entre ses doigts – et reste bouche bée. Une coupure bleue, un motif de feuilles de chêne, *Banknote, 1/2 Deutsche Mark Serie 1948*. Un billet, jaune, turquoise et brun, sur le bord droit, un homme, assis devant un globe terrestre, torse nu, couronne de lauriers, un papier dans la main droite, dans la gauche un compas, à l'arrière-plan un bateau : *Fünf Deutsche Mark*. Une coupure bleu roi, chiffres et lettres rouges, une Justice au centre, une femme fière tenant la balance de Thémis dans la main droite et un écu dans la gauche : *Zehn Deutsche Mark*.

Plein de vénération, il caresse du bout des doigts le papier vierge, résistant. Il hume son parfum. Fraîcheur. Fiabilité. Ce n'est que du papier ! lui susurre une voix intérieure. Et pourtant, au toucher, c'est différent des vieux billets de reichsmarks. À cet instant précis, dans le tohu-bohu de la centrale de change, il est absolument persuadé qu'il ne payera plus avec des cigarettes ou une livre de beurre. J'ai une révolution dans la main, se dit-il, et plus rien ne sera plus comme avant en Allemagne.

Il feuillette rapidement la liasse et arrive aux coupures de cinq et dix pfennigs.

— Vous, je vous ai déjà vus quelque part, murmure-t-il, satisfait, et il quitte la place.

Karl l'attend. Il a étalé ses marks sur la table de la cuisine, en éventail, comme un jeu de cartes.

— Il va falloir que je m'y habitue, dit-il à voix basse.

Stave ne sait pas vraiment s'il exprime ses espoirs ou ses craintes.

— Dans six mois, on ne saura même plus quelle tête avaient les vieux billets, répond-il.

— Tu crois donc vraiment que cet argent des Ricains sera un succès ?

— C'est notre argent, Karl. *Deutsche Mark*, pas « mark des Alliés ». C'est un début.

— C'est comme si tu en étais fier, de cette monnaie.

Il regarde son fils, bouche bée, réfléchit, puis opine, étonné.

— C'est juste, même si je ne trouve aucune raison sérieuse, effectivement, j'en suis fier.

— Qui aurait pu penser qu'un jour tu ne te laisserais pas guider par ta raison ! réplique Karl, bon enfant. (Il reporte son regard sur les billets.) Ça en fait, des livres, tout ça, marmonne-t-il, et il semble déjà les voir en piles sur la table.

— Les nouveaux romans sur papier journal coûtent quelques pfennigs. Avec ça, tu vas pouvoir te payer toute une bibliothèque.

— Mais toi, tu auras plus de mal pour tes chaussures.

— Qu'est-ce que tu veux dire ?

— Tu retournes en ville aujourd'hui ?

— Oui, sur la Goldbekplatz. Pour le travail.

— Fais le détour par Mönkebergstrasse. Jette un œil aux devantures des magasins.

— C'est dimanche. Tout est fermé.

— Ça ne veut pas dire que messieurs les boutiquiers se tournent les pouces. Va voir.

— Tu viens avec moi ?

— Il faut que je m'occupe de mon jardin. On se reverra sûrement bientôt.

Une petite fleur noire de déception, mais Stave ne veut pas se laisser abattre.

— À un de ces jours, alors, répond-il en s'efforçant de sourire.

— Je vais voir si je trouve un kiosque ouvert le dimanche. J'achèterai peut-être un de ces romans à quatre sous. (Il rassemble ses billets et agite la liasse comme pour s'éventer.) *Heil*, mark allemand ! s'écrie-t-il.

Mais il n'a pas l'air amer, il rit comme un jeune homme gai, moqueur, insouciant. Quand est-ce que je l'ai vu comme ça pour la dernière fois ? se demande Stave. Et il rit avec lui jusqu'à ce que sa blessure à la poitrine lui fasse mal, même s'il jouit de cette douleur.

L'inspecteur principal se met en route plus tôt que nécessaire, il veut suivre le conseil de Karl. Bien avant de parvenir à la Mönkebergstrasse, il comprend à quoi son fils faisait allusion : les boutiques et les magasins sont approvisionnés. « Monnaie nouvelle – Nouveaux prix ! » lit-on sur les énormes affiches des vitrines d'une boutique de mode féminine. Des adultes au comportement d'enfants curieux s'écrasent le nez aux devantures, yeux écarquillés, bouche bée. Stave s'arrête, descend de bicyclette. Les rues sont pleines de monde, malgré le mauvais temps. Il contemple l'enfilade de la Mönkebergstrasse.

— Incroyable ! grommelle-t-il.

Il se surprend d'avoir parlé à voix haute. Ne te laisse pas troubler, se sermonne-t-il, tout en ayant l'impression que le sol s'ouvre sous ses pieds.

Des cigares en vitrine. Des bouteilles de vin du Rhin, des saucisses fumées empilées avec art sur des assiettes en porcelaine. Des robes. Des chapeaux pour hommes. Des casseroles et des marmites. Chez un vendeur de voitures, il aperçoit même une Opel Olympia noire, carrosserie astiquée. Un écriteau derrière le pare-brise, une somme : « 6 785,00 DM ». L'inspecteur principal met quelques secondes avant de comprendre ce que les lettres majuscules signifient.

Et des chaussures, des chaussures, des chaussures en veux-tu en voilà. Des chaussures en cuir pour hommes, à talon pour dames. Des couleurs claires. Des sandales pour enfants. Des bottes de travail.

— Mais d'où ça sort, tout ça ? murmure une dame âgée qui s'est arrêtée à côté de Stave et contemple une vitrine.

Une jeune fille montre un écriteau sur le coin d'une étagère : « Que des marchandises récentes ! »

— Que des mensonges ! siffle la dame entre les dents.

Stave s'en va, trop stupéfié pour être en colère. L'impression humiliante d'avoir été trompé. La révélation que ces produits rares, ces trésors, ces objets de première nécessité, pour lesquels pendant des années il a traîné comme un micheton honteux sur des marchés noirs louches afin de proposer ses biens à de jeunes trafiquants – que toutes ces marchandises étaient déjà là, mais cachées, invisibles, entassées dans des entrepôts, des arrière-boutiques, des caves. Stockées par des marchands à qui l'on présentait tous les jours ses bons d'achat, des gens qu'on connaissait depuis des années, des voisins qui, malgré la misère, dissimulaient leurs marchandises jusqu'à ce jour, le jour J. Le jour de la nouvelle monnaie.

Les magasins sont encore fermés. Stave promène son regard autour de lui. Déçus, les passants ne vont-ils pas briser les vitrines et piller les magasins ? Aucun signe avant-coureur, se dit-il. Tout le monde a l'air intimidé par cette richesse, elle leur fait signe, elle brille dans leur direction, de l'autre côté d'une simple vitre.

C'est la fin du marché noir, se dit l'inspecteur principal. Il faut que je m'active.

Il est à l'heure à la Goldbekplatz. Ruge l'attend. Stave ne le reconnaît que quand le jeune homme lui marche presque sur les pieds. Sans sa tenue, il a l'air d'un lycéen de terminale.

— Bien entendu, je ne suis pas armé, murmure-t-il.

— Je vous ai demandé de venir pour garder ma bicyclette pendant que j'opère, lui souffle Stave. (Ruge tord le nez. L'inspecteur principal rit et lui tape sur l'épaule.) Je plaisante, affirme-t-il. Inutile de vous occuper de cette vieille Gazelle. Et vous n'aurez pas besoin d'arme non plus.

Il pense brièvement à sa blessure par balle, mais se libère vite de sa peur. Pas d'affolement. Il a trouvé un bout de fil de fer et un vieux cadenas dans sa cave. Il s'en sert pour attacher son vélo à un réverbère.

— Même ma grand-mère pourrait l'ouvrir, note Ruge.

— J'espère qu'elle ne traîne pas dans le coin. Je m'achèterai un nouveau cadenas demain.

— Ou un nouveau vélo.

— Quoi qu'il en soit, à l'avenir, plus besoin de venir ici pour acheter quelque chose.

L'inspecteur principal fait un signe de tête en direction de la Goldbekplatz.

— Les trafiquants font grise mine aujourd'hui, comme si une bombe avait éclaté, raille le jeune *schupo*.

Stave se demande fugacement si Ruge a combattu sur le front.

— Vous êtes là depuis longtemps ?

— J'observe tout ça depuis un quart d'heure, et tout a l'air comme d'habitude : des trafiquants, des mouchards, des types avec des serviettes, des gamins qui font le guet, des femmes avec des filets à provisions, des cigarettes, du café, un peu de beurre. Il est vrai que les magasins sont encore fermés aujourd'hui. Quand ils vont ouvrir demain, tout sera fini, et tout le monde le sait. D'où cette nervosité. Les trafiquants veulent boucler la dernière affaire de leur vie, mais aucun d'entre eux ne sait s'il vaut mieux fourguer tout ce qui lui reste ou si, au contraire, il faut acheter tout ce qui se présente.

Stave et Ruge flânent sur la place comme de simples badauds. Des prix chuchotés. Des vestes qui s'ouvrent très vite. Mais des regards furtifs aussi, dans toutes les directions, des mains qui se frôlent, des rires trop tonitruants. Demain, vous serez liquidés, se dit l'inspecteur principal. Je suis curieux de savoir ce que vous trouverez comme travail lundi. Je parie que vous resterez des clients de la brigade criminelle.

— Qui cherchons-nous ? s'enquiert Ruge, impatient.

— Une de mes connaissances. Soyez indulgent, l'homme est inoffensif. En réalité, il me fait même pitié.

Il donne un coup de coude imperceptible au *schupo* et pointe discrètement le menton.

— Le voilà.

— Il a vraiment l'air inoffensif, confirme Ruge, légèrement déçu.

Kurt Flasch. Petit, maigre, à moitié aveuglé par la pluie qui noie ses lunettes en nickel soudées, il traverse la place en louvoyant, avec des gestes nerveux, l'air malheureux.

— Vous êtes sûr que c'est le faux-monnayeur ?

— De sa vie, il n'a jamais fabriqué le moindre faux billet, répond l'inspecteur principal en abordant son voisin par derrière. *Herr* Flasch, je vous arrête, prononce-t-il à voix basse. Si vous vous tenez tranquille, je vous épargnerai les menottes.

Flasch se retourne brusquement. Effrayé, il rive ses yeux sur Stave, puis jette un œil rapide à Ruge avant d'accorder à nouveau toute son attention à l'inspecteur principal. Il est de plus en plus pâle.

— Je n'ai rien fait de mal, bégaie-t-il.

— Les Alliés voient cela d'un tout autre œil, rétorque Stave en posant sa main droite sur l'épaule de l'employé de banque.

Il sent la clavicule de Flasch à travers son imperméable léger. Aux Homicides, il n'avait jamais éprouvé la moindre pitié envers les malfaiteurs qu'il arrêtait. C'étaient des criminels, des meurtriers. Mais il pense à la femme grassouillette de Flasch dans son rez-de-chaussée, à ses enfants toujours turbulents et il se sent minable.

— Vous vous en tirerez peut-être avec une amende, lui souffle-t-il sans conviction.

— Mais qu'est-ce que vous me reprochez, à la fin ?

Derrière les verres de ses grosses lunettes, du fond de leurs orbites, ses yeux trahissent qu'il a deviné depuis longtemps de quoi il s'agit.

— Vous avez vendu des nouvelles coupures de pfennigs à la Goldbekplatz, lui répond l'inspecteur principal.

Sur ces entrefaites, il l'emmène discrètement jusqu'à l'usine chimique abandonnée et l'adosse au portail détérioré du bâtiment. On pourrait les prendre pour trois hommes en train de marchander.

— *Herr* Ruge va vous fouiller. Ça ira vite et personne ne remarquera rien, assure Stave.

Ruge se met au travail. Grande habileté manuelle, se dit Stave. Ce n'est plus le jeune blanc-bec que j'ai rencontré l'an passé. Et il n'a fait qu'un stage de formation de huit jours ! Il se peut qu'il devienne effectivement bientôt membre de la brigade criminelle. Ruge trouve un mouchoir dans la poche de Flasch, quelques cigarettes, un certain nombre de vieux billets de reichsmarks – et une douzaine de coupures neuves de cinq pfennigs, réunies en liasse par un trombone.

— À la banque, vous êtes à la source de la nouvelle monnaie, bougonne Stave en contemplant les billets.

— Je suis allé chercher mon argent ce matin, comme tout le monde, se défend Flasch.

— Et nous avons tous reçu quatre billets de cinq pfennigs, pas douze.

— J'ai déjà acheté quelque chose, et c'est mon change.

L'inspecteur principal présente un billet à la lumière. Vert-jaune. Le motif est légèrement décalé. Il tire son portefeuille et en sort une coupure de cinq pfennigs. La même couleur. Le motif est en place. Flasch baisse les épaules et fixe le sol taché.

— Vous me devez une explication, dit Stave.

— Comment m'avez-vous démasqué ?

— Cela n'a pas été bien difficile. D'après quelques indices que j'ai recueillis, j'étais persuadé que ces coupures n'étaient pas des faux billets, mais des billets de la nouvelle monnaie. Qui pourrait avoir accès à cet argent avant le jour J de la réforme monétaire ? Un Allié ? Peu probable qu'il fourgue les billets au marché noir : qu'est-ce qu'il y gagnerait, il est payé en livres anglaises. Reste donc un Allemand. Et un Allemand qui travaille à la banque du Land. Les billets font leur apparition à la Goldbekplatz. Vous y traînez. Élémentaire, un jeu d'enfant.

— Le jour où on s'est rencontrés, j'étais là par hasard.

— Taratata, vous m'avez prévenu contre ce marchand qui proposait de l'huile de moteur toxique pour de l'huile de friture. Une fraude que ne peut avoir démasquée qu'un habitué des lieux.

— C'est à vous dégoûter de vouloir rendre service, marmonne Flasch, résigné.

Stave secoue la tête.

— Même si vous n'aviez pas dénoncé ce type, vous ne vous en seriez pas tiré.

— Pourquoi ne m'avez-vous pas arrêté avant ?

— Maintenant que la nouvelle monnaie est là, je n'ai plus le choix, il faut que je vous arrête, même si je n'ai pas tout compris de votre manège. Parce qu'il y a deux choses qui n'étaient pas claires pour moi et que je pensais devoir élucider avant de passer à l'action. Pourquoi avez-vous vendu ces billets avant le jour J ? Si vous aviez attendu, on n'aurait rien pu vous reprocher. Et deuxièmement, pourquoi prendre tant de risques pour des pfennigs au lieu de proposer des marks ?

Flasch se compose une tête de martyr.

— Je guettais la bonne occasion, avoue-t-il. Quand l'argent a été transféré à la banque dans ces caisses en bois, nous avons fait des piles de billets. Et nous avons vite remarqué que quelques coupures de cinq et dix pfennigs avaient des défauts. Vous avez vu ça vous-même : motif et couleur ne se recouvrent pas exactement. Cela arrive parfois, le temps que les machines typographiques soient correctement réglées. C'était déjà le cas avec les anciens reichsmarks, et ça arrive encore plus souvent avec des nouvelles séries. Ce genre d'impression fautive atterrit au tambour.

— Au tambour ?

— Une sorte de moulin pour réduire le papier en miettes. On y déchiquète les billets jusqu'à ce que le papier soit presque réduit à l'état de poussière. Deux personnes s'occupent de cette espèce de broyeur ; ils y jettent les liasses, surveillent le processus jusqu'à ce que les billets soient pulvérisés. Ce tambour ressemble un peu à celui d'une machine à laver le linge. Mais avec une ouverture en haut, et on peut donc regarder les billets en train d'être réduits en poudre.

— Et pas seulement les regarder, mais aussi y plonger la main, complète Stave qui commence à comprendre.

— C'est bien pour cela que nous sommes toujours deux. On se surveille mutuellement. Mais mon collègue avait pris froid, ce jour-là. Il toussait et juste après qu'on a jeté les billets dans la machine, il s'est détourné pour se moucher bruyamment. Ça a duré à peine deux secondes et j'en ai profité pour mettre la main dans le tambour et prendre une poignée de billets.

— Combien de billets ?

— Je suis tombé sur des coupures de cinq et dix pfennigs. À peu près huit de dix et vingt de cinq.

L'inspecteur principal ferme les yeux et se retient de rire. Tant d'histoires pour quelques ridicules billets de pfennigs !

— J'ai coincé les billets dans la ceinture de mon pantalon, poursuit l'employé de banque. J'ai attendu la fin de la journée, et je suis allé à la Goldbekplatz. J'y avais déjà fait des affaires. Des affaires légales.

— Il n'y a rien de légal au marché noir, commente Ruge avec sévérité.

Stave préfère se taire, se contente de regarder son prisonnier, puis :

— Mais vous, vous justement, vous saviez parfaitement que la réforme monétaire n'allait pas tarder. Pourquoi ne pas avoir attendu quelques jours ? Pourquoi vouliez-vous vous débarrasser si vite de ces coupures ?

— Mais j'ai une femme et des enfants ! gémit Flasch. Si j'avais attendu jusqu'à aujourd'hui, je serais seulement riche de quelques pfennigs et personne n'aurait remarqué que je payais avec des coupures mal imprimées. C'est ridicule, je n'aurais pris aucun risque. Mais je me suis dit : si tu vends ces billets avant la réforme, tu en auras un bon prix. Une paire de chaussures pour enfants, peut-être. Ou... (Il rougit.) des bas pour ma femme.

— Et vous en avez tiré un bon prix ?

Flasch baisse les yeux et se tait.

— Soit, après tout, ça ne me regarde pas, marmonne l'inspecteur principal, conciliant. En tout cas, vos billets ont vite atterri chez les Anglais. Et ça les a rendus très nerveux.

— Je n'ai même pas pensé à ça. Je ne pensais pas que ça ferait autant de vagues. Ce ne sont que quelques malheureux pfennigs ! Et de toute façon, maintenant, ça n'intéresse plus personne.

— Oui, mais maintenant, c'est trop tard.

— Relâchez-moi. Ce ne sont que quelques pfennigs de rien du tout, supplie Flasch.

Stave hésite un instant. Détention préventive. Procès. Un magistrat britannique jugera Flasch. Une année de prison ? Toujours est-il que Flasch perdra son statut d'employé de la banque. Le voilà sans travail, avec une famille à nourrir. Et tout ça pour quelques pfennigs ! Il jette un œil à Ruge. Un témoin de l'arrestation.

— Je ne peux pas vous laisser filer, dit-il pour s'excuser.

Il se demande s'il ne devrait pas passer les menottes à Flasch. Pas parce qu'il pourrait s'enfuir, mais parce qu'il craint qu'il se jette sous une voiture ou sous les roues du tramway. Il lui laisse les mains libres.

— On va faire une petite promenade jusqu'à l'hôtel de police, ordonne-t-il.

— Il va malheureusement falloir que je renonce à l'avenir au plaisir de la marche, soupire Flasch en trottinant humblement entre les deux policiers, l'air soumis.

Stave est seul dans son bureau. Il a congédié Ruge. Flasch est en préventive. MacDonald sera content, se dit-il. C'est dimanche. Il décroche le combiné et appelle le numéro privé du lieutenant.

— Allô !

Une voix féminine. Un instant, Stave est si étonné qu'il reste bouche bée. Puis il reconnaît cette voix.

— *Frau* Berg ! s'écrie-t-il. *Frau* MacDonald, se corrige-t-il aussitôt.

— Trop tard, *Herr Oberinspektor*. Je vous ai reconnu. Au travail, comme toujours !

Son caractère enjoué. Le cœur de Stave se serre. La nostalgie des Homicides, de l'optimisme indestructible d'Erna Berg. Voilà que je deviens sentimental. Je m'attendris, se dit-il. Reste une pointe d'envie. Envie d'être chez soi le dimanche, avec une femme qui rit au téléphone.

— Comment va Iris ?

— Cette petite me tête jusqu'à la moelle. Elle crie toute la nuit. Elle salit plus de couches qu'une compagnie de soldats avec la courante. Bref, tout est normal.

Stave veut encore lui demander des nouvelles de son fils. De ce qu'il va devenir, après le déménagement prévu pour bientôt. Sait-elle d'ailleurs déjà où ils vont aller ? Mais il a peur d'être indiscret.

— Le lieutenant MacDonald est-il là ?

— Vous n'allez pas me l'enlever un dimanche ?

Un soupçon de crainte dans la voix.

— Au contraire : je vais encore augmenter sa bonne humeur.

— Alors, oui, James est là.

— Bonjour, mon vieux, vous n'êtes pas à la messe ?

Stave est un peu désarçonné.

— J'irai plus tard. Et je donnerai quelques billets à la quête, finit-il par répondre.

— Des coupures de cinq et dix pfennigs ? Vous avez chopé ce type ?

— Le roi d'Angleterre et le président des États-Unis vont de nouveau pouvoir dormir tranquille : le saboteur de la nouvelle monnaie est derrière les barreaux.

Stave lui raconte comment il a résolu l'énigme.

— Huit billets de dix pfennigs et vingt de cinq, résume MacDonald en riant. 1,80 DM et l'Empire britannique tremble sur ses bases ! Cela ne vous étonne pas, naturellement. Je suis heureux que nous n'ayons pas trouvé de failles plus importantes dans le système. Rendez-vous compte, si le coupable avait été un Allié ! Ou même le Diable, Uncle Joe, Staline en personne, qui n'aurait pas été d'accord qu'on introduise le mark allemand dans la trizone et nous aurait planté une épine dans le pied sous forme d'un saboteur du NKVD. Qu'aurions nous fait si Staline avait effectivement manigancé tout cela ? Nous aurions envahi la Sibérie ? Mon Dieu, que je suis soulagé que le coupable ne soit qu'un pauvre type.

— Un pauvre type, oui, grommelle Stave.

— Vous le connaissez ?

— C'est un voisin. Vraiment, un pauvre bougre.

Il lui raconte son histoire. Quand il a terminé, le lieutenant insiste.

— Allez, dites-moi tout !

— Tout quoi ?

— Mon vieux, je vous connais aussi bien que le miroir de votre salle de bain. Ne me racontez pas d'histoires. Vous voulez que j'intervienne pour Flasch.

— Vous avez des relations.

— Le problème, c'est que vous avez arrêté ce type et qu'un procureur s'occupe déjà de l'affaire.

— Impossible de faire autrement. Je n'étais pas seul.

— Je comprends. (Silence à l'autre bout de la ligne.) Écoutez, cette affaire va atterrir sur le bureau d'un juge en flagrants délits britannique. Je m'en charge. Ce sera un délit de marché noir ordinaire. Je vais broyer votre dossier, en béton armé je n'en doute pas, mais heureusement écrit en allemand. Je ne garderai qu'un seul motif d'accusation, mais rédigé en anglais. Quelque chose comme : « Arrêté lors d'une rafle avec sur lui une somme d'argent anormalement élevée, mais sans marchandise rationnée. » Dix minutes de comparution, un verdict, quelques semaines de détention, au suivant. Un moment difficile à vivre, mais de la routine. Ce qui a déjà presque un parfum d'honorabilité. Ensuite Flasch aura droit à une quelconque punition disciplinaire à la banque centrale. Mais il ne sera pas licencié.

— Si je n'avais pas promis autre chose à Erna, je pédalerais jusque chez vous, je vous choperais sous le bras et vous entraînerais dans le premier bistrot pour me soûler avec vous.

— Je me demande pourquoi nos deux peuples se sont fait la guerre. C'est tellement facile de résoudre les problèmes. Je ne manquerai pas de vous rappeler votre invitation le moment venu.

Stave classe ses dossiers. Tout est silencieux dans l'immense bâtiment, excepté le léger martèlement de la pluie sur les vitres. Il range des papiers, mais il est mécontent. Il se sent plein d'énergie. Pédaler sans but dans les rues de Hambourg? Absurde. Rentrer à la maison? Personne ne l'attend. Il finit par conclure qu'il ne lui reste qu'une chose à faire. Cette fois-ci, ne va pas tout gâcher, se dit-il.

Il pédale le long de Holstenwall en direction de l'Elbe, passe devant la tour imposante du monument de Bismarck, noir de pluie, tourne à droite dans la Hafenstrasse, puis la Palmaille. Quasiment aucune voiture ne circule dans les rues, les trottoirs sont vides – excepté devant les devantures où il y a toujours autant de grappes de curieux, de masses de parapluies, d'imperméables, de pèlerines. L'inspecteur principal n'aperçoit que des des. Un étrange parfum d'incrédulité stagne sur l'asphalte.

Plus il avance, plus il appuie sur les pédales. Le grand immeuble collectif sur sa gauche. L'entrée qui ressemble à un porche, mais qui donne sur une courte impasse : la Röperstrasse. Il fonce à présent, serre la poignée de frein devant le numéro 6 avec une telle violence que le caoutchouc du petit sabot râpe le pneu. Peu importe, se dit-il, je m'en payerai un neuf. Il boucle rapidement le cadenas improvisé de sa Gazelle, inspire profondément pour calmer les battements de son cœur, frappe à la porte de cet appartement minable en sous-sol. Je t'en prie, ouvre, supplie-t-il. Des pas derrière la porte, un bruit de clé qui tourne, le râclement d'un verrou. Anna.

— Toi, se contente-t-elle de dire.

La porte s'ouvre en grand.

Stave ne sait que dire. Anna a coiffé ses cheveux en arrière, rassemblés en une natte désinvolte. Une mèche lui tombe sur le front. Elle porte une robe claire qu'il ne lui a jamais vue. Il aurait dû apporter des fleurs, quelque chose enfin. Il entre, gêné. Il respire son parfum en passant près d'elle tandis qu'elle referme soigneusement la porte derrière lui. Une cave et l'ancienne buanderie avec ses deux grands bacs en ciment carrés. Les murs en briques suintants ont été passés à la chaux, quelques clous fixés aux murs avec des tableaux qu'Anna a sauvés des décombres. Une table, deux chaises. Sous le soupirail, une armoire bancale privée de ses portes. Sur une étagère quelques vieux livres, des volumes aux titres passés reliés de brun et de bleu, deux romans défraîchis imprimés sur du papier journal. Une seconde table avec une vieille huile sans cadre, la toile déchirée. Le butin d'une ruine qu'Anna est en train de restaurer. Pour lui tout cela ressemble au paradis.

— Je suis étonnée de te voir, dit Anna en souriant.

— Je m'étonne moi-même, avoue-t-il.

Et il fait enfin ce qu'il aurait dû faire depuis des mois. Il avance d'un pas, la prend dans ses bras et l'embrasse.

Le dernier indice

Lundi, 21 juin 1948

Au petit matin, Stave quitte le lit étroit sans réveiller Anna. Il s'habille, fouille dans son sac à main à la recherche d'une clé et referme doucement la porte d'entrée de l'appartement derrière lui. Inutile que les voisins entendent. Du brouillard. Il relève le col de son manteau et fait quelques pas en direction de la boulangerie qu'il connaît depuis ses premières visites chez Anna. Des passants sur les trottoirs, plus de monde que Stave n'en attendait à cette heure matinale.

Il s'arrête brusquement : l'odeur du pain frais. Du vrai pain, cuit avec de la vraie farine. Il est pris de vertige. La boulangerie est pleine à craquer, les voix sont tout excitées dans le magasin exigu. Il croit rêver : sur les étagères en verre s'alignent des pains, des paniers entiers remplis de petits pains à l'eau. Des brioches même. Quand a-t-il vu cela pour la dernière fois ? Huit ans auparavant ?

Il est si abasourdi qu'il ne se rend pas compte que son tour est venu.

— Vous désirez ? répète déjà la jeune boulangère, souriante, impatiente, comme en temps de paix.

— Deux petits pains, annonce-t-il et sa voix criaille. Non, quatre, rectifie-t-il précipitamment.

Pourquoi économiser ? Au mur, derrière la boulangère, un panonceau manuscrit : « Pas de tickets de rationnement ! Pas de marchandise rationnée ! »

Stave glisse quelques nouvelles coupures de pfennigs sur le comptoir. Il remplit ses narines de l'odeur des petits pains, fait craquer leur croûte ferme et blonde. Ils sont encore chauds. Quelqu'un le bouscule pour prendre sa place.

Lorsqu'il est de retour à l'appartement d'Anna, elle a préparé de l'ersatz de café. Une habitude qui, elle aussi, va bientôt changer.

— Regarde ce que j'ai rapporté ! s'écrie-t-il en brandissant le sac en papier depuis le seuil de la porte. (L'odeur de petits pains emplit les lieux.) Mon plus beau cadeau nuptial.

— Ton deuxième plus beau cadeau, réplique sérieusement Anna.

Elle l'embrasse et le débarrasse de son manteau.

Un peu plus tard, ils sont installés à la table branlante. Stave ne remarque plus les murs miteux, les tasses ébréchées. Songeur, il mâche un petit pain, jouit de chaque bouchée, retarde le moment de déglutir.

— Incroyable ! On trouve à nouveau de tout, marmonne Anna. Hier, on crevait de faim. Et le lendemain matin, au réveil, tout est redevenu comme au bon vieux temps.

— Tous ces produits devaient être là depuis longtemps, la farine pour les petits pains, les bas et les poêles à frire. En stock, mais personne pour les mettre en vente. Maintenant que la nouvelle monnaie est là, tout le monde flaire la bonne affaire.

Ils discutent de ce qu'ils vont acheter. De la somme qu'il aura régulièrement tous les mois dans l'enveloppe, et si cet argent suffira pour acheter tout ce dont on a été privé si longtemps. Il n'y en aura pas assez, et ce pour des années encore. Mais peu importe ! Ils parlent aussi de leur dernière nuit, taquins et amoureux. Mais ils ne disent pas un mot de leur passé respectif.

Alors qu'ils ont avalé la dernière miette de leur petit déjeuner, Anna le regarde par-dessus sa tasse.

— Comment vois-tu notre avenir ?

— Épouse-moi ! s'écrie Stave, presque étonné lui-même de ce qu'il vient de dire.

Elle pâlit, puis rougit.

— Tu sais bien que c'est impossible, murmure-t-elle. Je ne suis pas divorcée. Et si je voulais divorcer, cette histoire remonterait à la surface. On posera des questions. On voudra vérifier des papiers et on entreprendra des recherches.

Il se lève et la prend dans les bras.

— Il n'y aura pas de recherches, chuchote-t-il, et quelques instants plus tard, il hoche la tête, conscient de ce qu'il vient d'avancer. C'est sans doute la phrase la plus étrange qu'un inspecteur principal de la brigade criminelle ait jamais prononcée, explique-t-il. Anna von Gudow n'existe pas. Les papiers à ce nom ont brûlé à Berlin. Ou ils moisissent dans les archives municipales d'un patelin aujourd'hui en zone soviétique ou en Pologne, et plus difficiles à atteindre que la Lune. Tu t'appelles Anna von Veckinhausen. Tu es libre !

— Et toi, es-tu libre ?

Il lui parle de Karl, des études qu'il a entreprises. De leur repas pris en commun et de leurs conversations compliquées.

— Son enfance est ruinée à jamais, mais pas sa jeunesse. Il a trouvé sa voie, conclut-il. Je crois que nous avons tous mérité une seconde chance.

Il enlace Anna.

Elle sourit, comme elle ne lui a encore jamais souri, écarte la mèche de son front et lui chuchote :

— Tu vas être en retard au bureau ce matin.

Il y a des années que Stave ne s'est senti aussi léger. Il se sent libre et plein d'énergie tandis qu'il pédale dans la Palmaille. Cette fois, je vais garder Anna, se jure-t-il. Et Karl aussi. Je m'en suis tiré encore une fois. S'il n'avait pas cette enquête sur les bras, il poserait même des jours de congé, les premiers depuis 1941. Rolf Rosenthal, les œuvres d'art du Reimershof. Et ce banquier qui nie toute implication. Une petite contrariété qui agace cette impression de bien-être.

Une voiture noire le dépasse. Il s'étonne. Il lui faut quelques secondes pour savoir pourquoi : un taxi. Quand a-t-il vu un taxi pour la dernière fois ? Avant la guerre ? Dans les premières années de la guerre ? Plus depuis 1945 en tout cas, avec ces interdictions de rouler, l'introduction des carnets de route administratifs et le rationnement de l'essence.

Le tramway de la ligne 31 brinquebale à sa rencontre. À moitié complet seulement. Encore une nouveauté. Les quelques lignes qui marchaient encore étaient toujours bondées. S'y pressaient comme harengs en caque des employés et des ouvriers, des femmes au foyer et des enfants, des marchands, des trafiquants et des « Hamsters ». Stave se demande quand Bahr va lui confier une nouvelle enquête. Et de quelle affaire il pourrait bien s'agir.

L'hôtel de police bourdonne comme une ruche dans laquelle on aurait balancé un coup de pied. Le patron du Chefamt S se frotte les mains quand Stave apparaît dans le couloir du cinquième.

— Où donc étiez-vous ? demande-t-il à l'inspecteur principal.

— Sur mon enquête.

Il s'étonne d'avoir menti avec autant de facilité.

— Je vois. Moi aussi, ce matin, j'étais à la Hansaplatz. Je voulais voir transpirer nos clients habituels. La réforme monétaire vaut la peine d'être vécue, ne serait-ce que pour se régaler à mater la tête des trafiquants.

— Ces types peuvent remballer.

— C'est exactement ce qu'ils font, littéralement. Ils fourguent tout ce qu'ils ont et remballent tout ce dont personne ne veut. Les Lucky Stricke, qui coûtaient encore sept reichsmarks il y a quelques jours, vous les avez pour vingt-cinq pfennigs nouveaux, et elles sont à la baisse ! Les cigarettes sont moins chères au marché noir qu'au bureau de tabac parce que ces messieurs et leurs receleurs liquident les stocks. On peut acheter une livre de beurre pour cinq deutsche marks.

Bahr s'esclaffe, triomphant, comme un général qui vient de gagner sa dernière bataille.

— Et le Chefamt S, que va-t-il devenir ? demande l'inspecteur principal.

— Vous pouvez vous faire muter aux Mœurs, si ça vous chante. Il y a de plus en plus de marguerites qui poussent entre les pavés au bord des trottoirs, même en plein jour. Les filles payaient la chambre avec des cigarettes, et comme elles ne valent plus rien, on les met à la porte. Avec la nouvelle monnaie, et pour la première fois, en plus des soldats alliés et des trafiquants, il y a aussi des michetons allemands. Ce qui va donner du travail aux collègues des Mœurs.

— Ce n'est pas vraiment ce qui me passionne le plus.

— Ce qui fait qu'on est deux. Bien. On aura toujours les délits financiers. Je vais par exemple envoyer une patrouille à la gare centrale. Ces derniers jours, quelques types particulièrement malins ont acheté des billets de train avec des reichsmark et ils les revendent à des tarifs prohibitifs, payables en marks allemands. Tout en chuchotant, comme au bon vieux temps du marché noir populaire. Les gens trouvent toujours des combines… Vous venez ?

— Il faut encore que je termine mon enquête.

— Les œuvres d'art du Reimershof? Qu'est-ce qu'il reste encore à faire?

— Donnez-moi encore quelques jours, répond Stave en fermant la porte de son bureau.

L'inspecteur principal appelle Kienle.

— Vous pouvez passer à mon bureau?

— Pour le boulot?

— En quelque sorte, oui.

— Pas très catholique, votre histoire. J'arrive.

Quelques minutes plus tard, le rouquin se tient devant Stave, avec en bandoulière son Leica dans un étui en cuir.

— Vous pouvez aussi photographier de petits objets? Grands comme une main, par exemple. En intérieur, dans un vestibule. Sans flash.

Kienle rit.

— Quand je travaillais sur le front pour *Signal*, aucun fantassin n'aurait été ravi si je m'étais baladé avec des lampes. (Il jette un œil dans sa serviette et en sort un petit objectif.) Un 50 mm f1/5 Summarit. Un objectif de cinq centimètres avec une grande ouverture de diaphragme. Je peux même faire des photos sous la couette avec ça!

— Je ne suis pas encore aux Mœurs! grogne Stave. Montez votre objectif sur le boîtier et mettez votre Leica dans la poche de votre veste. Personne ne le remarquera. (Il fouille dans ses tiroirs jusqu'à ce qu'il sente sous ses doigts une courte règle en bois.) Et vous dissimulerez ça sur vous.

— Vous voulez que je travaille discrètement?

— Laissez le reste de votre attirail ici. Je vous présenterai comme collaborateur de la police criminelle, ce qui est d'ailleurs vrai.

— Où voulez-vous que je prenne des photos? Et pourquoi cette règle?

— Je vous dirai tout ça en route. Nous allons prendre une voiture.

— Trop tard. Depuis qu'on retrouve de l'essence aux pompes, les collègues foncent dans les rues comme Bernd Rosemeyer, notre champion d'Europe des pilotes. Tout est bon pour rouler à fond la caisse.

— En ce cas, nous irons à pied. Ce n'est pas loin.

— Un marché noir du coin ?

— Le marché noir ne fait plus partie du métier de flic, Kienle. Tout va mieux en Allemagne. On rend visite à un banquier.

Lorsqu'ils quittent l'hôtel de police, une silhouette massive vient à leur rencontre devant l'éléphant en bronze et manque les renverser.

— Vous êtes déjà en route pour régler la circulation, Stave ?

Dönnecke. Une rencontre qu'il voulait éviter à tout prix. Les yeux sombres du policier, très enfoncés dans leurs orbites, vont et viennent en un vol lourd entre Stave et Kienle. Stave peut presque respirer la méfiance de son collègue envers sa personne. Il se demande ce que je vais faire avec ce photographe, se dit-il. Tant mieux si ça le rend nerveux.

— Il y a suffisamment de travail, répond-il en haussant la voix.

Il veut forcer le passage, mais la grosse patte de Dönnecke vient peser lourdement sur son épaule.

— Vous vous occupez de délits de marché noir, gronde le vieil inspecteur. Depuis que nous avons touché l'argent des occupants, il n'y a plus de marché noir. Pourquoi avez-vous besoin d'un photographe ?

— Investigations confidentielles.

— Ne me dites pas que vous allez au Reimershof ? Je n'aime pas qu'on mette son nez dans mes affaires.

— Moi non plus, rétorque Stave en dégageant son épaule d'une secousse.

— Le collègue Dönnecke est en pleine forme, murmure Kienle quand ils se sont éloignés de quelques pas. Le succès du nouveau mark lui échauffe les sangs. Il préférerait que la moitié de Hambourg crève de faim et réclame un nouveau Führer.

— Vous tenez à l'avoir comme ennemi ?

— Jamais, rétorque le photographe, effrayé.

— Dans ce cas, vous auriez mieux fait de ne pas m'accompagner, répond l'inspecteur principal avec un sourire moqueur. Parce que vous allez mettre votre objectif dans les affaires de notre bien-aimé collègue.

Ils traversent le Valentinskamp et le Gänsemarkt. Stave explique à Kienle ce qu'il attend de lui. Il parle à voix basse, bien que la précaution soit inutile. Les passants se bousculent sur les trottoirs mais aucun ne leur prête attention. Les regards sont collés aux vitrines, étonnés, pleins de vénération. Des cris indignés quand quelqu'un montre une étiquette de prix. Des hommes qui sortent triomphants des magasins avec des marchandises dans du papier d'emballage. Des pipes sur des étagères. L'inspecteur principal n'aurait jamais pensé qu'on en fabriquait encore en Allemagne. Et les voici, exposées sur du velours anglais, comme si rien ne s'était passé entre 1939 et 1945. Un magasin de vêtements : des chemises en popeline pour 8 DM. Une robe rose clair. Elle irait bien à Anna, se dit Stave. Deux cents marks. Kienle a suivi le regard de Stave.

— Pas pour un salaire de fonctionnaire, commente-t-il, lapidaire. Mais les prix finiront bien par se stabiliser.

— Se stabiliser ?

Le photographe montre la devanture d'un magasin d'électroménager.

— Fers à repasser, 17,50 DM. Je suis passé ici par hasard hier soir quand ils ont affiché les étiquettes. Cela fait des années que je cherche un fer à repasser. Eh bien, ce fer coûtait 27,50 DM, ce qui a découragé les braves clients. Cela fait des semaines que les boutiquiers stockent leurs produits, des marchandises qu'ils ont payées en reichsmarks. Ils fixent leur prix de manière arbitraire, mais tout cela va s'équilibrer. On ne sera bientôt plus obligé de dépenser un mois de salaire pour une robe. Mais, je ne savais pas que vous étiez remarié.

— Pas encore, rétorque Stave.

Un marché sur le Jungfernstieg, le long de l'Alster. Des commerçants ont aligné quelques tables et étalé leurs marchandises. Une activité parfaitement légale. Des centaines d'individus s'y bousculent. La moitié des habitants de Hambourg semble ne pas être allée au travail. Il ne reste plus rien de ces allées et venues erratiques du marché noir populaire, de ces chuchotis honteux. Des femmes au foyer et des employés tâtent les marchandises, les examinent d'un œil critique sous toutes les coutures, discutent la qualité, marchandent le prix – encore un peu hésitants toutefois, méfiants vis-à-vis d'eux-mêmes, comme s'ils se réveillaient et vérifiaient des facultés longtemps laissées en sommeil.

Stave et Kienle passent devant des rangées de marchands de légumes. Plus loin, quelqu'un propose une bouilloire électrique pour 27,50 DM et un couvert en porcelaine pour 2,60 DM. Une machine à écrire pour 300 DM. Ce type qui a échangé mon Olympia pour son vélo pourrait faire une bonne affaire, se dit l'inspecteur principal, mais ça lui est égal.

Ils émergent de la foule et parviennent aux rues tranquilles qui longent l'est de Alster. Ils marchent plus vite.

— Vous avez tout compris? demande de nouveau Stave au photographe, avant qu'ils ne suivent l'allée qui monte à la villa de Schramm.

— Oui, je sais ce que j'ai à faire, répond le photographe en tapotant la poche de son manteau, au fond de laquelle attend le Leica.

— Décidément, vous ne lâchez jamais prise. Heydrich serait fier de vous, les salue le banquier quelques minutes plus tard, sitôt qu'ils sont assis en face de lui.

— Heydrich n'est pas mon patron, rétorque Stave qui refuse de se laisser provoquer. Le nom de Rolf Rosenthal vous dit-il quelque chose ?

Il retient son souffle. Dönnecke a laissé l'enquête aux souris. Il ne s'est jamais montré chez Schramm, et Stave espère que le banquier ne sait rien des signes particuliers découverts sur le mort des ruines du Reimershof.

— Nous avons trouvé un bout de papier dans les décombres du Reimershof. On a pu y déchiffrer ce nom, poursuit-il en espérant que sa voix ne trahit pas qu'il bluffe.

Schramm le fixe, l'œil droit à moitié fermé, le gauche écarquillé derrière le monocle démodé.

— Comme je vous l'ai déjà expliqué, j'ai rangé dans ce bureau des objets que je ne voulais pas garder dans ma banque, finit-il par répondre. Des dossiers personnels de collaborateurs juifs, par exemple. *Herr* Rosenthal est entré comme apprenti dans ma maison en 1917, à quatorze ans. Un Juif, et avec un pied estropié, ce qui ne facilitait pas la recherche d'un emploi, même sous l'Empire. J'ai tout de suite reconnu ses qualités : un comptable-né. Discret. Ambitieux. Muet comme une carpe. Il a vite fait carrière. En 1930, il est devenu pour ainsi dire mon bras droit.

— Et trois ans plus tard ?

— Vous ne croyez tout de même pas que je l'ai licencié en 1933 ? Il a gardé son travail. Son dossier personnel est passé au Reimershof.

— Il y travaillait aussi ?

— À l'occasion. Mais on ne pouvait éviter qu'il soit souvent occupé au siège de la banque.

— Est-ce qu'il vous a aussi conseillé en matière d'art ?

Schramm regarde par la fenêtre.

— *Herr* Rosenthal était fondé de pouvoir. Pourquoi ces questions ?

— Qu'est-il devenu ?

— *Herr* Rosenthal avait une grande famille. Ses parents vivaient encore. Il avait plusieurs frères et sœurs. Parmi eux, beaucoup sont restés trop longtemps en Europe. Seule une nièce a émigré en Amérique avant 1939. L'été 1940, après l'invasion de la France, *Herr* Rosenthal m'a avoué qu'il voulait tenter d'atteindre le Sud de la France avec les siens, en passant par Paris et Marseille, d'où il essaierait de passer au Portugal ou en Afrique du Nord. Il m'a assuré que tout était prêt. Je ne l'ai pas revu depuis. Et je n'ai pas non plus entendu parler de lui. Je suppose qu'il s'est fait arrêter en route.

— Vous permettez que je me lave les mains ? l'interrompt Kienle. Ce temps humide…

Il sourit pour excuser ses mains moites.

— Certainement. Dans le vestibule, première porte à droite après l'entrée, répond Schramm, irrité, avant de regarder de nouveau par la fenêtre, perdu dans ses pensées. Étrange, le peu de traces que nous laissons derrière nous dans cette vie. Un bout de papier dans une montagne de ruines. C'est tout ce qui reste, marmonne-t-il.

Pas tout à fait, se dit Stave.

Peu de temps après, Kienle revient. Il fait un signe de tête imperceptible à l'inspecteur principal.

— Nous voilà donc obligés de classer cette ténébreuse affaire, dit Stave en se levant. Je vous remercie beaucoup pour vos informations si détaillées, ajoute-t-il en essayant de ne pas laisser paraître l'ironie de ses remerciements.

— Vous avez certainement beaucoup à faire. Comme banquier, je veux dire, bégaie Kienle. Avec toute cette nouvelle monnaie.

Schramm le regarde à travers son monocle comme un botaniste examinerait une plante monstrueuse.

— La réforme monétaire a appauvri beaucoup de mes clients, du jour au lendemain. Avant-hier, on avait mille reichsmarks sur son compte, aujourd'hui il ne reste plus que soixante-cinq DM. Beaucoup d'entre eux auront vite fait de constater qu'ils n'ont pas assez de ce bel argent nouveau pour s'acheter toutes les belles choses nouvelles dont ils rêvent.

— Ils vous demanderont des prêts avantageux. La banque gagne toujours, commente Stave. Ne dérangez pas votre domestique, nous trouverons le chemin de la sortie.

Quand ils ont fait quelques pas dans la Fährhausstrasse, l'inspecteur principal demande au photographe :

— Vous avez pris les photos ?

— Vous aurez les clichés dans une heure.

— Inutile de chuchoter.

— Ce type me fait peur.

— Schramm a tenu le coup douze ans sous les nazis, alors que la Gestapo perquisitionnait chez lui régulièrement. Un dur à cuire. Et un menteur.

— Vous connaissez des banquiers qui peuvent se permettre d'être toujours honnêtes ?

— Tous les banquiers n'ont pas le cadavre de leur fondé de pouvoir dans les décombres de leur bureau. Rosenthal n'a pas essayé de passer en France en 1940. Il est resté à Hambourg jusqu'à l'été 1943. C'est son cadavre que vous avez photographié dans les gravats du Reimershof. Dans des ruines qui remontent aux bombardements de 1943.

— C'est bien ce que je me suis dit. Mais je n'ai jamais vu le moindre bout de papier avec un nom écrit dessus quand on a découvert les restes du cadavre et qu'on a relevé des empreintes. Et maintenant, qu'allez-vous faire ?

— Vous êtes bien placé pour savoir ce qu'il est resté du corps. Il n'y a pas beaucoup d'indices exploitables. En fait, il y en a deux. Les chaussures. Le docteur Czrisini m'a fait remarquer les éraflures sur les semelles de cuir. Signe que la victime s'est encore débattue après la lutte qui lui a coûté la vie. Ce qui exclut, à mon avis, une mort provoquée par des débris qui s'effondrent ou par l'onde de choc d'une explosion. La mort serait survenue plus rapidement. Et puis, deuxièmement, je pense à cette fracture du crâne.

Kienle siffle entre ses dents en signe d'admiration.

— Je commence tout doucement à comprendre où vous voulez en venir.

Le photographe tient parole et une heure plus tard, il apporte à Stave une demi-douzaine de tirages encore humides.

— J'ai utilisé mes derniers grands papiers photos, explique-t-il, et j'ai fait cracher ses informations au moindre millimètre impressionné.

— Ça devrait aller.

La canne de marche de Schramm. Kienle avait pour mission de photographier, rangée dans la corbeille en osier du vestibule de la villa, la canne du banquier – et avant tout son pommeau en argent massif. Ce pommeau en forme de L. L'inspecteur a en main les clichés noir et blanc qui lui présentent l'objet sous toutes ses faces. Les tirages sont certes un peu granuleux, les gravures incrustées dans le pommeau un peu tremblées.

— Je n'avais ni flash ni trépied, explique le photographe en guise d'excuse.

— On reconnaît parfaitement bien la forme. Et avec la règle à côté, nous avons la taille exacte au millimètre près. Il n'en faut pas plus.

— Vous voulez mettre en douce les photos dans le dossier de Dönnecke ? Ou aller directement chez le procureur ?

L'inspecteur principal se frotte les tempes.

— Malheureusement, ce ne sont pas des preuves. Des documents seulement, des études, destinées à un artiste.

Il serre la main de Kienle et ajoute gravement :

— Pas un mot là-dessus. Et surtout pas à Dönnecke.

Puis il téléphone à MacDonald.

— Vous venez avec moi dans le plus malsain des taudis de Hambourg ?

— Un taudis aussi plein de courants d'air qu'un château des Highlands ? Je n'aurais jamais pensé que ce fût possible.

— Il faudrait que vous payiez un service à ma place, pour me rendre service.

— Vous avez déjà dépensé tous vos billets neufs ? D'après ce qu'on entend, vous ne seriez pas le premier.

— Vous ne paierez ni en DM ni en devises anglaises. Mais en faisant jouer vos relations.

— Et qui comptez-vous contrarier ?

— Si ça marche, un citoyen de bonne réputation. Si ça ne marche pas, moi-même. Et, dans tous les cas : quelques fonctionnaires américains.

— Nous allons défriser des Américains ? Je suis là dans dix minutes.

La Jeep cahote dans les nids-de-poule en direction de Sankt Pauli. Stave explique au lieutenant où ils vont et ce qu'ils vont y faire. Puis il regarde par la vitre : il y a toujours autant de grappes humaines aux devantures. Un side-car. Dans la caisse une douzaine de casseroles bien astiquées. Deux hommes poussent une bicyclette, un tapis roulé attaché au cadre.

— On dirait que la réforme monétaire est un succès, commente MacDonald avec un sourire.

— La gueule de bois est pour bientôt. Au plus tard, avec la prochaine paie.

— Ce genre de gueule de bois arrive aussi quand on a bu trop de whisky. Ça n'empêche pas de continuer à boire.

— Il faut que je me trouve une autre brigade. Le Chefamt S est devenu inutile.

— Comme la cavalerie. Mais les officiers ont retrouvé du boulot. Que comptez-vous faire ?

— Il faut d'abord que ma cote remonte aux yeux de Cuddel Breuer. On verra ensuite dans quel service il me mute. Ça dépendra aussi de cette enquête, si j'aboutis. C'est peut-être la dernière du Chefamt S.

— Vous allez donc entrer dans les annales du crime.

Il vire dans la Lerchenstrasse.

— Vous êtes sûr qu'on ne va pas me voler ma Jeep ici ? s'inquiète le lieutenant en jetant un coup d'œil sceptique aux maisons endommagées ainsi qu'à la cavité éviscérée du Schillertheater.

— Je suis sûr que tout peut arriver ici, mais après la tombée de la nuit. Pas maintenant. Trop de témoins.

Stave montre quelques réfugiées qui profitent d'un répit entre deux averses pour étendre du linge en haillons devant ce qui reste du théâtre.

— Dépêchons-nous alors.

— Nous avons encore une autre raison de faire vite : retenez votre respiration dès que vous aurez passé le seuil.

Paul Michel ouvre la porte. Il se frotte les mains avec un chiffon sale pour les débarrasser de traces de peinture verte.

— Encore vous ! s'écrie-t-il, résigné. Vous m'aviez promis de ne plus m'embêter. (Puis il lance un regard nerveux au lieutenant.) Et vous débarquez avec les Alliés. Il n'y a pourtant aucun danger que je me sauve, ajoute-t-il avec un sourire amer.

— J'ai un travail pour vous, réplique Stave en ouvrant largement la porte.

Une forte odeur de matières fécales et de pourriture vient à leur rencontre.

— Aujourd'hui, c'est terrible, une fois de plus, explique Michel pour s'excuser.

— Ça sent un peu comme dans la cuisine du restaurant universitaire de ma fac, commente MacDonald avec nonchalance en entrant dans le logement sombre comme s'il était chez lui.

— Je ne suis pas un indic, marmonne Michel après avoir boitillé jusqu'à la table de sa cuisine. Je ne suis pas fait pour ça. (Il tape sur sa prothèse.)

— Je veux vous engager comme artiste.

— Et c'est le Führer en personne qui vous a peint des cartes postales ! Ne me racontez pas de salades.

Stave pose les photos de Kienle sur la table.

— Je veux que vous me fassiez une copie, la plus exacte possible, de ce pommeau de canne, explique-t-il en regardant attentivement l'artiste. Lors de ma première visite, vous avez prétendu que vous saviez faire ça.

Michel contemple les clichés.

— C'est en argent ? Parce que je n'en ai pas ! répond-il prudemment.

— Le matériau m'importe peu. Seule la forme m'intéresse. Je voudrais une copie de la même taille et de la même forme que ce pommeau. Vous pouvez même la sculpter dans du buis si vous voulez. Vous pouvez faire ça ?

— Il vaudrait mieux de l'argile. Plus facile à travailler. Mais il faut d'abord que j'en trouve. Et il faudrait aussi que je cuise la pièce dans le four d'un ami.

— Je peux avoir cette copie pour la fin de la semaine ?

Michel prend les photos dans ses mains qui tremblent légèrement. J'espère que c'est parce qu'il est excité, se dit Stave.

L'unijambiste détaille les images, hausse les épaules.

— Dans les studios de la UFA, j'ai réussi bien plus compliqué. J'ai bien un peu perdu la main, mais ça devrait aller. (Il se passe la langue sur les lèvres.) À condition que la rémunération suive, complète-t-il à voix basse.

MacDonald le gratifie d'un de ses plus beaux sourires.

— Je vous aurai un visa pour l'Amérique, pour vous et votre famille, déclare-t-il, à la surprise de Stave.

Lorsqu'ils sont sortis, le lieutenant caresse le capot mouillé de la jeep.

— Heureusement que la voiture est encore là. J'en tremble. Je serais incapable de rentrer à pied. Mon Dieu, cette pestilence ! Ça devait être comme ça en 1914, dans les tranchées, pendant une attaque au gaz.

— Je vous avais prévenu, grommelle Stave. Pourquoi vous montrez-vous si généreux ? Ce type est si pauvre qu'il aurait fait cette copie pour quelques livres. Ou quelques marks allemands. Pourquoi ce visa pour l'Amérique ?

— Parce qu'il sera plus heureux à Hollywood qu'ici.

— À l'avenir, vous allez envoyer tous les mouchards de la police chez Douglas Fairbanks ? s'amuse Stave. Ce pommeau est une piste importante pour la résolution d'un meurtre.

— Je comprends. Vous n'êtes plus aux Homicides, mais vous braconnez encore sur les terres d'un collègue.

— Ce que personne ne doit savoir. Vous avez raison : quand Paul Michel sera à Hollywood, il ne risquera pas de rencontrer un de mes collègues et de bavarder à tort et à travers.

— Quand je serai muté, vous aurez un ami de moins à Hambourg, rétorque MacDonald, sincèrement préoccupé.

Stave sourit, reconnaissant.

— Cette affaire est importante, explique-t-il. Après, je serai plus prudent, promis.

— Vous parlez comme si vous aviez une mission à accomplir.

— J'ai assisté à la découverte de la victime d'un crime. Je devine qui est le meurtrier. Personne ne semble s'y intéresser, excepté le procureur Ehrlich. Ne pensez-vous pas que le moins que je puisse faire est d'essayer de confondre l'assassin ? De livrer assez de preuves au procureur pour qu'il puisse monter une inculpation ?

— Avec une copie de pommeau ?

— Avec une copie de pommeau, un peu de chance et une ou deux investigations semi officielles.

— Avant de vous connaître, j'avais une tout autre idée des fonctionnaires allemands.

— J'espère ne pas vous décevoir.

— Au contraire, mon vieux ! (MacDonald rit et lance le moteur.) Je vous lâche à l'hôtel de police. Après, j'ai rendez-vous chez notre officier de liaison américain.

Stave est assis sur la chaise inconfortable du bureau du procureur. Ehrlich le scrute à travers ses lunettes aux verres épais comme des loupes.

— Ça ne suffira pas, déclare-t-il, navré.

L'inspecteur principal soupire. Il vient de déclarer au magistrat qu'il a pu suivre à la trace, il en est quasiment sûr, une œuvre d'art du Reimershof au domicile de Schramm.

— Ça n'en fait pas un crime, poursuit le procureur. Schramm renonce à son droit de propriété sur une sculpture en bronze. Peut-être parce qu'il l'a achetée dans des circonstances douteuses alors qu'elle venait de la réserve des studios de Babelsberg, ou faudrait-il dire : de celle du ministère de la Propagande ? Aujourd'hui, il trouve ça désolant, gênant. Mais même au cas où vous pourriez le confondre, qu'arriverait-il ? Le banquier a sauvé une œuvre d'art que les sbires de Goebbels auraient fondue. Aucun juge ne le condamnerait pour ça. Classez votre dossier, Stave. Les objets du Reimershof se retrouveront au musée et feront ainsi partie du bien commun. Il y a pire pour un artiste.

— Mais pas pour un policier. Comme cette tête en bronze, le corps de Rolf Rosenthal a été découvert sous les décombres. Le fondé de pouvoir de Schramm. Un Juif.

— La majorité des Juifs sont morts aujourd'hui.

— Et la majorité des meurtriers se promènent en toute liberté. Rosenthal n'est pas parti en fumée dans un camp d'extermination. Nous avons son cadavre. Et nous avons des soupçons.

— Vous avez des soupçons, Stave, répond le procureur en insistant sur le « vous ». Vous êtes le seul de toute la police criminelle. Et par surcroît, officiellement, vous ne travaillez pas sur cette affaire. Nous n'avons tous les deux qu'un petit arrangement privé. Et le parquet n'a rien en main qui justifierait une inculpation. Des preuves ? Vous n'en avez pas. Votre collègue n'en a pas.

— Dönnecke ne veut pas en avoir, parce qu'il ne veut pas enquêter. Parce que si le cadavre d'un employé de Schramm devient l'objet d'un procès, le banquier en personne sera sous les feux de l'actualité. Et si la vie de Schramm est passée au crible, les mâchoires de l'étau pourraient se resserrer autour de Dönnecke.

Ehrlich tire un grand mouchoir de sa poche et nettoie maladroitement ses lunettes.

— Et vous ? Vous auriez des preuves ?

— Quelque chose comme ça. Dans quelques jours.

— « Quelque chose comme ça », dites-vous. Je ne me ridiculiserai pas devant un tribunal si je bâtis ma réquisition là-dessus ?

— C'est une hypothèse que je ne peux pas exclure.

— Vous m'avez déjà raconté des histoires qui tenaient mieux la route. Dans quelques jours, dites-vous. Soit, Stave. J'examinerai votre prétendue preuve avant de me décider.

Ehrlich raccompagne l'inspecteur principal à la porte du bureau.

— Au fait, comment va *Frau* von Veckinhausen ?

— Très bien, répond rapidement Stave en espérant ne pas rougir.

— Vous l'avez-vue ces derniers temps ?
— Nous sommes très proches.
— Je comprends. (Ehrlich lui tend la main.) Saluez-la de ma part.

Il quitte tôt le travail : il n'a rien d'autre à faire qu'attendre que Michel ait terminé sa sculpture en terre cuite. Il fait un détour jusqu'à Berne, aux jardins ouvriers. Pour voir si Karl est là. Il a de la chance ; son fils le fait entrer dans sa baraque. Des murs recouverts d'étagères. Pleines de livres.

— Tu as déjà dépensé tout ton argent ? laisse-t-il échapper.

Karl rit.

— Voilà que tu parles comme un vrai père à présent ! J'ai effectivement laissé quelques billets neufs chez le libraire. Mais la plupart des livres, je les ai échangés contre des cartons de tabac, cette fierté du jardinier.

— Une bonne affaire. Les magasins sont à nouveau pleins de tabac et de cigarettes. Les feuilles de ton jardin ne vaudront bientôt plus la peine qu'on les cultive.

— Et surtout, j'ai un autre travail. La fac ne me laisse pas le temps de souffler.

Stave prend un volume relié sur un rayonnage. Ronald Syme : *The Roman Revolution*. Il feuillette les premières pages : Oxford 1939.

Karl sourit.

— César et Auguste. Un ouvrage fondamental sur la fin d'une république et le commencement d'une dictature dans l'ancienne Rome. Longtemps introuvable en Allemagne.

— Des livres d'auteurs anglais sur des dictateurs ne cadraient pas avec l'esprit du temps.

— Et moins encore quand ils sont parus une semaine après le commencement de la guerre.

— Tu connais assez l'anglais pour lire ça ?

— J'apprends la langue. Vivre dans la zone britannique a ses avantages.

Stave remet le volume à sa place. Il remarque entre deux livres des feuilles de papier jaunies. Couvertes d'une écriture qu'il connaît : la sienne. La lettre qu'il a envoyée à Karl l'an passé, à la fin d'une enquête compliquée : ses réflexions sur les années brunes et l'adhésion de Karl aux Jeunesses hitlériennes. Sur son propre travail dans la police à cette époque-là. Sur Margarethe. Sur les années qui s'ensuivirent. Sur son espoir que tout finisse enfin par aller mieux. Son fils n'a jamais fait allusion à cette lettre.

— J'ai toujours voulu te répondre, dit Karl, gêné, en lui reprenant les deux feuilles. Mais tout ça ce n'est pas facile à écrire.

— Quand on peut se parler, pas la peine de s'écrire, réplique Stave.

Il se sent soudain complètement soulagé – cet agréable soulagement qu'on éprouve seulement quand on est enfin arrivé à bout d'une mission importante.

Le même soir, il attache sa bicyclette devant le théâtre du Schauspielhaus. Il avait d'abord pensé qu'avec sa Gazelle sa présence serait choquante parmi des hommes en frac et des femmes en robe du soir, au milieu de limousines, de Mercedes et d'Opel. Stave lance des regards ahuris autour de lui, puis il repère Anna. Il se hâte vers elle et l'embrasse. Elle porte une robe bordeaux et un manteau clair léger. Ses cheveux dénoués. Son parfum.

— Tu es divine, murmure-t-il.

— Nous allons nous faire remarquer, il y a peu de monde, répond-elle en souriant.

— La représentation est annulée ?

— *Des Teufels General*, « *Le Général du Diable* » de Carl Zuckmayer.

Complet tous les soirs depuis la première en novembre 1947. Stave est fier d'avoir eu des billets, pour trois marks allemands, une petite fortune.

— La nouvelle monnaie, commente Anna. Apparemment, maintenant que le mark a de nouveau de la valeur, plus personne ne veut dépenser le moindre pfennig pour du theâtre. Les casseroles sont plus précieuses, les chaussures, le café.

Effectivement, seules une vingtaine de personnes errent dans le majestueux foyer. Stave regarde autour de lui, confus. Il n'aime pas que les acteurs soient obligés de jouer devant un public si clairsemé.

— Si les gens ne dépensent pas leurs marks pour le théâtre allemand, ils n'en auront pas non plus pour des antiquités, estime-t-il à l'entracte.

— Tu as peur que mes affaires périclitent ? Les antiquités ne connaissent jamais la crise. C'est d'un rendement plus régulier que le métier d'acteur. Mais je vais tout de même m'adapter.

— Comment ?

— C'est une surprise, réplique-t-elle en l'embrassant.

Stave la raccompagne après la représentation. Elle est assise en amazone sur le porte-bagages de la vieille bicyclette. Ses cheveux flottent au vent, elle serre ses bras autour de ses hanches. Une Jeep les dépasse. Les deux soldats britanniques sifflent et leur lancent quelques mots joyeux. Stave a l'impression d'avoir dix-huit ans, d'être amoureux pour la première fois de sa vie.

Quand il freine dans la Röperstrasse, elle saute lestement du porte-bagages.

— Tu restes, dit-elle.

Ce n'est pas une question, mais un constat.

La seule lumière dans la chambre vient du vieux poste de radio en bois dont Anna règle le son. La barcarolle des *Contes d'Hoffmann*. Tandis que la musique enjouée d'Offenbach remplit la pièce, ils se déshabillent en chuchotant. La lueur tendre et jaunâtre des lampes de la radio sur leurs corps nus.

— Les voisins vont nous entendre, s'inquiète Stave.

Anna l'attire à lui avec douceur et monte le son.

Plus tard, nus et comblés, ils sont blottis l'un contre l'autre dans le lit étroit. Stave ne craint plus de s'endormir à côté d'Anna et il n'a plus peur d'être tourmenté par ses cauchemars. La nuit se passera sans mauvais rêves, peut-être sont-ils enfouis à jamais. Et si les souvenirs venaient tout de même l'importuner, il en parlerait ouvertement à sa maîtresse. Il glisse déjà dans un demi-sommeil, quand les airs d'opérette qui les enveloppent depuis des heures sont soudain interrompus par une voix d'homme. Le timbre énergique de quelqu'un qui va annoncer des nouvelles importantes. Comme jadis.

— Éteins-moi ça, s'il te plaît, grogne Anna.

Elle a fermé les yeux, dort déjà. Stave est assis devant le poste de radio quand les informations parviennent enfin jusqu'à son esprit embrumé : les Soviets font le blocus de Berlin. Les rues, les voies de chemin de fer sont coupées, les canaux barrés, il n'y a plus ni gaz ni électricité, plus un boulet de charbon ne parvient dans la partie ouest de la ville, dans les zones américaine, britannique et française. Il pense à ce que MacDonald lui a dit. Cela ne s'arrêtera-t-il donc jamais ? D'un geste vif, il tourne le bouton de la radio.

— Qu'est-ce qu'ils racontent ? marmonne Anna quand il est de nouveau allongé à côté d'elle.

— Rien d'important, murmure-t-il d'une voix apaisante en la prenant dans ses bras.

L’arme du crime

Jeudi, 24 juin 1948

Stave n’aurait jamais cru que le couloir du Chefamt S puisse être encore plus calme. Il y règne un silence de mort lorsqu’il conduit Paul Michel jusqu’à son bureau. Il a attendu ce moment avec impatience, a passé ces derniers jours l’œil rivé à sa montre, se sentant comme un lion en cage. Enfin Paul Michel est là. L’artiste unijambiste longe le couloir, regarde autour de lui, étonné, mais ne dit mot. Ses doigts crispés sur les béquilles blanchissent aux jointures. Dans un filet à provisions noué autour du cou avec une ficelle, une vieille boîte en carton.

L’inspecteur principal lui conseille de se détendre tandis qu’il lui ouvre la porte de son bureau.

— Vous êtes venu me rendre service, pas pour un interrogatoire.

— Mais c’est exactement ce que je ressens !, avoue Michel.

— Montrez-moi votre œuvre.

Michel s’assied, range ses béquilles, pose avec précaution le carton sur la table de travail.

— La terre cuite reste fragile, explique-t-il en tirant de la boîte un vieux journal froissé. Je ne voudrais pas que ma pièce casse.

Il déballe l'objet et son œuvre apparaît, de la taille d'une main, brunâtre.

— Parfait, marmonne Stave.

Il empoigne délicatement la copie du pommeau en argent de la canne de Schramm, la pose sur le bureau, y confronte la photo de Kienle : la forme est identique, le motif gravé dans la terre cuite est conforme jusqu'au moindre détail à celui de l'argent du pommeau.

— J'ai pris beaucoup de plaisir à faire ça, avoue Michel, le rouge aux joues. J'ai enfin pu de nouveau travailler. Et en toute légalité.

Stave pense à l'inspecteur principal Dönnecke : il ne faut pas qu'il voie cette copie. Mais il se tait.

— Vous avez bien mérité votre visa pour l'Amérique, constate-t-il.

Michel croit avoir mal entendu.

— Ce n'était donc pas une mauvaise plaisanterie ?

L'inspecteur principal note sur une feuille de papier le nom de MacDonald ainsi que le numéro de son bureau à l'administration civile britannique.

— Prenez contact avec le lieutenant. Il vous donnera tous les documents nécessaires pour un long voyage avec votre famille.

— C'est comme si j'y étais ! s'écrie l'artiste.

— Pas si vite. (Stave se lève.) Je vous raccompagne.

Pas question que Michel croise un collègue.

Stave ne perd pas de temps et enfourche sa bicyclette. Il a enfoui la copie du pommeau au fond de la poche de son manteau, de sorte qu'on ne s'aperçoive pas qu'il transporte quelque chose. Il pédale en direction de l'Alster. Les beaux quartiers sont comme désertés – plus de mégotiers en train de ramasser sur les trottoirs les bouts de cigarettes des soldats britanniques, pas d'unijambistes qui fouillent dans les poubelles des officiers des troupes d'occupation. On remonte la pente, se dit Stave. Plus d'humiliation. Dans la Neue Rabenstrasse, il croise un groupe d'étudiants en médecine, des jeunes gens au visage blême qui se précipitent en sortant de la médecine légale.

— J'ai une expérience à faire avec un des morts de votre collection, annonce-t-il à Czrisini.

— Vous voulez me prendre mon boulot ? Je vous le laisse volontiers. (Le légiste tousse.) Quel cadavre voulez-vous que je vous présente ?

— Le mort du Reimershof.

— Toujours en train de vous balader en terrain miné ? Allons à la chambre froide. Je viens de m'occuper des étudiants, la plupart des collègues font la pause de midi. Nous y serons seuls. Je ne pense pas que vous ayez envie de témoins.

— Je vous dois une faveur.

— En ce cas, il va falloir vous dépêcher, grommelle Czrisini.

Tandis qu'ils descendent dans les caves, l'inspecteur principal se demande pourquoi depuis quelque temps le légiste fait toujours cette étrange réflexion, comme s'il était pressé par le temps.

Quand le docteur ouvre le tiroir avec les restes de Rolf Rosenthal, Stave tire de sa poche la copie.

Le légiste a un fin sourire.

— Je comprends. Je ne vous demande pas comment vous vous êtes procuré le modèle. Ni même à qui il appartient. (Il prend précautionneusement la copie du pommeau et la pose sur le dessus de la boîte crânienne du mort.) Ça colle, parfait, annonce-t-il, satisfait. Le pommeau correspond exactement à l'enfoncement de la voûte crânienne : même taille, même forme en L.

— Imaginez un lourd pommeau en argent au bout d'une canne : a-t-il causé cette fracture mortelle ?

— Parlez au conditionnel. Bien entendu, ce n'est pas encore une preuve. Et moins encore si je n'ai que la copie en terre cuite de ce fichu pommeau.

— Soit, mais c'est un indice.

— Comme tiré des pages d'un manuel de criminologie. Cela suffira peut-être pour pousser l'inspecteur Dönnecke à reprendre son enquête.

— Je pensais moins au collègue qu'au procureur, explique Stave.

— Là, votre indice est insuffisant. Avec un enfoncement du crâne en forme de L et un pommeau de canne en forme de L, vous ne pouvez pas monter une accusation. Et aucun légiste ne jurerait à la barre qu'une fracture du crâne et un pommeau de canne s'ajustent comme une clé dans une serrure. S'il en allait autrement, on pourrait accuser du meurtre du Reimershof tout individu qui s'aide d'une canne à pommeau pour marcher.

En remontant vers son bureau, le légiste est secoué par une forte quinte de toux. Czrisini est plié en deux, ses mains osseuses agrippent la rampe comme un noyé la branche dont il espère qu'elle le sauvera. Il met un mouchoir devant sa bouche. Quand il se redresse enfin, son front est couvert de sueur et le mouchoir taché de sang.

— Vous devriez vraiment faire une cure, lui dit Stave, effrayé.

— La cure pour le cancer des poumons est encore à inventer, halète Czrisini, qui tord la bouche en un rictus.

Plus qu'une tentative maladroite de sourire, elle rappelle la tête du mort que l'inspecteur principal vient de voir à la morgue.

— Désolé d'entendre ça, bégaie-t-il.

Il a l'impression d'être dans un mauvais rêve. Apprendre incidemment, dans une cage d'escalier sale et faiblement éclairée, l'arrêt de mort d'un homme qu'il considère presque comme un ami lui paraît indigne.

— C'est le prix à payer pour les cigarettes anglaises, éructe le légiste qui fait un effort pour atteindre la marche suivante.

— Il y a peut-être de nouveaux traitements en Angleterre ou en Amérique ? suggère Stave pour lui donner du courage. (Il pense à MacDonald.) Je pourrais…

— Vous ne pouvez malheureusement rien pour moi, l'interrompt Czrisini. Même les Américains n'en sont pas encore à détruire une tumeur à coups de petites bombes atomiques dans les bronches. Merci quand même pour la proposition.

Stave le suit en silence jusqu'à son bureau. Il y a peu encore, le plateau de sa table de travail croulait sous les dossiers, les procès-verbaux et les préparations. Il est entièrement vide à présent.

— Il vous reste combien de temps ? demande-t-il, effaré.

— C'est déjà un miracle que je sois encore en vie, répond Czrisini en allumant une Woodbine. En principe, ce genre de cancer fait son œuvre en quatre à six mois. Il y a bien longtemps que j'ai passé les délais. Et je ne sais absolument pas pour quelles raisons le crabe lambine autant. Il sera intéressant d'examiner mes poumons. Ce sera la dernière autopsie à laquelle j'assisterai.

— Je vous ramène à la maison ?

Tout en faisant sa proposition, l'inspecteur principal se rend compte qu'il ne sait même pas où habite le légiste.

— Je passe le moins de temps possible chez moi. Cela augmente mes chances de tirer ma révérence sur le terrain de mes exploits : à la morgue. Et en plus, mes collègues n'auront pas à transporter mon corps sur une trop longue distance.

Il rit jusqu'à ce qu'une nouvelle quinte de toux le secoue.

Stave ne sait plus où poser le regard ni que faire de ses mains. Il aimerait dire encore quelque chose de réconfortant à Czrisini. Mais il a aussi envie de sortir du bureau enfumé pour échapper à l'haleine de la Camarde qu'il respire.

— Je vous fais signe le plus tôt possible, dit-il et il remarque combien cela sonne faux.

— Au revoir, réplique le médecin légiste avec flegme. On se reverra, ici ou ailleurs.

Stave serre la main de Czrisini plus longtemps que d'habitude. Il sait que c'est la dernière fois.

Il a rendez-vous à midi avec MacDonald au caveau Sellmer.

— C'est la dernière fois que je vous invite, annonce le jeune lieutenant, l'air enjoué. Depuis que le nouveau mark allemand tinte dans vos porte-monnaie, on se sent comme un cousin pauvre avec des livres anglaises dans la poche. Je me demande vraiment qui a gagné la guerre.

Stave étudie le menu. Plus de serveur qui prête sa carte de rationnement. Les prix affichés sont effectivement les prix à payer : une tasse de vrai café, 1,30 DM, un plat du jour, 3,50 DM.

— La vie des vainqueurs a son prix aussi, marmonne l'inspecteur principal, qui ne pourra plus aller souvent au restaurant.

— Il y a toujours la même plie brûlée qu'avant, le prévient le Britannique.

— Pas étonnant qu'il n'y ait presque pas de clients. Je vais quand même prendre la plie. Elle ne sera morte pas pour rien.

— C'est grâce à ce genre d'attitude courageuse que la reconstruction de l'Allemagne sera un succès. Ne laissons donc pas impunie la mort de deux plies.

MacDonald fait signe au serveur, puis il tire une grande enveloppe de sa serviette, en extrait un carton peint aux couleurs très vives.

— Erna ! s'écrie l'inspecteur principal, stupéfait.

Un portrait de la femme de MacDonald, un buste aux grands yeux expressifs, cheveux blonds comme des flammes jaunes.

Les formes rondes et les traits joyeux du visage sont d'un pinceau noir aux coups brutaux et simplistes.

— Très moderne, commente prudemment Stave.

— Tout droit sorti de la république de Weimar. On voit que Toni Weber n'a pas eu le droit de peindre à la manière expressionniste pendant des années. Il a vraiment risqué le paquet pour faire ce portrait.

— Erna l'a déjà vu ?

— Est-ce que j'ai l'air d'avoir reçu une paire de claques ? J'attends le moment propice pour présenter ce trésor à mon trésor.

— Si vous voulez mon conseil, attendez d'avoir été muté à Calcutta, et surtout qu'Erna soit restée ici…

— Bonne idée, dit le lieutenant.

Il soupire et remet le tableau dans son enveloppe.

— Malheureusement, l'idée n'est pas bonne : je ne vais pas à Calcutta, mais à Berlin.

— Je m'en doutais, dit l'inspecteur principal qui sent la tristesse le gagner. Pour quand, le départ ?

— Demain. On embarque aux Landungsbrücken.

— Aux Landungsbrücken ? Vous y allez comment, à Berlin ? En bateau ? Les Rouges font le blocus de la ville.

— Laissez-vous surprendre. Nous allons les mystifier.

— « Nous » ? Erna et votre fille vous suivent ?

— Erna ne connaît pas Berlin.

— Vous vous moquez de moi. Un million de soldats de l'Armée rouge encerclent Berlin. Personne ne dit rien, mais tout le monde connaît les dommages qu'ils ont causés en 1945. Et vous voulez faire subir ça à votre femme et à votre fille ?

MacDonald soupire et sourit d'un air las.

— Je préférerais obliger Erna, le pistolet sur la tempe, à vivre à Londres. Mais… (il cherche les mots qui conviennent.) elle n'était pas prête au moindre compromis, termine-t-il en haussant les épaules. Elle dit qu'elle a déjà laissé un mari partir à la guerre. Et nous savons comment cette histoire s'est terminée. Elle ne veut pas revivre ça. Elle viendra avec moi et habitera dans une caserne britannique. Le privilège des femmes d'officiers.

— Nous vous ferons de grands signes de la main depuis l'embarcadère.

— « Nous ? »

— Anna et moi.

MacDonald se fend d'un grand sourire.

— C'est un grand honneur. C'est comme si un joueur de cornemuse défilait devant moi. (Il montre le serveur.) Voilà nos plies. Espérons le mieux et attendons-nous au pire. Et pendant que nous éventrerons notre poisson au tranchoir, parlez-moi de votre affaire. C'est ce qui me manquera le plus à Berlin : une bonne enquête.

Possible que je regrette les enquêtes, moi aussi, se dit Stave en se faufilant dans le couloir du Chefamt S. Il aura du mal à rester dans cette brigade après ce qui est probablement sa dernière enquête. Il a rendez-vous au parquet. Il range dans sa serviette les documents concernant le mort et les œuvres d'art du Reimershof. Il hésite un instant, puis il ajoute la fiche grisâtre du gestapiste Philip Greiner. Cette fiche où ont été rapidement notées les dernières investigations concernant Schramm. Où il est écrit que Cäsar Dönnecke a travaillé pour le K.z.b.V, le Commando pour des opérations spéciales. Cette fiche à laquelle s'ajoute la déposition de Greiner, que Stave a transcrite de mémoire, ces notes concernant l'enquête de Dönnecke de février 1945 qui s'est soldée par deux exécutions. Et surtout la participation de Dönnecke au meurtre des enfants du camp de concentration. Stave lève les yeux au plafond. À l'étage au-dessus, les collègues des Homicides. Je te ferai regretter d'avoir ouvert un dossier sur moi, se dit-il.

Un quart d'heure plus tard, Ehrlich écoute son rapport.

— Nous avons un arrangement qui va à l'encontre d'une douzaine de règles de procédure. Vous avez fait exécuter cette copie du pommeau dans des circonstances très louches, pour ne pas dire illégalement, résume le procureur. Elle a été moulée par un homme qui a déjà été pris une fois dans une affaire de faux. Cette copie s'applique, par hasard, au trou d'un crâne fracturé. Ce crâne a passé des années dans les décombres d'un immeuble bombardé. Vous ne pensez tout de même pas sérieusement que je vais établir un acte d'accusation avec ça ? Contre un de nos concitoyens qui a pignon sur rue, un ennemi juré des nazis et un protecteur des Juifs ? Et, pour tout dire, vous êtes incapable de prouver que ce mort est bien Rolf Rosenthal. Selon la déclaration du Dr Schramm, il est même impossible qu'il s'agisse de lui puisqu'il a disparu de Hambourg en 1940. Ceci encore : pouvez-vous même prouver que Schramm se servait déjà de cette canne à pommeau d'argent en 1943, c'est-à-dire à la date qui nous intéresse ? Il serait extrêmement pénible d'apprendre à la barre qu'il ne l'a achetée qu'en 1947...

— Avec un pommeau en argent ? Impossible d'en trouver une comme ça depuis 1939 !

Le procureur lève une main conciliante.

— Le problème, ce n'est même pas ce pommeau. Le problème, c'est toute cette histoire que vous venez de me servir. Et si vous tenez à le savoir, même moi, vous ne m'avez pas convaincu.

— Mais pourtant tout se tient, tout correspond.

— Comme ce pommeau au trou dans le crâne ? En réalité, une combinaison digne d'un Sherlock Holmes. Laissez-moi cependant jouer le rôle de ce niais de Watson et vous demander ceci : Pourquoi Schramm aurait-il assassiné son fondé de pouvoir ? Où est le mobile ? Le banquier a protégé des Juifs sous les nazis, il ne les a pas assommés à coups de canne et ne leur a pas fracassé le crâne.

— Je pense qu'il y a un rapport entre ce meurtre et les œuvres d'art, dont Schramm nie avec tant de véhémence qu'elles lui appartenaient.

— Et c'est là tout ce que vous pourrez dire au juge quand vous serez à la barre du tribunal ? « Un rapport avec des œuvres d'art ? » Le procès se terminerait par un acquittement, c'est clair comme de l'eau de roche, et aussi avec la fin de votre carrière.

— Elle est déjà finie.

— On peut toujours tomber plus bas.

— Il n'y aura donc pas d'inculpation ?

— Je n'aimerais pas disparaître avec vous, ce qui ne vous étonne pas vraiment, n'est-ce-pas ?

— Non, avoue Stave qui respire profondément. Si j'étais encore aux Homicides, j'insisterais, malgré tout.

— Et je ne parierais pas un seul mark allemand sur votre succès.

— J'ai encore autre chose pour vous. (L'inspecteur principal a un rire contraint.) Disons : le bonjour d'un collègue.

Il dépose sur le bureau d'Ehrlich la fiche de la Gestapo, son rapport et lui raconte tout ce qu'il sait du passé nazi de Dönnecke.

— Ce Greiner, cet ancien agent de la Gestapo est un de ces hommes sur qui vous enquêtez. Si on le lui demandait, en employant les bons arguments, je pense qu'il témoignerait contre Dönnecke.

— Vous voulez dire, si j'arrête les poursuites à son encontre ?

— S'il ne fait aucun doute que c'est une ordure, Dönnecke est un sadique et un assassin.

— Les criminels de cet acabit tombent rarement dans la nasse. Ils ne laissent pas beaucoup de traces derrière eux.

— Celui-là, si.

Ehrlich prend la vieille fiche.

— Y en a-t-il d'autres ?

— Si j'ai bien compris ce que Greiner m'a confié, oui.

Le procureur enlève ses lunettes et en nettoie maladroitement les verres.

— Ce que nous avons là est suffisant pour inculper Dönnecke.

Le ton est professionnel, mais Stave sent dans la voix une détermination inflexible. Son cœur bat plus vite : Dönnecke finira à l'échafaud !

— Il faut pourtant que vous me promettiez encore une chose et que vous me fassiez cette faveur, poursuit Ehrlich en pointant ses lunettes sur lui : il faut que vous veniez à la barre, comme témoin de l'accusation !

— Avec plaisir, promet Stave.

L'inspecteur principal se tait et pense au procès à venir. Dönnecke sera le pire criminel qu'il ait jamais arrêté – et tout cela alors qu'il n'est plus aux Homicides.

Son regard finit par tomber sur le *Zeit*, dont le dernier numéro traîne sur la table basse d'Ehrlich.

— Les journaux sont pleins d'histoires sur Israël, dit-il. Le nouvel État en Palestine. L'Utopie. Le refuge sûr pour les Juifs. Pourquoi faites-vous tout ça ? Vous avez été humilié à Hambourg et on vous a écarté. Votre femme a été poussée au suicide. Vos enfants sont depuis longtemps internes en Angleterre. Je vous raconte l'histoire d'un homme qui a pendu des enfants dans une chaufferie, et vous allez bâtir un acte d'accusation contre le meurtrier, vous consacrer à cela pendant des mois, voire des années. Pourquoi ne quittez-vous pas ce champ de ruines en laissant tous ces assassins derrière vous ?

— Regardez-moi bien, répond Ehrlich avec un mélange de fierté et de tristesse. Est-ce que j'ai l'air d'un sioniste en route pour un kibboutz, dans le désert, une bêche dans une main et un fusil dans l'autre? Ma place est à Hambourg, justement parce c'est ici que j'ai été humilié. Parce que ma femme est enterrée ici. Parce que des enfants ont été assassinés dans une chaufferie. Et un fondé de pouvoir infirme dans un immeuble de bureaux.

Stave sourit.

— C'est bon de savoir que tout le monde n'abandonne pas le navire. Je vais questionner Greiner et rassembler encore plus de faits contre Dönnecke. S'il y a jamais eu une accusation à toutes épreuves, ce sera celle-là.

— Et l'autre enquête?

— Je vais continuer à chercher des traces de Rolf Rosenthal. Des traces qui me mèneront peut-être un jour à un certain banquier de Hambourg. Je donnerai les œuvres d'art au musée. Le dossier rejoindra le placard des affaires classées.

— On ne peut pas toujours gagner.

Le soir même, il tient Anna dans ses bras. Elle passe la nuit chez lui. Ils ne se sont pas donné la peine de se cacher. Les voisins n'ont qu'à s'habituer. La pluie cingle les vitres. Une moto pétarade dans la Ahrensburger Strasse, les ratés du moteur claquent dans la nuit comme des coups de feu.

La pièce radiophonique du NWDR parle de cochons qui poussent le bétail d'une ferme à la révolte contre les seigneurs et qui finissent par devenir eux aussi des dictateurs. « Comme les bêtes », dit l'animateur.

Stave se surprend à le contredire : non, comme les hommes. Ne commence surtout pas à parler avec la radio, se sermonne-t-il. Anna dort depuis longtemps, mais il continue à écouter ce que disent les cochons et il pense à la guerre et à la révolte.

Ses pensées vont vers MacDonald, qui se rend avec femme et enfant dans une ville assiégée. Une nouvelle guerre? Berlin doit être un paradis pour les espions – une ville où il suffit de changer de trottoir pour changer de secteur. Une ville où les fantômes de la mort et de la dépravation flottent entre les ruines. Dans laquelle des hommes ont encore tourné des films de propagande dans l'enfer des derniers combats jusqu'à ce qu'un obus arrache une jambe à un faussaire. Dans laquelle on a vu pour la dernière fois un diplomate du nom de Klaus von Gudow. Une ville où l'on pouvait être en deux heures de train il y a encore quelques jours et qui est désormais bouclée.

Karl va-t-il devoir repartir pour la guerre ? Faudra-t-il que Stave recherche une fois encore des cadavres dans des décombres d'immeubles ? Il tient Anna fermement dans ses bras. Plus la fatigue le gagne, plus ses souvenirs s'effilochent. Le docteur Czrisini, qui tousse à en crever et qui n'ose pas vivre dans sa maison vide, qui à cet instant exhale peut-être son dernier soupir. L'inspecteur principal Dönnecke, qui écoute peut-être la même pièce radiophonique. Est-ce qu'il est troublé, lui aussi ? Ou un type comme lui peut-il encore dormir à poings fermés, toujours persuadé qu'il est du bon côté ? Kurt Flasch, l'employé de la banque du Land. Est-ce qu'il arrive à dormir dans sa cellule ? Ou, libéré après deux jours de détention pour un délit de marché noir, aura-t-il à jamais peur que cette infraction soit découverte, qu'elle lui coûte son travail et le ruine ? Que quelques coupures de pfennigs mal imprimées deviennent une fatalité ?

Qui se soucie encore de quelques œuvres d'art endommagées dans un immeuble en ruines ? Qui s'intéresse encore à un mort avec cet étrange trou dans le crâne ? Qu'est-ce que cela changera à la face du monde ? On ne peut pas toujours gagner, a prétendu le procureur. Ehrlich est bien placé pour le savoir.

À minuit, la pièce radiophonique est terminée. Aucun espoir. La lutte entre rébellion et oppression n'aura pas de fin. Rien ne dure de ce qui est beau, tout tombe en ruines. Stave se lève avec précaution et se glisse vers le poste de radio. Il va pour tourner le bouton quand il se retourne : Anna est couchée sur le lit défait, dormant dans la lueur des ampoules. Il a envie de sauter de joie, de se précipiter à la fenêtre, de l'ouvrir en grand et de hurler à la rue déserte. Mais il retourne prudemment au lit, reprend sa maîtresse dans ses bras et lui souffle dans le creux de l'oreille ce qu'il n'ose pas lui crier : « Nous ne vivons pas en vain. Nous ne perdrons pas. Pas cette fois. »

La flèche de Saint-Nicolas

Vendredi, 25 juin 1948

Les planches humides de la promenade des Landungsbrücken luisent au soleil. Des vagues dansent sur l'Elbe, agitées par des centaines de barcasses, de remorques et de cargos. Un liberty-ship américain descend le courant en direction de la mer du Nord, la fumée de charbon de sa cheminée flotte dans l'air humide comme un drap oublié sur une corde à linge. Anna a pris le bras gauche de Stave. Les cheveux enserrés dans un foulard, elle a relevé le col de son manteau pour se protéger des rafales de vent. Stave tient un bouquet de fleurs dans la main droite et le protège maladroitement de la pluie en se penchant en avant.

— Vous n'avez pas d'Union Jack pour l'agiter et nous saluer ?

MacDonald traverse à grands pas la passerelle qui relie les embarcadères au Baumwall. Tenue de sortie sombre, insignes astiqués, chaussures cirées et brillantes, malgré la pluie. Erna est à ses côtés en manteau blanc. Iris est dans son landau, petit paquet enveloppé dans des étoffes blanches, minuscule momie emmaillotée dans ses bandelettes. L'ancienne secrétaire de Stave est encore un peu plus ronde que dans son souvenir. Elle est pâle, peut-être de nouveau enceinte, se dit l'inspecteur principal. Mais ce n'est peut-être qu'une marque d'excitation. Où peut bien être son fils ? Le reverra-t-elle jamais ? Pense-t-elle la même chose que lui, à cet instant ? se demande Stave.

Tandis que les deux femmes s'embrassent comme des amies d'enfance, lui et MacDonald se tiennent à leur côté, embarrassés.

— Merci pour votre collaboration, finit par marmonner l'inspecteur principal entre ses dents, conscient que sa déclaration d'amitié ne paraît pas très convaincante.

Le jeune Britannique rit, lui tape sur l'épaule, lui serre la main.

— Les mois que j'ai passés à Hambourg sont les meilleurs de ceux que j'ai passés à l'*Army* ! s'écrie-t-il. Encore quelques années de service et je serai libre. Je devrais peut-être me proposer à Scotland Yard après ?

— Je vous ferai une lettre de recommandation, promet Stave en souriant lui aussi, alors qu'il est très ému.

Peu à peu, d'autres officiers britanniques font leur apparition, en tenue de sortie, avec bagages – mais sans être accompagnés.

Une corne de brume mugit longuement. Affolement soudain. Des valises et des sacs de marin sont hissés à l'épaule ; des mots précipités, des serrements de mains, des gestes empruntés. Si Anna ne lui avait pas donné un grand coup de coude dans les côtes, Stave aurait sans doute oublié le bouquet de fleurs. Il toussote nerveusement et le tend à Erna en esquissant une révérence maladroite.

— Il m'arrive de regretter mon travail, lui confie-t-elle, et ses joues s'empourprent.

— Sans vous, la brigade criminelle de Hambourg ne résoudra plus aucune affaire.

— Qu'allez-vous faire ? Maintenant que vous n'êtes plus aux Homicides et que le Chefamt S va être dissous ?

Stave hausse les épaules.

— Je ne sais pas encore.

— Promettez-moi de ne pas passer aux Mœurs.

Il rit et opine.

— Je me passerai volontiers des marguerites des pavés et de leurs souteneurs.

— Ne m'en veuillez pas, s'il vous plaît ! dit Erna à Anna et elle lui fait un clin d'œil, puis se hisse sur la pointe des pieds et claque un baiser sur la joue de Stave.

— Heureusement que nous ne sommes pas en service, marmonne-t-il.

— Désolé de m'en mêler, intervient MacDonald, mais en tant que sujet britannique, je supporte mal ce genre de sentimentalités. Montons à bord.

— Vous ne m'avez toujours pas dit comment vous allez vous rendre à Berlin.

— Nous prendrons l'avion, mon vieux ! Uncle Joe a encore beaucoup à apprendre pour barrer la route à un lieutenant de Sa Majesté !

MacDonald fait un geste de la main vers l'aval du fleuve. Sur la rive gauche de l'Elbe, à peine reconnaissables derrière les rideaux de pluie, deux ombres grises flottent sur l'eau. Stave, qui n'y avait pas vraiment regardé de près, les avait pris pour des barges. Il distingue à présent d'imposants hydravions quadrimoteurs. Sur les flancs de la carlingue de plus de vingt-cinq mètres de long, brille la cocarde bleu et rouge de l'Union Jack.

— L'Elbe-Havel express, explique le lieutenant. Avec leurs DC-3, nos amis américains transportent à Berlin de la nourriture, du charbon, des médicaments et tout ce que les Russes ont soumis au blocus. Nous y envoyons aussi quelques hydravions de patrouille maritime, des Short Sunderland S. 25. Pendant la bataille de l'Atlantique, on les utilisait pour lutter contre les sous-marins allemands, et maintenant ils font la navette avec en cale des boîtes de conserves. Un autre moyen de faire carrière. Il y aura bien une petite place pour mes deux dames et moi entre des sacs de sel et des boîtes de corned-beef.

Stave se rappelle les escadrilles de bombardiers qui survolaient Hambourg, les obus de la défense aérienne qui explosaient, les rayons de ses projecteurs, les appareils en flammes et les ombres des pilotes qui se balançaient au bout de leur parachute.

— Ça ne sera pas un voyage de tout repos, dit-il.

— Ne vous faites pas de soucis, mon vieux. Les Russes ne nous tirent pas dessus. Pas encore, du moins. Dans une heure nous serons au-dessus de la porte de Brandebourg.

— Il ne fait pas beau.

— Anglais nous sommes ! Nous ne commençons à être inquiets que quand le soleil est de la partie.

— Vous avez réponse à tout.

— Comme un bon policier. Il faut vraiment que je songe à m'engager à Scotland Yard.

— Ce qui aurait pour avantage que vous travailleriez à Londres. Et pas à Berlin.

Deux marins allemands et des soldats britanniques transportent délicatement le landau sur la barcasse, rejoints par Erna, Iris sur le bras. MacDonald serre encore une fois la main de Stave.

— On ne se quitte pas, mon vieux.

Un constat, pas une question.

Stave sourit et tente un salut militaire en portant la main droite au bord de son chapeau. Le moteur de l'embarcation rugit. La barcasse tangue sur les vagues et met le cap sur la rive opposée de Finkenwerder. Derrière le bastingage qui les protège de la pluie et de la fraîcheur des embruns, les passagers rentrent la tête dans les épaules et se penchent en avant.

— Un béni des dieux, chuchote Stave en prenant Anna par la taille. Il ne peut rien arriver à un James MacDonald

Comme s'il cherchait à se persuader de quelque chose qui lui paraît inconcevable.

Anna le prend par le bras quand ils quittent les Landungsbrücken et montent lentement vers Sankt Michael. Stave allonge le pas devant les ruines où il a été blessé. Anna ne sait toujours pas ce qu'il lui est arrivé – même si elle a vu la cicatrice sur sa poitrine. Elle attend que je lui en parle, reconnaît-il. Je vais le faire.

— Karl doit passer ce soir, commence-t-il prudemment.

— Un souper à trois ?

Le ton est enjoué. Mais il sent la tension.

— Nous avons beaucoup à nous dire. Sur son avenir. Tu savais qu'il étudie ? Et à propos du nôtre. Nous allons nous marier. Tu te rappelles ?

Elle l'embrasse et rit.

— J'avais déjà presque oublié.

Arrivés derrière l'église, ils se dirigent vers l'Alster. Stave suit du regard un camion chargé de sable et de poutres.

— Tu ne pourras pas éternellement chercher des trésors dans les décombres, constate-t-il. Les ouvriers du bâtiment vont bientôt déblayer tout ça. Et un de ces quatre, tu vas te faire prendre.

— Je sais. Et ce serait bien qu'une future épouse de policier légalise son commerce.

— On a l'impression quand tu dis cela que tu es une femme vénale. Ce n'est pas si grave que ça.

— Je vais ouvrir une boutique, annonce Anna. Des antiquités. Sous mon nom de jeune fille, si tu n'as rien contre. Vieille noblesse, marchandise de bon aloi. Ça va bien ensemble et il faut bien que mon passé de prussienne serve à quelque chose. Je n'ai plus qu'à trouver un local. Dans les environs de l'Alster, ce serait parfait. Les vrais clients flânent sur le Jungfernstieg.

— Tu es certaine qu'il y en aura suffisamment pour s'échouer chez toi ? lui glisse-t-il, dubitatif.

— Ce n'est pas l'argent qui manque. Il est resté caché longtemps, tout simplement. Le voilà qui pointe le bout du nez avec le nouveau mark, et qui ne demande qu'à être dépensé.

— Pour des vieilleries ? Neuf ! neuf ! neuf ! c'est la litanie que j'entends partout. Des chaussures neuves. Des manteaux neufs. Des casseroles neuves. Même des voitures neuves. Il ne restera pas grand-chose pour de vieux trésors.

Elle lui sourit de nouveau.

— Tu serais surpris de connaître la quantité d'argent à dépenser à Hambourg.

— Je devrais m'informer, réplique-t-il, penaud. Je ne veux pas changer de travail.

— Tu ne veux pas retourner aux Homicides ?

La voix d'Anna est montée d'un ton, comme si elle avait difficilement étouffé un cri de joie.

— Les délits financiers sont les crimes du futur. Cela ne peut pas faire de mal de s'y intéresser dès maintenant.

— Frank Stave, est-ce que je t'ai déjà dit que je t'aimais ?

— Tu peux le redire.

Ils se séparent au Jungfernstieg. Anna veut visiter les locaux à louer.

— Nous avons rendez-vous ce soir pour dîner, lui rappelle Stave.

— Qu'est-ce que tu as l'intention de faire cet après-midi ? Tu vas à l'hôtel de police ?

— Plus tard. Avant, je veux encore jeter un œil à une scène de crime.

— Une nouvelle affaire ?

— Au contraire : cette vieille histoire de tête en bronze. Je vais devoir la classer, que je le veuille ou non. Mais avant, il faut encore que je me rende une dernière fois sur les lieux. Une espèce de visite d'adieu.

— Tu en auras pour longtemps ?

— Ce n'est qu'à quelques centaines de mètres. Un immeuble de bureaux détruit qui n'intéresse plus personne. Un inspecteur principal qui fouille une dernière fois les lieux du regard, alors qu'il n'y a plus rien à voir. Dans une heure au plus tard, je serai à la Karl-Muck-Platz

Le Reimershof. Stave est passé devant l'hôtel de ville et a traversé la nef fracassée de Saint-Nicolas. Il contemple les ruines de l'immeuble de bureaux depuis la Reimersbrücke : huit rangées d'ouvertures de fenêtres vides, aucune vitre et pas la moindre trace des châssis en bois. Plus de charpente, plus de toit. De la bruine, les murailles crevassées gorgées d'humidité. L'eau boueuse du canal du Nikolai bat inlassablement les piliers pourris de l'appontement. Un début d'après-midi en plein été, et il ne fait même pas vraiment jour. Personne en vue. Même les *Trümmerfrauen* ont disparu – ou bien elles ont fini de déblayer les gravats du Reimershof, ou bien, après tous ces jours de pluie, il est trop dangereux d'y mettre les pieds.

L'inspecteur principal passe sous la voûte de l'ancien portail. Des monticules de pierres, des briques cassées et des débris de toutes sortes. Plus aucun corps de fourneau en revanche, ni de pelotes de câbles entortillés. Des frôlements, des bruissements, un léger couinement – un nid de rats, se dit l'inspecteur principal. Il gravit les décombres. L'intérieur du bâtiment est à moitié estompé par l'ombre d'encre des murs. La voûte de la cave effondrée, où il a dégagé les œuvres d'art enfouies ; l'endroit où l'on a découvert les restes du cadavre de Rolf Rosenthal. Il se demande quel secret cachent ces ruines. Un bruit tout à coup. Stave relève la tête, retient son souffle. Des pas.

L'inspecteur principal se retourne brusquement. Contre la muraille, en face du portail, des buissons de ronces sur un tas de gravats. Il s'y précipite, se fraie un passage, s'agenouille entre mur et ronciers. Il s'est égratigné le dessus de la main droite et saigne. Toujours cette humidité qui traverse l'étoffe de son pantalon d'été. Il tâtonne à la recherche de son FN22 – en vain : la gaine est restée accrochée avec son pistolet au portemanteau de son appartement.

Schramm. La silhouette du vieux banquier se découpe dans l'entrée dévorée par l'incendie. Son œil méfiant fouille les lieux. Il porte un manteau sombre, un chapeau noir assombrit sa tête massive. La canne avec le lourd pommeau d'argent. Stave ose à peine respirer, se fait encore plus petit, touche le sol jusqu'à ce que sa main se referme sur un morceau de brique cassée. C'est mieux que rien.

Le banquier avance en hésitant. Il gravit péniblement le premier tas de gravats. Parvenu en haut, il ajuste son monocle, avance encore. La cuvette des œuvres d'art, se dit Stave. Il y va tout droit. Il cherche quelque chose.

Schramm descend prudemment dans le cratère. De la pointe de sa canne, il tisonne dans la poussière de briques et dans ce qui reste de débris calcinés. Il ne prête pas attention aux taches de chaux qui souillent son manteau. Il se penche en avant, examine les gravats, l'œil agrandi derrière le monocle. Il écarte un morceau de béton de la taille d'une assiette, balaie d'un revers de main la poussière de ciment, arrache une pousse de bouleau venue dans les décombres.

Stave a mal aux genoux, il tremble de froid : son pantalon et les épaules de son manteau sont trempés de pluie. Il serre le morceau de brique avec une force telle que sur le dos de sa main la griffure se remet à saigner.

Soudain le banquier tombe à genoux, lâche sa canne et se met à creuser des deux mains dans les gravats. Il en retire quelque chose qui ressemble à un plat creux ébréché recouvert de poussière, noir et brillant par endroits. Schramm présente sa trouvaille à la lumière, s'aide de sa canne pour se relever, sort du trou, boitille jusqu'à la muraille où une ouverture de fenêtre laisse passer plus de lumière. Stave reconnaît la moitié supérieure du crâne brisé en céramique, dont il a trouvé la partie inférieure en même temps que la tête en bronze et la sculpture en béton. Le banquier contemple longuement le fragment, visage sans expression semblable au crâne sculpté mutilé. L'inspecteur principal pense un instant à Hamlet et au crâne de Yorick. Absurde. Tous ces objets lui appartiennent, se dit-il. Ils font partie de son magot. Seul Schramm sait ce qui reste encore sous ces ruines.

Le banquier tient sa découverte dans la main droite, la gauche enserre la canne. Il claudique en direction de l'ancien portail de l'immeuble. Stave attend qu'il ait disparu, se lève d'un bond et se lance à sa poursuite. En sortant de la ruine, il balaie les alentours du regard : Schramm est debout sur la Reimersbrücke, silhouette noire au-dessus de l'eau glauque.

L'inspecteur principal réfléchit fébrilement. Nulle part où se cacher. Dans quelle direction Schramm va-t-il s'engager ? S'il cherche à l'attraper maintenant, il sera repéré avant même d'atteindre le pont. Il étouffe un juron et attend. Schramm est parvenu de l'autre côté et gravit péniblement les ruines de l'église Saint-Nicolas. Son ombre dans l'embrasure d'une fenêtre, puis entre des chicots de muraille et des moignons de piliers dynamités. Il a disparu.

Stave s'élance, court aussi vite que son cou-de-pied le lui permet. Le pont. Les ruines sur l'autre rive. Les restes de la nef. Rien. Il se retourne, déconcerté. Sur sa droite, dix mètres de murailles qui se rejoignent comme une étrave. Entre les deux, des monceaux de gravats. Un portail gothique qui ne mène plus nulle part. Devant l'inspecteur principal, un mur latéral dynamité, derrière lui, d'autres immeubles de bureaux éviscérés. Il perçoit un mouvement sur sa droite. Au-dessus de lui.

La tour de la flèche de Saint-Nicolas, en partie éventrée, calcinée, amputée de deux murs. Suspendus au-dessus du vide, des plafonds accrochés à des poutres, des murs fissurés, et à contre-jour, des escaliers en pierre à moitié cassés, squelette d'une gigantesque colonne vertébrale. Depuis 1943, il est formellement interdit de pénétrer dans ces ruines branlantes et dangereuses qui montent à l'assaut du ciel.

La silhouette de Schramm, sur les marches inégales. Il les gravit, manifestement insensible à l'abîme qui s'ouvre sous ses pieds.

Stave fonce dans la tour de la flèche et cherche la première marche de l'escalier.

Le ciel sur Hambourg

Les incendies ont rougi les pierres du socle de la tour. Une couche de saleté noire et grasse recouvre les marches. Des plumes et du duvet de pigeon. L'odeur pestilentielle de fiente et de poussière de béton mouillée. Stave grimpe les marches quatre à quatre. Il parvient au premier palier et recule d'effroi. Une rafale de vent s'engouffre dans son manteau, il ose à peine regarder en bas. Plus de rambarde. Ressaisis-toi. Il n'a gravi qu'une dizaine de mètres. Plus haut !

Il monte plus lentement, essaie de se concentrer sur chaque marche. Schramm ne risque pas de lui échapper. Qu'a-t-il l'intention de faire là-haut ? Les épaules trempées de pluie, l'inspecteur principal s'arrête. L'armature en pierre taillée d'une fenêtre aux vitraux brisés, des soufflets et des mouchettes finement sculptés, travaillés en filigrane. Si je m'y appuie, elle va céder et je vais tomber, se dit-il. Il lui semble entendre la lourde respiration du banquier au-dessus de lui, mais ce n'est peut-être qu'une illusion. Le vent siffle dans les fentes de la muraille, les rafales se renforcent. À quelle hauteur est-il ? Vingt mètres ? Trente ? Plus haut !

Dans leur bâti en bois, des cloches bosselées recouvertes de vert-de-gris vibrent dans le vent. Une poutre gémit quelque part. À chaque effort, Stave sent des élancements dans son pied gauche. Toujours crispée sur le morceau de brique, sa main droite lui fait mal. La blessure à la poitrine le fait souffrir, comme si on lui perçait un poumon avec une aiguille. Il tremble ; la sueur se mêle à la pluie. Il est au moins à cinquante mètres du sol. D'où le vieux banquier tire-t-il la force de monter si haut en si peu de temps ? Plus haut encore !

Le dernier palier. Soixante-seize mètres. Surtout ne pas regarder en bas. L'impression que la tour oscille. Une simple illusion, se dit-il, ce ne peut être qu'une illusion. Mais il sent à travers ses semelles un léger tremblement qui fait vibrer les marches. Le vent hurle dans le remplage comme dans des tuyaux d'orgue.

Stave pose prudemment le pied sur une surface à moitié démolie située juste sous la flèche de l'église. Une gargouille sur un chapiteau. Loin sous lui, les immeubles éventrés : des fragments de murs, des fenêtres vides, des traces d'incendies. Un ciel gris, des nuages bas, noirs, des rideaux de pluie. Comme si elle appelait Stave en ricanant, la grotesque tête de diable gothique fixe le paysage apocalyptique de la ville. Le mauvais œil, se dit Stave. Machinalement, il marque un temps d'arrêt.

Schramm lui tourne le dos de l'autre côté de l'étage dévasté. Sous lui, le vide, le pont – et le Reimershof, une maison de poupée sans toit. Le banquier a le regard fixé sur l'ancien immeuble de bureaux, le bout de ses chaussures touche presque le bord qui menace de céder.

L'inspecteur principal ne sait que faire. Il essaie de calmer sa respiration. Immobile, Schramm fixe toujours l'abîme. Il vacille un peu. Il finit par lever la main droite et lâche le fragment de crâne noir. Le débris de la vieille œuvre d'art tombe pendant une à deux secondes, tache sombre qui file vers le sol. Puis il éclate en touchant les ruines. Comme une bombe, se dit Stave, sauf que tout s'est passé dans un grand silence.

Et il comprend enfin ce que Schramm est venu faire.

L'inspecteur principal avance de quelques pas.

— Ne faites pas ça ! s'écrie-t-il.

Schramm se retourne si brusquement qu'il manque basculer sous le coup de la surprise. La canne tremble dans sa main droite. Stave lâche le bout de brique qu'il serrait dans son poing.

— Ne faites pas ça, répète-t-il d'une voix plus calme.

Il s'approche encore d'un pas.

— Restez où vous êtes ! lui intime Schramm. J'en ai assez des gens de votre espèce.

— Ce n'est pas un interrogatoire, reprend l'inspecteur principal. Il ne vous arrivera rien. Redescendons. Nous parlerons en bas, si vous voulez.

Schramm a un rire amer.

— Vous voulez me faire parler ? Mais vous connaissez déjà cette histoire, sinon vous ne seriez pas là.

— Je sais tout par hasard, tente d'expliquer l'inspecteur principal. Je veux classer cette affaire. C'est réglé, terminé. Je voulais juste jeter un dernier coup d'œil sur les lieux de la découverte des œuvres d'art. Et tout à coup vous voilà.

— Je ne me suis donc pas trompé quand j'ai cru repérer un mouvement avant d'entrer dans le Reimershof.

— Pourquoi êtes-vous venu ?

Schramm fait un signe vers la ville.

— Pour voir si je ne pourrais pas retrouver l'une ou l'autre œuvre.

— Il s'agit de la totalité de vos œuvres d'art, n'est-ce pas ? De votre collection.

— Collection ? (Schramm a de nouveau ce rire douloureux.) Mes bureaux du Reimershof : un asile créé par un imbécile. À partir de 1933, j'ai acheté toutes les œuvres que ces barbares avaient volées, toutes celles qui se présentaient. Il n'y en avait pas beaucoup, et la plupart du temps, ce n'était pas du premier choix. Celles-là, ces messieurs les ont vendues cher à l'étranger.

Mais j'ai réussi à en avoir qui n'étaient pas aussi célèbres. Cette tête d'homme par exemple. Je les ai cachées. En espérant des jours meilleurs.

— Vous les avez d'abord cachées dans votre villa.

— Comment le savez-vous ?

— Une photo de famille.

Le banquier le regarde, l'air décontenancé. Il opine d'un geste résigné.

— On finit toujours par commettre une erreur. Heureusement que vous n'étiez pas à la Gestapo. Les fréquentes visites de vos collègues m'ont incité à trouver une autre cachette. Au Reimershof. (Il secoue la tête.) Quel idiot ! Pas une seule tuile de ma maison n'a été égratignée durant toutes ces années. Et regardez ce qui reste de l'immeuble de bureaux !

Il pointe le vide, chancelle de nouveau. Il doit être extrêmement fatigué, se dit Stave.

— J'ai compris dès le début que vous auriez vite fait de trouver le lien entre ces œuvres et moi, poursuit Schramm.

— Mais je n'aurais jamais pu le prouver. Tout comme pour d'autres crimes sur lesquels j'ai enquêté. (L'inspecteur principal s'est encore rapproché d'un pas. Il désigne la canne.) Vous avez tué Rolf Rosenthal avec cette canne. L'été 1943. Votre fondé de pouvoir. Votre bras droit. Un Juif que vous avez protégé pendant des années. Vous couriez un grand risque. Je me demande pourquoi vous avez fait ça.

— Je me le demande moi-même, depuis toujours.

Le banquier se frotte les yeux. Il a oublié son monocle. Le verre tombe soudain, un éclat dans l'air, aussitôt disparu dans les profondeurs. Stave profite de cet instant d'inattention pour tenter un pas en avant.

— Je n'aurais jamais pensé, reprend le banquier, qu'une seconde de panique suffisait à détruire toute une vie. Deux vies. (Le visage de Schramm a viré au gris, sa voix habituée à donner des ordres est lasse.) Je ne vous ai pas menti : j'avais loué depuis longtemps des bureaux au Reimershof pour faire discrètement des affaires. Des affaires qui n'auraient pas plu à certains hauts personnages du district, voire à des bonzes nazis de Berlin. J'ai commencé à y cacher les œuvres à partir de 1939.

— Dont la tête en bronze d'Anni Mewes.

— La plus belle pièce de cette curieuse troupe d'exilés. J'ai même vu jouer Anni Mewes au théâtre, alors qu'elle était encore jeune. (Il rit d'un air nostalgique.) J'ai rangé toute ma petite collection sur des étagères au Reimershof. Derrière des dossiers. Je n'ai laissé en vue que la tête en bronze, je n'ai pas pu me résoudre à abandonner ce visage de jeune femme aux ténèbres. Sentimentalisme. (Le banquier se tait un instant. Stave prie pour que les rafales de vent qui agitent au-dessus du vide les pans du manteau de Schramm perdent de leur violence.) En septembre 1941, j'ai aussi caché Rolf Rosenthal dans ces locaux.

— En septembre 1941 ?

Schramm lui lance un regard de colère.

— Mais où donc étiez-vous quand les Juifs qui vivaient encore sur le territoire du Reich ont été contraints de porter l'étoile jaune ?

Stave ne dit mot.

— À partir de cette date, beaucoup d'entre eux ont été envoyés dans des camps de concentration, raconte le banquier d'une voix blanche. *Herr* Rosenthal a frappé à ma porte par une nuit d'automne 1941. Il avait quitté son appartement et était très inquiet. Et moi aussi, comme vous pouvez vous en douter. Je n'ai pas osé le garder chez moi. Que se serait-il passé si la Gestapo l'avait découvert ? Je l'ai conduit au petit matin au Reimershof. *Herr* Rosenthal… (il cherche les mots adéquats.) s'y est installé.

— Il est passé à la clandestinité ?

— On peut le dire. Je lui ai apporté à manger, des vêtements, des journaux. Ce n'est pas qu'il aimait beaucoup avoir les gros titres sous les yeux.

— À part vous, qui était au courant ?

— Personne. Même la famille de Rosenthal ne se doutait de rien, je n'ai jamais osé prendre contact avec eux. La peur de la Gestapo, vous comprenez. Aucun de mes employés n'était au courant, impossible de savoir s'il n'y avait pas un mouchard parmi eux. La femme de ménage passait une fois par semaine, mais elle venait toujours à la même heure, et Rosenthal se réfugiait à la chaufferie. Je faisais de temps en temps une visite au Reimershof, ce qui n'étonnait personne : n'y avais-je pas un bureau depuis longtemps ?

— Pour quelle raison Rosenthal est-il mort ?

Schramm ferme les yeux, pas assez longtemps toutefois pour que Stave puisse s'approcher d'un bond.

— Parce que j'ai perdu la tête. Les bombes incendiaires sont tombées dru sur le Reimershof pendant la première attaque de nuit, en juin 1943. La charpente a pris feu, puis les étages supérieurs. Le bâtiment était très endommagé, mais pas encore détruit comme on peut le voir maintenant. Je m'y suis précipité au matin suivant. L'un de mes deux bureaux avait disparu, et avec lui mes œuvres d'art. Ensevelies sous des tonnes de gravats. L'autre était à moitié détruit, déchiré en deux comme une feuille de carton. Rosenthal y était, recroquevillé dans un coin, à moitié fou de terreur parce qu'il avait dû passer la nuit dans l'immeuble, démuni, abandonné, sans abri. Rendez-vous compte : seul dans cet immense immeuble inhabité. Les bombes. Partout des incendies. Il était à bout de nerfs.

— Il vous a agressé ?

— Pas à coups de poing. (Schramm ferme de nouveau les yeux. Il chancelle. Stave n'ose que quelques centimètres dans sa direction.) Il s'est précipité sur moi aussitôt qu'il m'a vu.

Il n'arrêtait pas de hurler : « Il faut que vous me sortiez de là, *Herr Direktor* ! » De plus en plus fort. J'ai eu peur. Si on l'entendait ? En plus, je ne savais pas où je pourrais le cacher. Je ne savais absolument pas comment le sortir du Reimershof sans qu'on nous voie : après les bombardements, la ville était toujours aussi pleine de monde. Des policiers, des pompiers, des membres de la protection aérienne en mission, des sinistrés hagards qui erraient. Nous n'aurions pas pu sortir sans être remarqués.

Stave se rappelle le chaos qui suivait les nuits de bombardements. Les incendies et les survivants qui chancelaient parmi les décombres fumants, les bombes non détonées, les pillards, la puanteur insupportable de la chair brûlée mêlée à celle des canalisations crevées.

— J'ai essayé de le calmer. Mais il ne m'entendait même pas. Et tout à coup, il a complètement perdu les pédales, ce qui m'a effrayé encore plus. Rosenthal, d'habitude si discret, s'est mis à courir comme un fou à travers le bureau, malgré son pied bot. Il a ouvert un tiroir, a brandi une liasse de papier à lettres. Le papier était roussi par endroits, mais l'entête était encore bien lisible. Mon nom, mon adresse. « Je vais porter plainte ! a-t-il hurlé. Je vais écrire à la Gestapo si vous ne me cachez pas tout de suite ailleurs, et je leur dirai que vous cachez de l'art dégénéré. » Il était terrorisé. Aveuglé d'une certaine manière. Malheureusement, je n'ai pas su garder mon sang-froid : j'étais tout aussi terrorisé que lui. Il va me dénoncer, la Gestapo va me rompre les os. J'ai cherché à le raisonner, qu'au moins il arrête de gueuler comme un fou dans les ruines, avec tout ce monde dans la rue, à quelques pas seulement. Je l'ai frappé avec ma canne. Un seul coup. Je voulais seulement qu'il se taise enfin. Je voulais qu'il se reprenne. C'était comme la gifle qu'on donne à un hystérique, vous comprenez ?

— Mais ce n'était pas une gifle.

— J'ai entendu l'os craquer, avoue Schramm. À la seconde même où j'ai frappé, j'ai regretté mon geste. Trop tard. Rosenthal a roulé les yeux, il est tombé en arrière, comme frappé par la foudre. Il y avait du sang partout. Ses jambes se sont encore agitées de manière convulsive, il a renversé le lourd fauteuil de bureau en tapant à grands coups des deux pieds, puis tout son corps s'est figé et un silence terrible s'est installé. Je me suis enfui, terrifié par ce que j'avais fait.

— Êtes-vous revenu ensuite ?

Stave s'est suffisamment rapproché pour pouvoir agripper le banquier. Mais il n'ose pas lever la main sur lui. Que se passerait-il si Schramm sautait après qu'il l'aura pris par le bras ? Et s'il allait l'entraîner avec lui ? Rien à quoi se retenir.

— La nuit suivante, les bombardements ont repris. Quand j'ai osé retourner au Reimershof, tout l'immeuble s'était écroulé entre ses propres murs. Il n'y avait plus aucune trace de mes bureaux, de mes œuvres d'art, de Rosenthal. Tout était enseveli sous les décombres. Je suis rentré à la villa et j'ai essayé d'oublier tout ça. Peu à peu, tout m'est revenu comme un mauvais rêve, comme quelque chose d'irréel. Ce n'était pas moi. Je n'avais pas fait ça. Il ne s'était rien passé. Étonnante, cette faculté de tout refouler : il suffit de se le répéter souvent et longtemps, de faire comme si.

— Mais j'ai rappliqué chez vous et je vous ai confronté à cette photo avec la tête en bronze.

— Et tout m'est revenu. Le souvenir. La peur d'être découvert. Il va mettre son nez dans tout cela, me suis-je dit. Quand vous êtes parti, j'ai donné quelques coups de fil et j'ai su qu'on avait aussi trouvé les restes de Rosenthal au Reimershof. Et c'est Dönnecke qui dirigeait l'enquête !

— Mais il ne s'est jamais manifesté. Il n'a pas vraiment enquêté. Il vous craignait au moins autant que vous le craigniez.

— Mais vous, vous n'aviez pas peur de moi. J'ai fini par comprendre qu'aucun inspecteur des Homicides ne s'intéressait vraiment au cadavre, parce que aucun d'entre eux ne voulait me convoquer pour un interrogatoire. Mais c'était trop tard : vous, vous étiez sur l'affaire. Et tous ces souvenirs sont revenus. Et la honte de ce que j'avais fait.

— J'étais sur vos traces, j'avais des soupçons, mais je n'aurais jamais rien pu prouver.

— Même maintenant vous en êtes incapable. Car nous ne venons que de parler entre nous, je ne répondais pas à un interrogatoire officiel. Et vous n'avez même aucune preuve que je vous ai raconté toute cette histoire.

Stave se demande un instant s'il doit essayer de le bluffer, mais il se décide pour la vérité.

— C'est exact, reconnaît-il. Je n'ai rien contre vous.

Schramm a un léger sourire de triomphe.

— Même les types de la Gestapo n'ont jamais réussi à me coincer, chuchote-t-il fièrement. Mais on ne peut pas tromper sa conscience, impossible. On n'échappe jamais à sa mémoire. Depuis votre visite, je pense à Rosenthal. Je l'entends me supplier dans mes rêves, debout dans les décombres. J'ai cet homme sur la conscience, cela ne sert à rien de se mentir. Il faut donc tirer les conséquences de ses actes.

L'inspecteur principal cherche encore quelque chose où prendre appui pour intervenir. Rien.

— Si vous sautez maintenant, je ne pourrai pas vous en empêcher, avoue-t-il.

Il veut avoir l'air de le supplier, mais la voix est oppressée. Puis il se cramponne brusquement au manteau de Schramm.

— Si vous sautez maintenant, vous m'entraînerez avec vous.

Le banquier lui lance un regard de colère.

— Ne soyez pas ridicule! Lâchez-moi. Que je saute maintenant ou que je finisse sous le tranchant d'un fer de hache, ça devrait vous être bien égal. Vous, vous avez résolu cette affaire. Et moi, j'aurai enfin la paix.

Les pensées de Stave se bousculent dans sa tête. Dönnecke. L'homme de la Gestapo dans le café. Le maire nazi à la table voisine. Aucun d'entre eux n'a jamais eu de cauchemars. Tant de morts et aucun châtiment.

— Vous êtes un brave homme! parvient-il à articuler parce qu'il ne trouve rien d'autre à dire. Ne sautez pas, supplie-t-il. Vous avez résisté à la Gestapo. Vous avez protégé des Juifs. Vous avez sauvé des œuvres d'art. Les nazis n'ont pas réussi à vous écraser. Vous voulez qu'ils gagnent la partie, maintenant?

— Cela m'est égal, répond Schramm avec de la lassitude dans la voix.

Stave lâche son manteau.

L'inspecteur principal fait deux pas en arrière. La sueur lui coule sur les tempes. Le cœur lui bat comme s'il sortait d'un combat de boxe.

— Je redescends, dit-il. (La voix est émoussée.) Et quand je serai redescendu, j'aurai oublié ce que je viens d'entendre. Le Reimershof. La tête en bronze. Rolf Rosenthal. Ils n'existeront plus pour moi.

Le banquier le regarde, étonné.

— Décidément, vous essayez toutes les combines, murmure-t-il.

Stave secoue la tête.

— Je vous parle sérieusement. Il n'y a pas eu meurtre au cours de cette nuit de bombardements de 1943, mais un moment d'intense frayeur. Une erreur tragique. Personne ne pourra jamais l'effacer, impossible de revenir en arrière. Et vous êtes déjà puni, même sans le verdict d'un tribunal. (Il recule prudemment jusqu'à la première marche.) Et pour tout vous avouer, je ne fais plus partie des Homicides, ajoute-t-il encore en se retournant.

Stave descend les marches. La peur au ventre, la peur d'entendre un cri strident et le bruit sourd d'un terrible choc. Une marche encore, puis une autre. Il est trempé. Il tremble de froid, il a le vertige. Encore une marche.

Alors qu'il parvient au deuxième palier, l'inspecteur principal entend un bruit. Il s'arrête, retient son souffle, écoute. Le frottement d'une canne sur la pierre. Le crissement de poussière de briques sous des semelles. Des pas lourds sur des marches, quelque part au-dessus de lui.

Stave se hâte de descendre au milieu des ruines de la tour Saint-Nicolas. Et tout d'un coup, il n'a plus peur du vide.

Postface

Aucun autre événement précédant la création de la République fédérale d'Allemagne en 1949 n'est devenu aussi mythique que la réforme monétaire. Et pourtant, cette journée du 20 juin 1948, où tous les Allemands sont allés chercher leurs quarante marks « par tête », a aussi été un moment de déception et de deuil – une période criminelle aussi. Ces petites coupures avec un défaut d'impression, qui inquiètent tant Stave et MacDonald, ont effectivement existé. Des employés de la banque centrale de Hambourg les ont proposées au marché noir quelques jours avant le jour J. Ils les avaient dérobées dans les tambours des broyeuses censées les détruire. (Soit dit en passant, cette huile de moteur très toxique a aussi été vendue au marché noir pour de l'huile de friture.) Pour des raisons propres au récit, j'ai transféré la scène de ce marché illégal sur la Goldbekplatz. En réalité, ces billets de banque ont été fourgués sur le Kietz de Sankt Pauli, le quartier chaud de Hambourg.

Kurt Flasch, employé de la banque centrale de Hambourg et voisin de Stave, est un personnage fictif. En revanche, le discours transmis à la radio du maire socialiste Max Brauer (1887-1973) est authentique, tout comme les parités d'échange des monnaies, du reichsmark au mark allemand, le DM.

L'imposant immeuble de la banque du Land de Hambourg se dresse aujourd'hui encore à côté de l'hôtel de ville. De nombreux visiteurs s'y précipitent, mais ce sont des amateurs d'art. En effet, le Bucerius Kunst Forum s'y est installé en 2002. On reconnaît cependant sans peine les murs imposants de l'ancienne banque. Et si on lève le nez depuis le Rathausmarkt, on aperçoit encore les cinq sculptures massives en pierre, surmontées de l'écusson de l'ancienne Reichsbank.

Il est exact que des œuvres d'art de la République de Weimar ont été stigmatisées par les nationaux-socialistes qui les ont classées « art dégénéré ». En 1937, ils en ont exposé six cents, de cent dix artistes différents. L'histoire d'une tête en bronze dont on se serait servi comme accessoire dans un film est de mon fait. Mais il est vrai qu'au cours de travaux de terrassement, on a dégagé miraculeusement au moins quinze œuvres expressionnistes des années 1920, endommagées, prises dans des gangues de terre. Cette découverte due au hasard a été faite à Berlin lors de la construction d'une ligne de métro en 2010. Le Museum für Kunst und Gewerbe, le musée des Arts décoratifs de Hambourg, les a exposées en 2012, non sans légitimité.

La tête de bronze de l'actrice Anni Mewes n'a pas été sculptée par Toni Weber – autre personnage fictif du roman, mais dont la biographie est réelle, empruntée à un peintre qui a exposé avec d'autres amateurs chez C&A en 1947 –, elle a été fondue par Edwin Scharff (1887-1955) en 1917. Après la guerre, l'artiste a travaillé à Hambourg jusqu'à sa mort.

Le film de propagande pour lequel diverses œuvres d'art saisies par le ministère du Reich à l'Éducation du peuple et à la Propagande (intitulé complet du ministère de Joseph Goebbels) ont été « prêtées » comme accessoires, a pour titre *Venus vor Gericht*, « Vénus à la barre ». Cette comédie n'est pas une œuvre de Veit Harlan, qui en a réalisé beaucoup sous Hitler, à la propagande toujours très efficace. Ce long métrage a été tourné en 1941 par Hans Heinz Zerlett, une figure de proue de la propagande nazie, qui a en aussi écrit le scénario. Harlan a effectivement vécu après 1945, dans les circonstances décrites dans le roman, sur les bords de l'Alster avec sa femme suédoise Kristina Söderbaum. Il s'est défendu devant le tribunal de dénazification et l'opinion publique lui reprochait d'avoir été un propagandiste volontaire de l'idéologie nazie.

L'histoire du banquier collectionneur, le Dr Schramm, et de son acte tragique au cours d'une nuit de bombardements de 1943 est entièrement inventée.

Malheureusement, sont bien réelles les peines légères, voire les non-lieux ou acquittements accordés peu de temps après la guerre à des criminels nazis de premier plan : le directeur administratif du district (*Gau*) de Hambourg, le *Gauleiter* Karl Kaufmann (1900-1969), responsable politique, entre autres, du camp de concentration de Neuengamme, n'a jamais été incarcéré pour de longues périodes, même si jusqu'au début des années 1950 il a séjourné pour quelque temps dans différents établissements d'internement et diverses prisons. À partir du milieu des années 1950, il a vécu à Hambourg comme un honorable citoyen, copropriétaire d'une compagnie d'assurances et d'une usine chimique. Le maire national-socialiste de la ville, Carl Vincent Krogmann (1889-1978), s'en est sorti avec quelques mois d'internement et a repris librement des activités dans l'industrie et le commerce. Le procès – dans le roman, l'accusation est conduite par le procureur Ehrlich – contre le capitaine Rudolf Petersen, qui a fait fusiller des matelots après la capitulation du régime nazi, a fini par avoir lieu en 1948 ; il s'est terminé par un acquittement.

Le lecteur, s'il se livrait à des recherches, me pardonnera certaines libertés. La fontaine à laquelle s'appuie l'inspecteur principal Stave n'a été fondue qu'en 1950. Les bijoux que je décris ainsi que l'argenterie mise aux enchères dans la maison de l'écluse de Winterhude par le commissaire-priseur Herbert Nattenheimer sont partis sous le marteau en octobre 1947, et non au printemps 1948. *La Ferme des animaux* d'Orwell a été adaptée et diffusée par le NWDR une nuit de juillet et non en juin 1948. La dénonciation anonyme que Stave lit dans le bureau du Chefamt S est authentique, texte et expression, seul le transporteur est inventé. Le casino de Travemünde n'a rouvert qu'en 1949.

Certains lieux ont disparu aujourd'hui, ce qui ne surprendra personne. Il n'est par exemple rien resté des Ley-Hütten de la Langenhorner Chaussee. L'immeuble du numéro 23 de la Lerchenstrasse avec ses taudis n'existe plus, mais le Schillertheater qui lui faisait face n'a toujours pas fini de tomber en ruines… La villa Ohlendorff est toujours debout dans son parc de Volksdorf. (Elle a effectivement servi de mess à des officiers britanniques et au moins une fois un gentleman y a fait irruption à cheval.) Le cimetière juif de Jenfeld a été conservé, témoignage presque ignoré d'une culture presque disparue.

Le Reimershof a été reconstruit. On jouit d'une belle vue sur cet immeuble de bureaux en montant en haut de la tour Saint-Nicolas, endommagée par les bombardements en 1943 – ce qui est possible aujourd'hui sans danger, en empruntant un ascenseur aux parois en verre.

Composition réalisée par Lumina Datamatics, Inc.
Impression réalisée par
CPI Bussière
pour le compte des Éditions J.C. Lattès
en janvier 2019

LE MASQUE
s'engage pour l'environnement
en réduisant l'empreinte carbone
de ses livres.
Celle de cet exemplaire est de :
400 g éq. CO_2
Rendez-vous sur
www.lemasque-durable.fr

PAPIER À BASE DE
FIBRES CERTIFIÉES

N° d'édition : 01 - N° d'impression : 2041523
Dépôt légal : janvier 2019
Imprimé en France